KB159434

# 초등 시 교육론

# 초등 시 교육론

**초판 1쇄 인쇄** 2021년 3월 2일
**초판 1쇄 발행** 2021년 3월 5일

**지 은 이** 진선희·이향근
**펴 낸 이** 박찬익
**편 집 장** 한병순

**펴 낸 곳** (주)박이정
**주　　소** 경기도 하남시 조정대로45 미사센텀비즈 7층 F749호
**전　　화** (02)922-1192~3 / (031)792-1193, 1195
**팩　　스** (02)928-4683
**홈페이지** www.pjbook.com
**이 메 일** pijbook@naver.com
**등　　록** 2014년 8월 22일 제2020-000029호

**I S B N** 979-11-5848-616-7 93800

* 책값은 뒤표지에 있습니다.

# 초등 시 교육론

시적 감성을
지키고 기르는
교육 안내서

진선희 | 이향근

(주)
박이정

# 머리말

시는 인간에게 주는 신의 언어입니다. 햇살의 속삭임을 들려주고, 얼고 녹는 시냇물에 실려 가는 생명의 힘을 보여줍니다. 하늘빛에 얼굴을 비추어보며 스스로를 겸손하게 하고, 녹음 속에서 피곤한 마음을 쉬게 하는 힘입니다. 시를 알지 못한다면 삶은 얼마나 팍팍하고 서러울까요. 어린 오누이의 말놀이에서부터 인생의 의미를 찾아 헤매는 고뇌에 찬 청춘을 지나 삶을 관조하는 노년에 이르기까지 시는 삶의 길을 비추는 거대한 몸짓입니다.

우리는 시가 삶을 지탱하는 힘이라고 믿으며 시 교육의 소명을 감당하고자 노력해왔습니다. 현대는 어른들뿐만 아니라 초등학교의 아이들에게도 이성의 칼날만을 더욱 날카롭게 벼리는 일에 몰두하도록 합니다. 산업혁명과 세계화의 길을 지나 이제 4차 산업혁명, 인공지능의 시대를 맞이하는 동안 인간의 언어는 점점 비좁은 통로 속에 갇히기만 합니다. 영혼과 감성을 돌보며 함께 시를 나누는 일이 점점 어려워지고 있습니다. 하지만 시는 세상 격변의 파고를 넘으며 인간의 삶과 유유히 함께해 왔습니다. 그것은 시의 언어가 말해지는 것 저편에서 말로 전할 수 없는 진정성을 담아내 왔기 때문입니다.

초등학교 교사 교육을 담당하고 있는 우리는 초등 예비교사들이 시를 즐길 수 있기를 소망합니다. 그리하여 어린 생명에게 시와 더불어 삶의 사랑스러움을 누리는 힘을 전할 수 있는 참 능력을 갖춘 교사들이 되기를 바랍니다. 그 길을 넓게 펼쳐 보여주기에는 아직 우리의 힘이 턱없이 부족합니다. 수십 년 동안 시 교육의 길을 걸어왔지만, 시를 가르치는 일은 말로 하는 일이 아님을 확인하는 지점에 멈추어 서 있습니다.

이 책은 그동안 우리가 도모해온 시 교육의 열정이 담긴 소소한 논문과 원고들을 정리하고 보완한 것입니다. 예비교사들에게 시 교육이 새롭게 나아갈 길을 모색하는 교재이자 도약대가 되기를 바랍니다.

1부는 시 교육을 담당하는 교사로서 이해하여야 할 내용을 다섯 개의 장으로 나누어 정리하였습니다. 왜 시 교육이 필요하고 어떤 목표를 가지고 어떤 방향을 지향해야 할지 고민합니다. 또 말로 할 수 없다는 시 교육의 내용은 무엇이어야 할지, 어떤 원리가 있을지 논의해 보고자 하였습니다. 시 교육의 맥락 가운데 가장 중요한 학습자에 대한 연구 성과와 텍스트인 동시를 이해할 단서들도 제시하였습니다.

2부는 초등학교 교육 현장에서 교사로서 시 교수-학습을 설계하고 실행할 때 필요한 구체적 방법과 사례들을 모았습니다. 현장의 교사들이 가장 힘들고 어렵게 느끼는 시 수업을 잘 실행하기 위해 어떤 노력들이 이루어져 왔는지 정리하였습니다. 어린이와 함께 나눌 시 제재를 선택할 때 생각해보아야 할 점, 시 감상 교육의 방법과 활동 사례들, 시 창작 교육의 방법이나 활동들, 그리고 외국의 시 교육과정과 수업 사례들도 정리하였습니다. 마지막 장은 예비교사들이 실제 시 수업을 설계하고 모의수업을 해볼 수 있도록 과정별 방법과 사례를 정리하였습니다.

우리는 처음 책을 준비할 때를 제외하고는 코로나 펜데믹으로 자주 만나지 못하였습니다. 다행히 화상회의를 하면서 각 장별 주제와 내용을 토의하고 의견을 조율하면서 다섯 장씩 나누어 집필하고 검토할 수 있었습니다. 대체로 논의 내용에 의견 일치하는 경우가 많았습니다. 오래 함께 공부해온 동학이기에 가능하였습니다. 앞으로 초등 시 교육이 감당해야 할 역할과 기능을 넘어서는 사명을 고민하며, 부족한 부분을 보완해 갈 것을 약속합니다.

우리가 서로 이어져 함께 공부하고 논의하는 기반을 마련해주신 분은 신헌재 선생님이십니다. 선생님께서는 초등 시 교육에 대해 논쟁적인 탐색을 계속할 수 있도록 먼저 질문해 주시고, 출구를 찾을 수 없을 때에는 창문을 열어주셨습니다. 이 작은 책으로나마 선생님께 감사의 마음을 올립니다. 어려운 출판 사정 속에서도 흔쾌히 출판을 허락해주신 박이정 박찬익 사장님과 편집부 한병순 선생님께 감사드립니다.

시가 보여주는 세상은 밀림처럼 빽빽하지 않습니다. 그러나 일상적인 앎을 넘어서는 시적 사건이 일어나는 것은 나무와 나무 사이, 아무 소리도 들리지 않는 그 공간에 있습니다. 초등 시 교육이 침묵의 공간을 활짝 열어줄 것을 기대합니다.

2021년 3월<br>저자들

# 목차

# 1부

# 초등 시 교육의 이해

# 1장
# 왜 시 교육인가

시 삼백 편,
이는 생각에 사악함이 없다는 것이다.
詩三百 一言以蔽之曰 思無邪
- 공자 -

우리는 인간의 이성이 주도한 근대적 발전의 소산물로 인하여 전지구적 생태 환경이 파괴되고 전염병의 창궐과 인간성의 상실이 우려되는 상황 속에 있다. 그렇지만 이어질 포스트 휴먼 시대는 무언가 새로운 길로 나아가야 하지 않을까 기대도 하고 있다.

'지금 여기'의 상황 속에서 시 교육은 무엇이고 무엇이어야 하며, 인류의 삶을 어떻게 이끌어가는 기능을 할 수 있을까? 여기서는 초등 시 교육의 목표와 방향을 살펴 우리가 왜 시 교육을 해야 하는지 성찰해 보기로 한다.

## 1. 초등 시 교육의 목표

시 교육은 매우 상황맥락 의존적 활동이다. 단순히 '시를 가르치는 교육 활동'이라는 설명만으로는 그 의미가 분명하지 않다. 이는 '시'의 의미가 단순명쾌하지 않으며, '시를 아는 것'이 다른 지식을 아는 것과는 매우 다르다는 점이 작용하기 때문이다. '시'가 무엇이고 시어의 의미를 무엇으로 볼 것인가는 논의를 하는 사람의 수만큼 다양하고, 시 장르를 시로 읽거나 쓰는 사람 및 상황에 따라서 그 의미가 다양한 스펙트럼 형태로 보이기도 한다. 또 가르치는 행위로서 기억과 적용 등을 중요하게 여기는 일반적 지식 교육과 달리 시 교육은 결코 지식 자체의 기억과 전달이나 적용이 아니기에 더욱 그러하다. 오히려 시 교육은 시 자체의 성격이나 특성을 넘어서 시가 독자에게 향유되거나 작가에게서 창조되는 과정에서의 '경험' 요인을 중요하게 여긴다. 시 교육은 학습자에게 바로 '경험'을 통해 시를 알아가도록 돕는 교육 활동이다.

'시'가 갖는 언어의 다중적 소통 특성은 시 교육을 지식 소통 교육이 아닌 '경험'과 '정서' 소통 교육에 가깝도록 만든다. 시가 갖는 비유나 상징의 언어는 다의성과 애매성을 생명으로 하면서 그것으로 인하여 일상 언어가 할 수 없는 더욱 정교한 의미를 소통을 하고자 한다는 점에서 특수하다. 일상의 언어로 설명하거나 소통할 수 없는 의미를 시의 언어로 전달하고 이해하며 소통하고자 한다. 그래서 시의 언어는 삶의 진리를 감각이나 깨달음으로 전달하고 받아들이도록 만드는 언어 경험 속에서 의미가 생성된다.

시 교육은 진정한 삶을 누리기 위한 깨어있는 인간을 지향한다. 시적 언어 사용은 언어의 감옥에서 탈출하는 활동이다. 깨어있는 인간은 언어의 상투적 틀이 아닌 생생한 감각과 안목으로 세계를 바라보는 사람이다. 인간은 언어로 소통하고 사고하는 등 삶을 영위하기에 언어는 인간에게 매우 유용하고 소중한 도구임이 틀림없다. 하지만 바로 그 언어 때문에 언어로 인하여 인간은 세상과 삶을 온전히 바라보지 못한 채 상투성에 갇히게 된다. 이를 흔히 '언어의 감옥'이라고 부른다. 언어의 상투성이라는 감옥에 갇힌 인간의 사고나 세계관은 스스로 갇혀있음을 깨닫지도 못한 채 진정한 삶과 세상을 보지도 느끼지도 못하는 삶으로 인도한다. 진리를 알지 못한 채 갇혀 살아가는 삶이라는 감옥에서의 탈출이 시의 언어로 이루어진다. 진정한 시의 향유는 언어의 감옥에서 탈출한 새로운 감각으로 세계를 바라보는 길이다. 시는 일상의 언어를 초월하여 다중적 의미 소통을 가능케 한다. 특히 개인의 직접적 감각에 호소하여 세상을 새롭고 낯설게 바라볼 수 있게 함으로써 여태까지 보지 못한 진리를 알 수 있도록 한다. 시를 읽는 이로 하여금 자신의 언어와 사고의 감옥에서 벗어나 신선하고 새로운 눈으로 세계를 바라보도록 한다.

예를 들어보자.

길거리 양말에선
보푸라기가 피지

친구 보기 창피하다 했더니
할머니는 보푸라기를 꽃이라 생각하래

그때부터 내 발은 걸어 다니는 꽃밭이 되었어

보푸라기를 뜯어 후 불면
민들레 꽃씨가 되고
돌돌돌 손끝으로 비비면
이름 모를 씨앗이 되어 떨어졌어

떨어진 씨앗 속에선
엄마 얼굴이 떡잎처럼 피어나기도 했지

내 양말에선 눈 내리는 날도
꽃이 환하게 피고 졌어
발꿈치가 해지도록

- 김금래, <꽃피는 보푸라기>

한 편의 자그마한 동시도 세상을 다르게 보는 눈을 우리에게 준다. 보푸라기가 핀 낡은 양말을 신었다는 생각과 내 양말에 꽃송이들이 달려있다는 시선은 전혀 다른 세계관이다. '내 발은 걸어 다니는 꽃밭'인 발걸음은 얼마나 가벼울까? 시를 향유하는 자는 문자가 가진 고착된 개념의 세계와는 다른 세상으로 들어가는 자다.

초등 시 교육은 문자 언어의 입문기를 포함하는 초등학생을 대상으로 한다는 점에서 그 특수성을 갖고 있다. 초등학생은 음성언어 소통에서 비교적 자유롭고 자동화되었지만, 문자 언어 소통은 여전히 초보자이다. 초등 시 교육은 이러한 초등 학습자를 대상으로 하는 시 교육이라는 점과 언어 외에도 인지 및 정서의 발달 특성이 고려되어야 하는 교육이라는 점에서 성인을 대상으로 하는 시 교육과 차별성을 갖는다.

우선 초등 시 교육의 목표가 무엇인지 알아보기 위하여 기존 교육과정의 문학교육 목표를 탐색하여 보는 일이 도움이 된다.

□ 1~2학년군은 문학에 대한 친밀감과 흥미를 느끼도록 하는 데에 중점을 둔다. 3~4학년군은 작품으로 형상화된 세계를 포괄적으로 이해하며 감상하고 그 결과를 다양한 방법으로 표현하는 능력을 갖추는 데 중점을 둔다. 5~6학년은 문학의 수용과 생산 활동을 통해 자아를 성찰함으로써 문학이 개인의 성장을 돕는 자양분이 된다는 점을 경험하는 데 중점을 둔다. (2015개정 성취기준 설정 중점)

□ 문학에 대한 기본적인 지식을 바탕으로 문학작품을 수용하거나 생산하면서 인간의 다양한 삶을 총체적으로 이해하는 능력을 기르고 심미적 정서를 함양한다.(2009개정 목표)

□ '문학' 학습은 문학 작품을 찾아 읽고 해석하며, 문학 작품을 생산하는 학습 활동을 함으로써 작품에 나타난 인간의 삶을 총체적으로 이해하고 문학적 상상력이 향상되도록 한다. (2007개정 목표)

□ 문학 영역의 학습은 문학 작품을 스스로 찾아 읽고 토론하는 학습 활동을 중시하여 작품에 나타난 인간의 삶을 총체적으로 이해하고 문학적 상상력이 향상되도록 한다. (7차 목표)

□ 문학 작품을 즐겨 읽고, 아름다운 정서와 풍부한 상상력을 기르게 한다.(6차 목표)

□ 문학작품을 즐겨 읽고, 아름다운 정서를 기르게 한다.(5차 목표)

□ 상상의 세계를 표현한 글을 읽고, 아름다운 정서를 기르게 한다.(4차 목표)

위에서 살펴본 바, 문학교육의 목표는 '상상력'을 기르고 심미적 정서를 함양하며, 인간의 삶에 대한 총체적 이해에 초점이 놓여왔음이 확인된다. 이를 바탕으로 초등 시 교육의 목표를 보다 구체적으로 살펴보기로 하자.

초등 시 교육의 목표 가운데 첫 번째는 학습자의 상상력을 기르는 일이다. 시는 인간의 경험과 더불어 상상력에 관여한다. 시를 읽거나 쓰는 일은 시어를 보면서 눈에 보이지 않는 이미지를 상상하여야 하며, 비가시적인 것을 가시적인 것으로, 비감각적인 것을 감각적인 것으로 구성하고 경험하는 일이다. 시는 초등 학습자의 상상력을 자극하고 기르기에 가장 적합한 언어로 인정되어왔다. 시를 읽는 이나 짓는 이가 모두 시적 상상력을 발휘하지 않을 수 없는데, 특히 시의 독자는 시어를 바탕으로 스스로의 상상 활동을 통하여 감정과 정서의 세계를 형상화하면서 경험한다는 점에서 상상력을 발휘하고 길러갈 수 있다.

산 너머 저쪽엔
별똥별이 많겠지
밤마다 서너 개씩
떨어졌으니

산 너머 저쪽엔
바다가 있겠지
여름내 은하수가
흘러갔으니

- 이문구, <산 너머 저쪽>

위 예시의 시적화자는 산 너머 저쪽을 상상하고 있다. 별똥별이 떨어져 날아간 그곳, 은하수가 흘러간 그곳에 무엇이 있을지 상상한다. 시를 읽는 독자도 산 너머 저쪽을 상상하면서 이미지화하여 감각하게 된다. 초등 학습자는 시의 장면과 느낌을 상상하고 감각하며 경험하는 활동을 할 때 자신의 삶과 경험을 변용하여 활용하게 된다. 시어에 독자의 삶이 투영되고 교차되면서 복합적 상상 활동을 하게 되는데 이는 바로 초월적 국어 능력으로서 상상력을 기르는 일이다.

초등 시 교육의 두 번째 목표는 언어 감수성을 기르는 일이다. 초등 학습자는 우리 말과 글을 학습하는 입문기에 있다. 이 시기는 기간(基幹) 언어를 습득하는 나이로 바로 이때에 습득한 언어 감각은 한평생 언어생활을 좌우하는 결정적 '기간 언어'가 된다. 초등 학습자가 다양한 시를 읽으며 경험하는 언어의 질은 그들의 한평생 언어 감각을 결정하는 데에 매우 중요하다. 감각적이고 다중적인 시어의 경험은 기간 언어 형성에서 그 의미가 클 수밖에 없다.

특히 시는 언어 사용의 정수로 불릴 만큼 우리말을 가장 아름답고 정교하게 사용하는 모델이기도 하다. 초등 학습자가 우리말의 가락과 어법과 쓰임새를 제대로 경험하는 데에는 시를 읽거나 짓는 것보다 나은 것이 없다. 우리 말과 글의 리듬과 향취를 정서적 체험과 더불어 경험하고 분별하며 익히도록 하는 일은 우리말의 쓰임을 정교하게 경험하며 언어 감각을 형성하는 과정이 될 수밖에 없다.

가자가자 감나무
오자오자 옻나무
십리 절반 오리나무
열아홉에 스무나무
앵돌아져 앵두나무
바람 솔솔 솔나무
방귀 뀌는 뽕나무
입맞췄다 쪽나무
가다보니 가닥나무
오다보니 오동나무
덜덜 떠는 사시나무
깔고 앉자 구기자나무

- 전래동요 <나무타령>

위 전래동요에서 보이는 언어의 가락과 감각은 오랜 구두 언어 전승과 더불어 섬세하게 다듬어진 것이다. 가히 우리 문화를 대표하는 언어적 향취를 느낄 수 있다. 초등 학습자에게 이러한 언어 사용의 묘미를 경험하게 하는 일은 그들의 언어 감각을 세련되게 하는 데에 가장 적합한 활동이다.

세 번째는 학습자로 하여금 시를 통하여 삶을 총체적으로 이해하게 하는 일이다. 문학의 다른 장르와 마찬가지로 시를 향유함으로써 삶을 총체적으로 체험하며 이해할 수 있다. 특히 현대인은 합리주의라는 이름으로 세계를 낱낱이 분절하여 바라보는 시각에 길들여져 왔다.

시를 통한 경험은 삶을 조각조각 나누어 보는 것이 아니라, 전체적이고 일원론적 사유와 가치를 경험할 수 있게 한다. 언어는 인간으로 하여금 세계를 분절적으로 인식할 수밖에 없도록 만든다. 주체와 대상을 분리하여 서술하고 인식하게 하는 것이 바로 언어이고, 언어를 바탕으로 하는 인간의 사유가 또한 그러하다. 그러나 시적 언어는 바로 그러한 언어의 한계를 극복하기 위한 언어이다.

이슬이
밤마다 내려와
풀밭에서
자고 갔습니다.

이슬이
오늘은 해가 안 떠
늦잠이 들었지요.

이슬이 깰까봐
바람은 조심조심 불고
새들은 소리 없이 날지요. - 윤석중, <이슬>

아침 바람이 조심조심 불고, 새들도 소리 없이 나는 이유는 늦잠을 자는 이슬이 깨지 않도록 하기 위해서이다. 시적화자의 시선은 이슬과 바람과 새를 따로따로 바라보는 분절적 시선이 아니다. 이슬과 해와 바람과 새들은 서로 연결된 존재이다. 하나의 세계를 이루는 전체 속에 있다. 총체적인 이해나 전일체적 시선은 우주 만물이 하나로 연결된 존재임을 경험하는 일이다. 시를 향유함으로써 주체와 대상의 분리 경험이 아닌 총체적 경험이 가능하다. 그리하여 타인과 동식물과 환경과 삶의 매순간이 전일체성을 띤 하나의 생명임을 감지할 수 있게 된다.

네 번째는 다양한 정서를 체험하며 자신의 삶을 성찰하는 힘을 기르도록 하는 일이다. 시를 통하여 인간의 삶을 보다 깊이 있게 성찰할 수 있는 힘을 기르게 된다. 시를 읽고 짓는 일은 세계를 새로운 눈으로 보고 느끼며 그 안에서 자신과 타인의 모습을 비추어 보는 일이기도 하다. 시가 포착하는 인간 삶의 순간과 정서를 향유함으로써 진지한 성찰과 깨달음의 힘을 얻게 된다. 문학이 기본적으로 그러하듯 시를 통한 정서 경험은 자신의 삶을 비추는 거울로서 기능한다. 시는 우리 삶과 인간의 여러 가지 감정들을 이해하고, 자신의 감정과 정서를 세련되게 하며 삶의 깊은 의미를 스스로 얻을 수 있는 힘을 갖도록 한다.

개미는

우리 집 뒷산 구석구석을
온갖 나무와 온갖 풀꽃과 돌맹이 바위들로 꾸며 놓고
방아깨비, 딱정벌레, 다람쥐, 산새 모두모두 놀게 하며

작은 돌멩이 아래
작은 방 속에 산다.

개미네 집
튼튼한 뒷산.　　　　　　　　　　- 김동국, <개미네 집>

개미는 인간보다 훨씬 작지만 담을 높게 쌓고 대문을 닫아걸고는 바위를 캐서 가져다 놓고 꽃과 나무를 심은 정원을 부러워하지 않는다. 저 높고 넓은 뒷산 전체가 그들의 정원이다. 문득 인간이 스스로 거대한 집을 구획하고 욕심을 부리면서도 개미네 집보다 못한 곳에 자신을 가두고 있지는 않은지 생각해볼 일이다.

다섯 번째, 일상 언어의 감옥에서 탈출하게 하는 일이다. 초등 학습자가 시를 읽고 씀으로써 언어의 상투성에서 탈출하는 경험을 가질 수 있고 세계를 낯설게 바라볼 수 있는 경험을 가질 수 있다. 이는 상투적 인식을 벗어나는 창의적 사고 능력을 기르는 일이기도 하다. 언어에 맞춰서 세상을 보는 것이 아닌, 있는 그대로의 새로운 세상을 만나고 삶을 향유할 수 있는 기반을 갖추게 된다.

우산 속은
엄마 품 속 같아요.

빗방울들도
들어오고 싶어

두두두두
야단이지요. - 문삼석, <우산 속>

시적화자의 시선은 우산은 비를 맞지 않기 위해 쓰는 물건이 아니다. 포근한 엄마 품속 같아서 빗방울이 들어오겠다고 떼를 쓰며 소리를 내는 물건이다. 엄마 품 속처럼 감싸주는 우산 속 이미지를 떠올리며 느낄 수 있게 하는 언어 사용이 시의 언어다. 초등 학습자가 일상의 언어에만 지속적으로 갇혀 지내도록 하는 일은 그들의 시각을 도식화하고 천천히 언어의 감옥에 가두는 일이다. 시를 학습함으로써 사물과 세계를 바라보는 온전한 눈을 잃지 않도록 할 필요가 있다.

시어에 대한 '독자'나 '작가'의 의미 구성은 개인의 삶에 의존한다. 시어는 사전적으로 정해진 의미에 의한 소통 도구가 아니다. 소통하는 사람의 삶과 경험으로 구성하는 의미에 충실할 수밖에 없다. 시 교육에서 학습자는 바로 시어의 의미를 구성하는 사람이며, 교사는 그 구성 및 소통과 향유 과정을 돕는 자이다. 여기서 시의 의미구성에는 의미를 구성하는 이의 삶이 총체적으로 관여한다. 어떠한 경험과 정서와 삶의 상황에 놓여 있는가에 따라 시의 소통적 의미구성이 다양한 스펙트럼 가운데 한두 가지 의미로 귀결되기 때문이다.

이상에서 살펴본 바, 초등 시 교육은 초등학생 학습자의 시적 경험을 통한 의미 구성과 소통 및 정서 체험과 자기성찰을 돕는 교육이다. 그리하여 독자가 참 삶의 순간을 살도록 한다. 또한 시어에서 비롯되는 언어 감수성과 상상력 및 창의적 사고력을 기르는 교육이다. 초등 시 교육에서는 초등 학습자가 시에 표현된 정서를 경험하고 향유할 수 있는 능력을 기르도록 하고, 자신의 정서를 시로 표현하고 소통하는 즐거움과 기쁨을 맛볼 수 있게 하는 활동을 기획하고 실행한다.

## 2. 초등 시 교육의 방향

초등 시 교육은 다른 학교급의 시 교육과 달리 초등 학습자의 의미구성 능력을 기반으로 하며, 평생 독자를 기르기 위한 입문기라는 점에서 매우 특수하다. 초등 학습자는 성인의 의미구성 능력과는 다른 의미구성 능력을 가지고 있다. 초등학생이 갖는 삶의 맥락이나 정서적 발달 특성, 흥미도 등에 따라 시 교육의 내용 및 활동이 변화될 수밖에 없는 이유이다. 거기에 더하여 초등 학습자가 시를 처음으로 만나는 이들이라는 점은 초등 시 교육의 의미를 더욱 중요하게 만들며 그 활동의 기획과 실행에 특수성을 요구한다.

한편 기존의 시 교육은 오랜 학령기 동안 시 교육을 받고도 시를 어려워하며 진정으로 향유하지 못하는 독자를 키워냈다는 비판을 면치 못하고 있다. 이는 그간의 시 교육이 시의 즐거움을 진정으로 체득하도록 안내하지 못하였다는 의미이기도 하다. 기존의 교육이 갖는 대상을 잘게 나누어 인식하도록 하는 교육 방식은 단순히 시를 분절적으로 설명하고 지식화하는 교육에만 지나치게 몰두하도록 하였다. 초등 시 교육은 초등 학습자가 시의 즐거움을 깨닫고 알아가며, 시의 언어로 의미구성하고 소통함으로써 시를 진정으로 향유하는 독자를 기르는 것을 목적으로 하여야 한다.

그동안 국가 교육과정의 시 교육에서 설정한 목표들은 시 교육의 의미를 '상상력의 세련', '정서의 함양'과 '삶에 대한 총체적 이해'로 표현하고 있다. 물론 앞에 제시된 교육과정 문학 영역의 목표는 대체로 국민공통기본 교육과정의 문학 영역 목표이므로 초 · 중등학교 문학교육을 포괄하는 목표임에 유의하여야 한다. '문학에 대한 기본적인 지식을 바탕으로'라는 부분은 초등학교 시 교육에서는 매우 신중하게 해석하여 적용하여야 할 부분이다. 왜냐하면 초등 학습자에게 가장 중요한 것은 '즐겨' 시를 수용하거나 생산하도록 하는 일이기 때문이다. 다른 학교급에 비해 초등학교에서 시행되는 시 교육에서 가장 초점화하고 신경 써서 실행해야 하는 교육 목표는 학습자가 시를 즐기도록 해야 한다는 점이다. 초등학생에게 시를 읽고 쓰는 일의 즐거움을 제대로 누리지 못하게 하는, 경직된 지식으로 가르쳐지는 시 교육은 오히려 문학 작품의 수용과 생산을 방해할 수 있다.

시가 무엇인지 진정으로 아는 일은 개념적으로 혹은 설명으로 이루어지지 않는다. 시가 무엇이고 어떤 성격을 가지는지에 대한 앎은 다양한 형태의 시를 읽고 경험하면서 경험적으로 알아가는 일이다. 시는 사전적으로 정의된 것보다 훨씬 더 풍부한 의미를 담고 있으며, 시의 장르적 특성상 시적 특징은 언제든지 새롭게 수립되는 생명성을 보인다. 그렇다고 해도 시적 특징에 대해 아는 일이 필요할 수 있지만, 적어도 초등학교 학습자에게는 개념적 지식으로 시를 이해하게 하는 일보다는 시를 경험하며 알아가도록 하는 것이 훨씬 중요하다. 이러한 논의를 바탕으로 초등 시 교육의 방향을 정리해보자.

첫째, 초등 시 교육은 시의 학습 과정 설계에서 초등 학습자로 하여금 분절적 사고 활동이 아닌 전체성과 맥락적 경험을 하도록 강조하여야 한다. 이는 시의 향유에서 요소나 부분에 대한 분절적, 추상적 지식 중심의 교육보다는 시 향유의 전체적 맥락적 경험을 더욱 중요하게 여겨야 한다는 의미이다.

이를 위하여 시를 읽어가면서 읽는 방법을 배우고, 시를 써가면서 시를 창작하는 방법을 배우도록 하는 것이 필요하다. 이를테면 초등 학습자에게는 여러 다양한 형태의 시를 읽고 경험하면서 시가 무엇인지 조금씩 알아갈 수 있도록 해야 한다. 시를 읽고 쓰는 방법 또한 다양한 형태의 시를 다양한 방법으로 읽어가면서 작가가 어떠한 정서나 감정을 표현하였는지 생각해보도록 하고, 독자 자신의 감성이나 정서를 시로 표현한다면 어떻게 할 수 있을지 상상하여 보는 등 경험하는 과정에서 조금씩 지식을 습득하도록 하는 것이 알맞다. 시를 읽는 방법이나 쓰는 방법을 일반화하여 추상화된 언어 형태의 지식으로 먼저 제시하는 일은 초등학생 학습자가 시를 즐겨 수용하거나 생산하는 일을 가로막을 수 있기 때문이다. 오히려 추상화된 그 말을 지식으로 기억하려고 애쓰는 과정에서 시 읽기를 어렵게 여기거나 힘들다고 생각하게 된다면 진정한 시 교육은 이루어지지 못한다.

둘째, 초등 시 교육은 특히 시의 즐거움을 강조하여야 한다. 시 교육이 갖는 가장 중요한 특성 가운데 하나는 상상의 힘을 경험토록 하는 일이다. 이것은 개개인 독자의 삶의 경험이 언어와 교차되면서 이루어진다. 개인의 삶을 등한시 한 추상적 지식 요소로 이해되어서는 곤란하다. 초등 학습자에게 시는 다양한 정서의 경험에서 느끼는 다양한 즐거움이어야 한다. 또 시를 읽으며 시적 언어와 표현에 놀라워하는 재미를 얻어야 한다. 시 속의 장면을 상상하며 기쁨을 느끼고, 시적 인물의 마음을 상상하는 경험을 하며 즐거움을 느끼도록 해야 한다. 시를 향유하는 경험이 독자 스스로의 마음을 다양한 형태의 즐거움에 참여하도록 하는 일이어야 한다. 특히 초등학생 시기는 시 교육의 입문기이다. 이때 입문기 학습자에게 알맞은 말놀이나 유아시 등 다양한 시적 경험을 제공하여 시에 대한 흥미를 유발해야 한다.

시가 주는 즐거움에 대한 논의로 페리 노들먼(2001; 57-59)은 문학의 즐거움을 '언어 자체의 즐거움, 감정을 이끌어 내는 즐거움, 문학 레퍼토리나 문학 이해의 전략을 쓰도록 만드는 즐거움, 단어나 텍스트가 불러일으키는 그림, 생각의 즐거움, 공란(gaps)을 깨닫는 즐거움, 스토리의 즐거움, 공식의 즐거움, 새로움의 즐거움, 구조(structure)의 즐거움, 여러 요소들이 전체를 형성하는 방법을 깨닫는 즐거움, 텍스트들이 가끔 자신의 전체성을 손상시키거나 부정하는 방법을 보는 즐거움, 우리 자신을 비추는 거울을 발견하는 즐거움, 벗어남(escape)의 즐거움, 이해의 즐거움: 현실반영과 비평, 문학을 통해 보는 즐거움(감정의 조정, 사고와 도덕적 판단에 주는 영향에 대하여 깨닫기), 형식과 장르를 알아보는 즐거움(문학 작품들 사이의 유사성 알아보기), 텍스트에 대한 반응을 깊이 있게 발전시키는 즐거움'으로 표현한 바 있다. 이는 시의 즐거움을 포괄하고 있어서 초등 시 교육이 지향해야 할 즐거움의 다양한 형태를 가늠할 수 있게 해준다. 진선희(2018: 61)는 초등 교육과정과 평가를 검토하면서 초등학생이 가져야 할 문학 능력으로 '즐거움'을 들었다. 문학 자체가 주는 즐거움, 문학이 삶에 대해 이야기하고 있음을 깨닫는 즐거움, 문학이 독자와 공동체를 비추어 보게 함을 깨닫는 즐거움을 초등학생 학습자도 느낄 수 있도록 그 힘을 길러주어야 함을 강조하였다.

셋째, 초등 시 읽기 교육에서는 독자들의 상호작용과 상호주관성을 중시하여야 한다. 시 읽기는 낯섦이나 애매함의 언어를 사용하므로 의미의 직접적 전달을 지향하지 않는다. 학습자가 제시하는 시 읽기의 여러 가지 해석이나 결과를 두고 '정답'을 논하는 것은 의미가 없다. 다만 상대적으로 '더 그럴 듯해 보이는 것'의 문제가 중요할 뿐이다. 독자의 시 읽기에는 독자의 삶 전체가 작용한다. 삶의 경험이 다른 여러 독자가 각자의 삶에 비추어 다양한 시 읽기 경험을 표현하고 각자의 상호주관성을 중요시하는 일이 시 교육에서는 더욱 강조되어야 한다.

한 편의 동시를 여러 초등 학습자가 자신의 삶의 경험을 투영하면서 상상하고 이해하며, 이해한 내용이나 감상을 표현하도록 할 필요가 있다. 여러 학습자가 표현하는 감상 및 상상의 결과는 인간 경험을 바탕으로 한다는 점에서 유사하면서도 개개인의 특수성에 따라 다를 수 있음을 서로가 인정하도록 해야 한다.

넷째, 시 읽기 교육에서 더 주목되어야 할 것은 정서적, 심미적 사고력과 삶에 대한 통찰력이다. 사고력은 사실적 사고, 추리적 사고, 비판적 사고, 논리적 사고, 정서적 사고, 심미적 사고, 윤리적 사고로 구분되기도 한다. 일상 언어 사용에서 주목하는 사실적, 추리적, 비판적, 논리적 사고가 시 읽기에서는 오히려 기본적 전제로 간주되고, 정서적 사고(반응, 연상, 상상, 내면화), 심미적 사고(미추-호오 판단, 형상화), 통찰력(선악-가치 판단, 세계관)에 초점을 두어 교육 내용과 방법을 설계하여야 한다.

다섯째, 초등 시 교육은 학습자의 삶과 정서에 알맞은 시적 경험을 제공하여야 한다. 초등 학습자는 시에 대한 이해뿐만 아니라 삶의 경험도 풍부하지는 않다. 아직 문자 언어 학습에서 자유롭지 못한 입문기 학습자를 포함하고 있으며, 시에 대한 기존 경험도 풍부하지 않다. 시 텍스트가 학습자의 삶이나 정서 및 인식 능력에 부합한 제재인지는 다른 학교급에 비해 초등 시 교육에서 매우 중요한 요인이 된다.

## 확장 및 응용

1. 초등 시 교육의 목표를 내가 경험한 시나 동시를 활용하여 말해 봅시다.

2. 현대사회를 살아가는 사람들에게 시를 향유하는 삶의 의미가 무엇일지 구체적인 작품을 들어가며 이야기해 봅시다.

3. 초등 시 교육의 현장을 살펴보고 시 교육의 방향을 이야기해 봅시다.

# 2장
# 교육, 무엇을 가르칠까

시란 영원한 진리로 표현된

인생의 의미다.

- 셸리 -

시에 대해 학습한 바가 거의 없는 초등학생 독자에게 시를 알려주기 위해 어떤 내용으로 가르쳐야 할까? 시를 향유하며 심미적 정서와 상상력, 그리고 삶을 총체적으로 이해하는 능력을 기르기 위한 교육 내용은 구체적으로 어떤 내용일까? 기존의 우리 시 교육이 어떤 내용을 선정해 왔었는지 국가 수준의 고시된 교육과정 지도 내용을 먼저 살펴보기로 한다. 국가 수준의 국어과 교육과정에 '문학' 영역이 따로 설정된 제4차 교육과정 이후 지금까지의 시 교육 관련 성취기준을 학년군별로 정리하여 그 특징을 중심으로 초등 시 교육의 내용을 살펴보기로 한다.

# 1. 초등 국어과 교육과정의 시 교육 지도 내용 탐색

## 가. 저학년

<표 2-1> 국어과 교육과정의 문학 영역 성취기준 중 시 교육의 내용(1-2학년)

| 학년 / 차수 | 1 | 2 |
|---|---|---|
| 제4차 | 의성어나 의태어가 많이 쓰인 노랫말을 통하여 말놀이를 즐긴다. | 소리, 낱말 등 언어적 요소들의 규칙적인 반복을 즐긴다. |
| 제5차 | 동시를 즐겨 암송한다. | |
| 제6차 | (3) 동시를 듣거나 읽고, 말의 재미를 느낀다.<br>(4) 동화나 동시에 흥미를 느낀다. | (3) 동시에서 규칙적으로 반복되는 언어적 요소를 찾는다.<br>(4) 동시를 즐겨 암송한다.<br>(5) 동화나 동시에 흥미를 느끼고, 즐겨 읽는 습관을 가진다. |
| 제7차 | (1) 작품에 표현된 말에서 재미를 느낀다.(동시나 동화에서 재미있는 말을 찾는다)<br>(2) 작품에 나오는 인물의 모습이나 성격을 상상한다.(동화나 동시를 듣거나 읽고, 작품 속의 인물에 대한 생각이나 느낌을 말한다.)<br>(3) 작품을 즐겨 찾아 읽는 습관을 지닌다.(동화나 동시에서 재미를 느끼고, 즐겨 찾아 읽는다.) | (1) 작품에서 반복적으로 나타나는 말의 재미를 느낀다.(동시에서 반복적으로 나타나는 언어적 요소가 주는 느낌을 말한다.)<br>(3) 재미있는 말이나 반복되는 말을 넣어서 글을 쓴다.(재미있는 말이나 반복되는 말을 넣어서 동시나 이야기를 쓴다.)<br>(4) 작품에 흥미를 가지고 즐겨 읽는 습관을 지닌다.(작품읽기에 흥미를 가지고, 작품을 즐겨 찾아 읽는다.) |
| 2007개정 | (1) 반복적으로 나타나는 말의 재미를 느낀다.<br>(2) 문학 작품에서 재미있는 내용을 그림이나 말로 표현한다. | (1) 느낌을 살려 노래를 부르거나 시를 낭송한다.<br>(2) 문학 작품 속 인물의 모습과 행동을 상상한다.<br>(4) 재미있는 말이나 반복되는 말을 넣어 글을 쓴다. |
| 2009개정 (2012. 7 최종) | 발상과 표현이 재미있는 작품을 다양하게 접하면서 문학이 주는 즐거움을 경험하고, 일상생활의 경험을 문학적으로 표현한다.<br>(1) 동시를 낭송하거나 노래, 짧은 이야기를 들려준다.<br>(2) 말의 재미를 느끼고 재미를 주는 요소를 활용하여 자신의 경험을 표현한다.<br>(4) 작품 속 인물의 마음, 모습, 행동을 상상한다.<br>(6) 일상생활에서 겪은 일을 동시나 노래, 이야기로 표현한다. | |
| 2015개정 | (1) 느낌과 분위기를 살려 그림책, 시나 노래, 짧은 이야기를 들려주거나 듣는다.<br>(2) 인물의 모습, 행동, 마음을 상상하며 그림책, 시나 노래 이야기를 감상한다.<br>(3) 여러 가지 말놀이를 통해 말의 재미를 느낀다.<br>(4) 자신의 생각이나 겪은 일을 시나 노래, 이야기 등으로 표현한다.<br>(5) 시나 노래, 이야기에 흥미를 가진다. | |

초등학교 저학년의 시 교육 내용으로 가장 먼저 꼽는 것은 '시의 즐거움'을 경험하도록 하는 일이다. 의성의태어나 음운의 규칙적 반복에 의한 시적 즐거움을 느끼도록 하며, 시를 즐겨 암송하게 하고, 말의 재미를 느끼며 작품 속 인물, 마음, 행동 등을 상상하는 재미를 느끼도록 한다.

초등학교 1~2학년의 시 교육 내용 '즐거움'은 '성취기준'에서는 '~말놀이를 즐긴다.', '~규칙적인 반복을 즐긴다.', '~말의 재미를 느낀다.', '즐겨 암송한다.', '~흥미를 가진다.', '즐겨 읽는 습관' 등으로 표현된다. 주로 말놀이, 말의 재미, 말소리, 낱말, 반복, 암송의 즐거움을 강조하고 있고 그 결과 시를 즐겨 읽는 습관을 기를 것을 강조한다.

두 번째는 '상상'이다. 성취기준에서는 '~느낌과 분위기를 살려', '인물의 모습, 행동, 마음을 상상', '발상과 표현이 재미있는', '재미있는 내용' 등으로 표현된다. 시에 등장하는 인물의 모습, 행동, 성격이나 마음을 상상하기, '시적화자의 마음 상상하기, 시적 표현이 주는 재미를 상상하기, 시에 드러나는 느낌과 분위기 상상하기 등이 여기에 해당한다.

세 번째는 '표현'이다. '재미있는 말이나 반복되는 말을 넣어서 표현', '생각이나 겪은 일을 시로 표현', 말의 재미, 반복적 표현 등 감상에서 즐긴 것을 활용하여 일상생활의 정서를 시로 표현해보도록 하는 교육 내용이다.

## 나. 중학년

**<표 2-2> 국어과 교육과정의 문학 영역 성취기준 중 시 교육의 내용(3-4학년)**

| 학년 / 차수 | 3 | 4 |
|---|---|---|
| 제4차 | 시는 행과 연으로 구성됨을 알고, 규칙적으로 반복된 언어적 요소를 가려 낼 줄 안다. | 형식적 특징이 잘 드러나는 시와 덜 드러나는 시를 구별하여 이해하고 즐긴다. |
| 제5차 | 라) 시의 소재와 주제를 알아보고, 그 분위기에 맞게 낭송한다.<br>마) 시에서 반복적으로 나타나는 언어적 요소를 찾아보고, 시의 운율을 살려 낭송한다. | 다) 시의 소재와 주제를 알아보고, 그 분위기에 맞게 낭송한다.<br>라) 시에서 반복적으로 나타나는 언어적 요소를 찾아보고, 시의 운율을 살려 낭송한다.<br>마) 주어진 문학 작품에 대한 생각이나 느낌을 서로 이야기해 보고 읽는 이에 따라 감상이 다를 수 있음을 안다. |

| | | |
|---|---|---|
| 제6차 | (3) 시에서 행과 연을 구분하여 보고, 시의 글감과 주제를 파악한다.<br>(4) 시에서 반복적으로 나타나는 언어적 요소를 찾아보고, 시의 운율을 살려 낭송한다.<br>(6) 문학 작품에서 얻은 교훈이나 감동을 즐겨 이야기하려는 태도를 가진다. | (3) 시의 글감과 주제를 알아보고, 그 표현이 잘 된 부분을 찾는다.<br>(4) 시에서 반복적으로 나타나는 언어적 요소를 찾아보고, 시의 운율을 살려 낭송한다.<br>(6) 문학 작품에서 얻은 교훈이나 감동을 글로 쓰는 습관을 가진다. |
| 제7차 | (1) 작품에는 일상의 세계와 비슷한 상상의 세계가 담겨 있음을 안다.(동시의 정경을 현실 세계와 비교하여 말한다.)<br>(3) 작품의 분위기를 살려서 낭독한다.<br>(5) 작품을 스스로 찾아 읽는 습관을 지닌다. | (1) 작품의 구성 요소를 안다.<br>(2) 작품의 구성 요소를 통하여 주제를 파악한다.(행과 연, 운율, 분위기 등을 통하여 동시의 주제를 파악한다.)<br>(3) 작품의 구성 요소를 조적으로 재구성한다.(자신의 경험이나 처지에 비추어 작품의 구성 요소에 대한 생각이나 느낌을 말한다.)<br>(4) 작품에 나타난 인물의 삶의 모습을 이해한다.<br>(5) 작품에 나오는 인물의 사고방식을 이해한다.<br>(6) 읽은 작품에 대해 독서록을 작성하는 태도를 지닌다. |
| 2007개정 | (1) 문학 작품을 읽고 느낀 점을 말이나 글로 표현한다.<br>(2) 문학 작품에는 일상의 세계와 비슷한 상상의 세계가 담겨 있음을 이해한다. | (1) 좋아하는 시를 분위기를 살려 암송한다.<br>(2) 구성 요소에 주목하여 문학 작품을 이해한다.<br>(3) 문학 작품에 나타난 인물의 삶의 모습을 이해한다.<br>(4) 문학 작품을 읽고 떠오른 느낌이나 생각을 바탕으로 감상문을 쓴다. |
| 2009개정<br>(2012. 7<br>최종) | 문학의 구성 요소가 잘 드러나는 작품을 대상으로 하여 그 구성 요소에 초점을 맞추어 문학 작품을 자신의 말로 해석하고, 해석한 내용을 다양한 방식으로 표현한다.<br>(1) 짧은 시나 노래를 암송하거나 이야기를 구연한다.<br>(2) 재미있거나 감동적인 부분에 유의하며 작품을 이해한다.<br>(5) 작품 속의 세계와 현실 세계의 공통점과 차이점을 안다.<br>(6) 작품을 듣거나 읽거나 보고 느낀 점을 다양한 방식으로 표현한다. | |
| 2015개정 | (1) 시각이나 청각 등 감각적 표현에 주목하며 작품을 감상한다.<br>(2) 인물, 사건, 배경에 주목하며 작품을 이해한다.<br>(4) 작품을 듣거나 읽거나 보고 떠오른 느낌과 생각을 다양하게 표현한다.<br>(5) 재미나 감동을 느끼며 작품을 즐겨 감상하는 태도를 지닌다. | |

초등학교 중학년의 시 교육 내용은 저학년에서 시의 즐거움에 대한 충분한 경험과 이해를 바탕으로 실현될 것을 전제로 한다. 특히 학습자 자신의 언어로 시에서 느낀 문학적 감동을 표현할 것을 강조한다. 저학년과 달리 시의 기본적인 구성 요소에 대한 이해를 포함하고 있지만, 여전히 학습자의 자신의 감동을 소중하게 생각하며, 그것을 다양하게 표현하도록 하는 데

에 주안점을 두고 있다. 시의 구성 요소에 대한 지식의 학습은 제시되는 작품의 특성이 장르 유형상 매우 전형적인 것을 제시함으로써 학습하도록 하는 것이 바람직하다. 짧은 시의 암송, 작품 속 세계와 시의 세계 간의 관계 등 중학년 시 교육의 내용은 학습자 스스로의 즐거움과 감동을 중심에 두고 이루어져야 한다.

3~4학년 교육과정이 주로 시의 구성 요소에 중점을 둔 교육 내용을 설정해오다가 2009 개정 교육과정부터 시의 요소를 드러내는 지도 내용 진술이 아닌 작품의 이해와 감상 및 표현의 총체적 진술을 지향하고 있다. 그렇지만 3~4학년의 시 교육 내용에는 시의 기본적인 구성 요소에 초점을 둔 지도 내용을 포함하고 있고 총체적 기술을 통하여 문학 요소 중심의 지식 전달 교육의 문제점을 해결하려는 의도를 보이고 있다.

첫 번째로 눈에 띄는 내용은 시의 감각적 표현, 연과 행, 운율 등 기본적 '구성요소'에 대한 지도 내용이다. 이는 교육 내용으로 제시되지만, 단순히 지식으로 설명하거나 전달되는 교육 방식이 아닌 시를 총체적으로 감상하고 생산하면서 이해하고 경험하도록 해야 한다는 점을 최근 교육과정 기술의 방식에서 확인하고 유념하여야 한다.

두 번째는 '감동'이다. '좋아하는 시', '교훈이나 감동', '재미나 감동을 느끼며' 등으로 표현된다. 독자가 시에 감동하는 이유는 다양하다. 시에 드러나는 정서나 마음, 시의 분위기나 말의 재미, 시적화자나 인물에 대한 감정이입과 동일시 등 '자신의 경험이나 처지에 비추어' 시의 구성 요소를 총체적으로 향유한 결과이기도 하다.

세 번째는 '시 속의 세계와 현실 세계'의 연관성이다. 시는 문학이지만 인간의 삶과 정서와 무관한 것이 아니다. 인간 세계의 다양한 모습을 제시하고 있으며 이는 독자가 자신의 삶을 성찰하도록 하는 기제가 된다. 초등학교 3~4학년의 시 감상에도 시 속의 정서와 인물의 마음이 현실 세계의 그것과 대비되어져야 함을 확인할 수 있는 교육 내용이다.

네 번째는 '표현하기'이다. '느낀 점을 다양한 방식으로 표현한다.', '떠오른 느낌과 생각을 다양하게 표현한다.', '떠오른 느낌이나 생각을 바탕으로 감상문을 쓴다'. '구성 요소를 창조적으로 재구성한다.' 주로 문학에서 오는 감동을 표현하거나 구성 요소를 창조적으로 재구성하는 것이지만, 그 방법은 다양함을 강조하고 있다. 학습자에게 시를 감상하며 떠오른 느낌과 생각을 다양하게 표현할 수 있는 기회를 주는 것이 중요하다.

## 다. 고학년

**<표 2-3> 국어과 교육과정의 문학 영역 성취기준 중 시 교육의 내용(5-6학년)**

| 학년<br>차수 | 3 | 4 |
|---|---|---|
| 제4차 | 예부터 내려오는 전통적인 시의 특징을 안다. | 시에 쓰인 말이 감각적 경험을 되살려 줌을 안다. |
| 제5차 | 다) 좋아하는 시를 암송하고, 그 시를 좋아하는 이유와 시에서 받은 감동을 말한다.<br>라) 제목만 보고 작품의 내용을 상상해 본 뒤, 실제 작품과 비교한다.<br>마) 주어진 문학 작품에 대한 생각이나 느낌을 서로 이야기해보고, 읽는 이에 따라 감상이 다를 수 있음을 안다 | 라) 여러 가지 감각적 표현이 주는 느낌을 음미해 보고, 시의 분위기를 살려 낭독한다.<br>마) 제목만 보고 작품의 내용을 상상해 본 뒤, 실제 작품과 비교한다. |
| 제6차 | (4) 시의 글감과 주제를 알아보고, 그 시의 분위기를 살려 낭송한다.<br>(5) 좋아하는 시를 암송하고, 그 시를 좋아하는 이유와 시에서 받은 감동을 말한다.<br>(7) 작품 속에 나타난 삶의 다양한 모습을 창조적으로 수용하려는 태도를 가진다. | (4) 여러 가지 감각적 표현이 주는 느낌을 음미해 보고, 시의 분위기를 살려 낭송한다.<br>(5) 좋아하는 시를 암송하고, 그 시를 좋아하는 이유와 시에서 받은 감동을 말한다.<br>(7) 문학 작품을 즐겨 읽고, 독서 목록을 작성하는 태도를 가진다. |
| 제7차 | (1) 작품은 읽는 이에 따라 수용이 다를 수 있음을 안다.<br>(3) 작품에서 인상적으로 표현한 부분을 찾는다.<br>(5) 작품의 일부분을 창조적으로 바꾸어 쓴다.<br>(6) 작품에 대한 생각이나 느낌을 글로 표현하려는 태도를 지닌다. | (3) 작품에 나오는 여러 가지 감각적 표현을 음미한다.<br>(4) 작품에 창의적으로 반응한다.<br>(5) 작품에 반영된 가치나 문화를 이해한다.<br>(7) 가치 있는 작품이나 영상 자료 등을 선별하여 읽는 태도를 지닌다. |
| 2007개정 | (1) 문학 작품에서 인상적인 부분을 찾고 그 까닭을 이해한다.<br>(3) 문학 작품은 읽는 이에 따라 다르게 수용될 수 있음을 이해한다.<br>(4) 문학 작품에서 중요한 부분을 바꾸어 쓰고, 그 의도와 효과를 설명한다. | (1) 자신이 좋아하는 문학 작품을 들고 그 이유를 설명한다.<br>(2) 문학 작품에 나타난 비유적 표현의 특성과 효과를 이해한다.<br>(3) 문학 작품을 다른 문학 갈래로 바꾸어 쓴다.<br>(4) 문학 작품에 나타나는 인물 간의 갈등을 이해한다. |
| 2009개정<br>(2012. 7<br>최종) | 문학 작품에 대한 해석의 근거를 찾아 구체화하고, 작품의 일부나 전체를 재구성하는 활동을 통해 작품 수용과 표현의 수준을 높인다.<br>(1) 자신이 좋아하는 문학 작품을 들고 그 이유를 말한다.<br>(3) 작품에 나타난 비유적 표현의 특징과 효과를 이해한다.<br>(5) 작품 속 인물의 생각과 행동을 나와 견주어 이해하고 평가한다.<br>(6) 작품의 일부를 바꾸어 쓰거나 다른 갈래로 바꾸어 쓴다.<br>(7) 자신의 성장과 삶에 영향을 미치는 작품을 즐겨 읽는 태도를 지닌다. | |

| 2015개정 | (1) 문학은 가치 있는 내용을 언어로 표현하여 아름다움을 느끼게 하는 활동임을 이해하고 문학 활동을 한다.<br>(2) 작품 속 세계와 현실 세계를 비교하며 작품을 감상한다.<br>(3) 비유적 표현의 특성과 효과를 살려 생각과 느낌을 다양하게 표현한다.<br>(5) 작품에 대한 이해와 감상을 바탕으로 하여 다른 사람과 적극적으로 소통한다.<br>(6) 작품에서 얻은 깨달음을 바탕으로 하여 바람직한 삶의 가치를 내면화하는 태도를 지닌다. |
|---|---|

5~6학년의 시 교육 내용은 저·중학년에 비해 자신의 감동의 근거를 명확히 하는 데에 초점이 있다. 자신의 감동을 자유롭게 표현하던 것에서 나아가 감동의 근거를 작품 속에서 찾아 명확히 한다는 점에서 감동을 객관화하는 방향으로 나아가고 있다. 작품을 좋아하는 이유, 작품 속 인물의 생각과 독자 자신의 생각 비교, 작품의 표현 기교에 대한 이해 등에서 작품 속 세계와 독자의 삶을 병치시키며 교육 내용을 구성하고 있다. 뿐만 아니라 저·중학년에서 시의 즐거움에 몰입하도록 하는 것에서 나아가 시 작품과 자신의 삶을 보다 객관적으로 바라보며 성찰하는 태도를 기르도록 하고 있다.

5~6학년 교육과정은 특별히 문학 수용의 다양성을 학습자가 인식하도록 하는 점과 문학의 특성을 이해하도록 하는 점이 3~4학년과 다르다. 이전 교육과정에서 3~4학년 교육 내용이었던 작품 속 세계와 현실 세계를 관련지으며 감상하도록 한 내용이 2015개정 교육과정에서는 5~6학년에 수록되어 있음도 확인된다. 또 비유적 표현의 특성과 효과를 살려 생각과 느낌을 표현하거나, 문학 감상을 여러 사람과 소통하는 활동, 문학을 통해 삶을 성찰하고 가치를 내면화하는 활동을 교육 내용으로 담고 있다. 전반적으로 현재의 교육과정으로 진행되는 과정에서 작품의 요소별 지도 내용 진술이 아닌 총체적이고 활동적인 지도 내용 기술로 변화되어 왔음을 알 수 있다.

고학년에서 가장 특징적인 교육 내용은 문학 소통이다. 작품의 수용이 읽는 이에 따라 다양할 수 있음을 소통 활동을 통해 알도록 한다. 같은 작품에 대한 반응이 서로 다를 수 있고, 개인이 좋아하는 문학 작품이 서로 다를 수 있으며, 이러한 사실을 인식하며 여러 사람들과 문학 감상을 서로 나누고 문학으로 소통하는 활동을 중요한 교육 내용으로 강조한다.

두 번째는 문학을 통한 성찰과 깨달음이다. 문학 작품 속 세계를 경험하면서 자신의 삶과 연관지어 보며 성찰하는 활동을 강조한다. 문학작품을 통한 삶의 성찰과 그 결과는 내면화되어 바람직한 삶의 가치 확인으로 나아가도록 지도되어야 한다.

세 번째는 문학의 비유적 특성에 대한 이해와 비유적 표현이다. 5~6학년 이전에도 다양한 문학 작품에서 비유를 경험하지만, 비유가 주는 표현 효과와 특성을 경험하면서 동시에 인식하도록 한다는 점에서 깊이가 다르다. 더불어 비유적 표현을 활용한 다양한 표현 활동을 교육 내용으로 제시하고 있다.

## 2. 초등 시 교육의 내용

### 가. 즐거움

초등 시기의 가장 중요하게 교육할 내용은 바로 '문학의 즐거움'이다. 초등학생은 중등이상 성인에 비해 문학 경험이 없거나 적고, 이제 막 문학 경험에 입문하기 시작한 단계라는 점에서 문학에 대한 '친밀감과 흥미' 등 즐거움을 강조하는 것이 당연하다.

그 '즐거움'은 구체적으로 무엇을 지칭하는가? 친밀감과 흥미는 어떤 경험 과정을 통해 생기는 것인가? 초등학생이 시 감상 활동에서 얻어야 할 즐거움은 무엇인가? 시 읽기에서 즐거움을 느낄 수 있는 능력이란 무엇인가? 그렇다면 2015개정 교육과정에서 기술한 '자아 성찰' 능력은 시의 즐거움, 시의 재미를 느끼게 만드는 능력인가 아닌가?

우리 국어과 교육과정은 문학의 즐거움이 무엇인지 아직은 명확하게 제시하거나 설명하지 못하고 있다. 국어과 교육과정에서는 문학의 즐거움이 무엇인지에 대한 깊은 탐색 없이 문학의 구성 요소별 교육 내용을 마련하는 경향을 보여 온 것이 또한 사실이다.

문학의 즐거움은 문학의 구성 요소에 대한 분절적 지식의 축적이나 파편적 이해에서 비롯되지는 않는다. 문학 지식의 이해 및 축적이 곧바로 문학의 총체적 해석이나 경험에 적용되는지 확실하지 않기 때문에 더욱 그러하다. 문학의 즐거움은 문학과 문학 바깥, 문학과 독자와 삶의 맥락이 필연적으로 연결되어 있음을 보고 느끼고 경험하며 깨달아가는 즐거움이다.

<표 2-4> 초등 문학 능력으로서 '즐거움' 범주

| | |
|---|---|
| 문학 자체의 즐거움 | - 문학 속의 언어, 스토리, 구조, 전체성, 감정, 상황을 보고 느끼며 겪는 재미<br>- 문학 자체의 새로움이나 장르 유사성의 즐거움 |
| 문학이 삶에 대해 이야기하고 있음을 깨닫는 즐거움 | - 문학이 개인이나 사회에 대한 은유적 이야기임을 깨닫는 재미<br>- 동일시, 상상, 현실에 대한 이해 |
| 문학이 독자와 공동체를 비추는 성찰적 즐거움 | - 개인이나 사회의 삶을 되돌아보게 되는 재미(감정, 판단에 미치는 영향을 깨닫는 즐거움)<br>- 문학으로 개인과 개인, 개인과 사회가 소통하는 재미 |

초등 문학 능력으로서 '즐거움'의 범주는 초등학생이 문학 독자로서 어떤 즐거움을 느끼고 경험하여야 하고, 그를 통해 어떤 문학의 즐거움을 알고 체득하여야 하는지를 조금 더 구체화한다. 하지만 이런 도식은 여전히 문학 경험의 구체적 즐거움이 무엇인지 명확하게 드러내지는 못하는 부분이 있다. 문학의 즐거움은 다양한 독자 개개인의 삶과 연관이 되기 때문이다. 미래사회의 문학 교육과정에서는 '즐거움'이 서로 다른 독자 개개인의 삶의 맥락 위에서 규정된다는 점을 더욱 중요하게 다루어야만 한다.

<표 2-4>는 문학을 통한 자아성찰 능력을 문학의 즐거움의 주된 범주로 구분하여 제시함으로써 평생학습 시대의 초등 시기에 갖추어야 할 문학 능력으로서 성찰적 경험의 즐거움을 강조한다. 물론 세 범주는 따로 구분하여 기술하였으나 초등학생이 겪는 실제 문학 경험에서는 따로 분리되는 경험이 아니라 온전히 연결된 즐거움이기에 점선으로 표시하였다. 특히 초등학생의 문학적 즐거움이 단순히 문학 자체의 즐거움에만 국한된 것으로 보는 것은 온당하지 않다. 초등학생 수준의 문학 경험도 그들 수준의 삶의 문제나 관심과 관련된 성찰적 즐거움을 포함하지 않는다면 진정한 즐거움의 경험이 되지 못하기 때문이다.

초등 시기에 길러야 할 가장 중요한 문학 능력으로 간주되는 '즐거움'은 문학 자체의 즐거움과 문학을 통해 독자 스스로와 사회를 비추어보고 소통하는 즐거움을 포괄한다. 즉 문학 속의 언어가 주는 향취와 재미, 문학 작품을 읽으며 상상하는 그림과 상황을 겪는 재미, 문학 작품 속 인물들과 동일시하며 겪는 감정의 재미, 문학이 주는 새로움에 놀라거나 감탄하는 재미 등 문학 자체의 즐거움과 더불어 문학이 결국 현실 속 삶의 이야기이며 그것을 통해 독자 스스로를 비추어보고 이해하고 성찰하며, 자신이 속한 사회도 바라볼 수 있게 하는 즐거움을 준다는 것을 아는 능력이다.

오랜 시간 문학을 공부(?)하여도 그 즐거움을 진정으로 알지 못하는 자는 결국 문학을 가까이 하지 않게 된다. 문학의 즐거움을 알지 못하는 이들에게 문학은 결코 진정한 자신의 삶을 찾는 데에 중요한 경험이 되지 못한다. 초등 시기에 문학의 즐거움을 누리고 경험하고 아는 자는 평생 학습자로서 문학을 즐기며 문학으로 자신을 들여다보고, 사회를 바라보며, 세계와 소통하는 학습을 평생토록 향유할 수 있을 것이다. 이는 평생학습의 가장 바람직한 모습이기도 하다.

### 나. 말의 재미

시에서 언어를 사용하는 방법은 일반 언어 사용 방법과 차이가 있다. 시어는 언어이면서 언어의 감옥을 탈출하도록 하는 언어이기 때문이다. 시어의 향취와 색깔과 가락에 대한 독자의 경험과 감수성의 미묘한 차이를 인정하는 의미 구성이 매우 중요하게 작용한다. 특히 초등 학습자는 시적 경험의 초보자로 언어의 미묘한 감각적 사용 방법의 다양성을 즐기며 경험하는 기회를 충분히 갖는 일이 매우 중요하다.

그 가운데 첫 번째는 우리말이 가진 매력으로서 '의성어나 의태어'의 다양한 감각적 이미지를 음미하는 일이다.

> 둥둥 엄마 오리,
> 못물 위에 둥둥.
>
> 동동 아기 오리,
> 엄마 따라 동동.
>
> 퐁덩 엄마 오리
> 못물 속에 퐁덩
>
> 퐁당 아기 오리
> 엄마 따라 퐁당

- 권태응, <오리>

이를테면 위 동시에서 '둥둥'과 '동동', '풍덩'과 '퐁당'은 오리가 물 위에 떠 있는 모습과 물로 뛰어들 때 나는 소리를 흉내 내는 의성어와 의태어이다. '둥둥'은 엄마 오리가 떠 있는 모습을, '동동'은 아기 오리가 떠 있는 모습을 표현한다. 엄마 오리의 몸집이 더 크고 무거운 느낌을 '둥둥'이라는 시어가 잘 표현하고 있고, 좀더 가볍고 몸집이 작은 아기 오리가 떠 있는 모습은 '동동'으로 표현하여 앙증맞은 아기 오리를 바라보는 듯 표현한다. '둥둥'과 '동동'이라는 시어가 대비되면서 엄마 오리와 아기 오리의 몸짓과 모양이 더욱 선명하다. '풍덩'과 '퐁당'이라는 의성어도 마찬가지의 효과를 보인다. 초등 저학년은 동시 감상에서 이와 같은 의성어 · 의태어 사용이 주는 감각적 이미지를 충분히 즐기고 경험하도록 교육 내용으로 마련되어 있다.

두 번째는 '재미있는 말이나 반복되는 말', '소리, 낱말 등 규칙적 반복'이 주는 감각을 경험하고 아는 것이 시를 통해 말의 재미를 느끼도록 하는 교육 내용이다.

눈
눈
눈
받아먹자 입으로

아
아
아
코로 자꾸 떨어진다

호
호
호
이게 코지 입이냐

- 윤석중, <눈 받아 먹기>

예를 들면, 위 동시에서 '눈/눈/눈', '아/아/아', '호/호/호'의 반복이 주는 효과는 매우 크다.

'눈/받아먹자 입으로'가 아니가 '눈/눈/눈'으로 한 음절 3행을 반복하여 표현함으로써 하늘에서 한꺼번에 앞다투어 떨어져 내리는 여러 눈송이들의 이미지가 선명하다. 한 번만 받아먹는 것이 아니라 여러 번에 걸쳐 고개를 하늘로 올린 채 눈을 받아먹느라 입을 '아' 벌린 아이의 모습이 감각적으로 그려진다. '아/아/아'와 '호/호/호'는 의태어·의성어이기도 하지만, 한 음절 한 행으로 반복하여 사용함으로써 여러 아이들이 모여 내려오는 눈을 받아먹으며 즐겁게 떠드는 소리와 웃는 소리가 들리는 듯한 효과를 준다.

이 외에도 소리와 낱말의 규칙적 반복이나 음절 수의 반복 등으로 말의 재미를 느낄 수 있음을 경험으로 알도록 하는 교육 내용이 있다. 또 전래동요나 동요 등 노랫말과 우리말의 다양한 규칙을 활용하는 말놀이를 통하여 시어의 재미를 느끼고 말의 묘미를 경험하며 알아가도록 하는 교육 내용이다.

### 다. 상상

시 교육의 가장 중요한 목표 가운데 하나는 학습자의 상상력을 세련시키는 일이다. 이를 위한 구체적인 교육 내용은 시의 장면을 상상하는 일에서 시작된다. 시에 등장하는 인물의 마음을 상상하고, 인물의 모습이나 처지나 행동과 성격을 상상하며 시 속의 풍경을 음미하는 것이 중요한 교육 내용이다.

하루종일 비가 서 있고
하루종일 나무가 서 있고
하루종일 산이 서 있고
하루종일 옥수수가 서 있고

하루종일 우리 아빠 누워서 자네 - 김용택, <비오는 날>

위 동시를 읽는 독자는 '하루종일 우리 아빠 누워서 자네'라고 말하는 한 아이의 모습을 상상하게 된다. 그 아이가 그리고 있는 '하루종일 비가 서 있고'라는 말을 들으면서 장면을 상상한다. 비가 서 있는 장면이 어떤 것일까 생각하며 비가 하늘에서 땅으로 수직으로 떨어지는 시각적 이미지를 그리게 된다. 물론 독자 개인의 상상 장면은 구체적으로는 비슷하지만 다른 장면이다. '나무가 서 있고'에서 산에 있는 나무나 집에서 내다보면 보이는 나무 한 그루 혹은 여러 그루들을 상상한다. 그리고 가까이 멀리 산들이 겹쳐져 있는 장면도 동시에 떠오른다. 마당가나 집옆 텃밭에 서 있는 옥수수를 그린다. 독자가 상상하는 화면의 영상은 가까운 풍경과 멀리 보이는 풍경이 동시에 비춰진다. 그리고 고개를 돌려 방안에는 아빠가 누워 있는 그림을 떠올리게 된다.

중요한 것은 독자 개인의 기존 경험에 따라 그 구체적이고 미세한 상상 속의 영상이 똑같지 않다는 점이다. 아이가 아빠가 누워서 잔다고 말하는 목소리의 촉감이 다르고, 그 아이가 어떤 기분으로 그 말을 하는지, 영상 속의 사물들을 바라보는 아이의 눈빛에 대한 상상도 독자마다 다르다. 그리고 산과 나무와 비와 옥수수가 서 있는 전체 영상도 독자마다 똑같은 장면을 상상하지는 않는다. 그 속에 독자의 경험이나 지식이 작용하여 각자 나름대로 정교화하는 부분이 있다.

시 텍스트와 독자의 상호작용은 독자의 상상 속에서 정교한 이미지와 분위기와 세계를 창조한다. 작품 속 세계는 텍스트와 독자의 상상력으로 만들어지며 그 세계는 일상 현실의 세계에서 경험하는 일들을 비추어 준다. 일상 속에서 자세히 보지 못했던 부분을 환히 밝혀 주기도 하고, 일상 속에서 몰랐던 부분을 더 여유있게 들여다 보게 해 주기도 한다. 이 과정에서 현실을 생각하고 상상의 세계와 나란히 견주며 비추는 일에는 바로 상상이 작용한다. 시를 감상하는 일에는 상상을 필요로 하며, 그 상상 활동은 새로운 세계를 창조하며 실제 일상의 세계를 바라보는 힘을 길러주게 된다.

바로 이러한 활동이 상상력을 기르는 교육 내용이다. 인물의 마음이나 모습, 성격, 행동을 상상하고 그의 처지와 환경을 상상하며, 시 속의 세계 전체의 분위기를 상상하고, 일상의 세계에 비추어 보는 것이 바로 교육 내용으로서 '상상'이다.

### 라. 구성 요소

시 한 편은 총체적인 한 세계이다. 그렇긴 하지만 인간의 언어로 표현하자면 몇 가지 작은 요소들을 갖추고 있는 전체이다. '전체'는 부분의 총합이 아니지만, 언어를 사용하는 인간에게는 분절하여 말하고 사고하는 습관이 있다. 그런 점에서 초등 학습자에게 시의 구성 요소를 분절적으로 가르치거나 기억하게 하는 일은 우선적 교육 내용은 아니다. 대체로 시 한 편의 전체적 세계를 충분히 경험하고 상상하고 즐기는 과정이나 그 이후에 구성 요소에 대한 지식을 갖추도록 하는 것이 알맞다. 대체로 중학년 이상의 교육과정 성취기준으로 시의 구성 요소에 대해 알도록 교육 내용을 마련하고 있지만, 이 마저도 최근 교육과정일수록 총체적 세계로서 시 한 편의 온전성을 더 강조함으로써 분절적 지식으로 시를 교육하는 일을 피한다.

기존의 교육과정에서 글감과 주제, 운율, 행과 연 등의 분절적 요소에 대한 언급을 하였던 것과는 대조적으로 최근 교육과정은 분위기, 감각적 표현이나 비유적 표현 정도를 고학년에서 교육 내용으로 설정하고 있다. 특히 비유적 표현이나 감각적 표현이 독자 개인에게 어떤 효과를 보이는지를 스스로 경험하고 표현하도록 하는 방법을 사용함으로써 한 편의 유기체적 전체로서 시 속 세계에서 갖는 비유적 표현이나 감각적 표현의 효과를 경험하도록 하고 있다.

## 마. 표현(창작)

오랫동안 초등 국어과 교육에서 시 교육 관련 교육 내용은 대체로 시의 수용, 즉 감상 중심의 교육으로 일관되어왔다. '창작'은 특수한 재능을 가진 작가의 전유물로 봄으로써 초등 보통 교육의 취지에 그것이 알맞지 않다고 판단하였기 때문이다. 하지만 제7차 교육과정에서 이러한 창작에 대한 신비화나 물신 숭배적 사고방식을 어느 정도 벗어나 창작을 문학 영역의 교육 내용으로 포함하였다. 하지만 실제로 제6차 교육과정의 문학 영역 교육 내용과 크게 달라지지 않았다. 특히 초등 문학 교육 내용은 더욱 그러한 경향이 컸는데, 다만 문학 작품 수용 결과의 다양한 표현 활동까지 창작에 포함시키는 것으로서 능동적인 반응을 강조하며 문학적 표현 활동을 포괄하는 의미가 컸다.

이후 여러 차례의 개정을 거치면서 2009개정 및 2015개정 교육과정 국어과 교육 내용에서는 초등 시 교육에서도 시 창작을 적극적으로 도입하고 있다. 그에 따라 학년군별 문학 영역의 성취기준에도 수용과 창작의 균형을 맞추어 진술하고 있다.

<표 2-5> 2009개정 및 2015개정 국어과 교육과정의 창작 관련 성취기준

| 학년군 | 2009 | 2015 |
|---|---|---|
| 1-2 | 발상과 표현이 재미있는 작품을 다양하게 접하면서 문학이 주는 즐거움을 경험하고, 일상생활의 경험을 문학적으로 표현한다. | (4) 자신의 생각이나 겪은 일을 시나 노래, 이야기 등으로 표현한다. |
| 3-4 | 문학의 구성 요소가 잘 드러나는 작품을 대상으로 하여 그 구성 요소에 초점을 맞추어 문학 작품을 자신의 말로 해석하고, 해석한 내용을 다양한 방식으로 표현한다. | (4) 작품을 듣거나 읽거나 보고 떠오른 느낌과 생각을 다양하게 표현한다. |
| 5-6 | 문학 작품에 대한 해석의 근거를 찾아 구체화하고, 작품의 일부나 전체를 재구성하는 활동을 통해 작품 수용과 표현의 수준을 높인다. | (3) 비유적 표현의 특성과 효과를 살려 생각과 느낌을 다양하게 표현한다. |

초등학교 문학 영역의 성취기준을 바탕으로 하는 수용과 창작의 구체적인 교육 내용은 우선 1-2학년군에서는 다양한 형태의 시가 주는 즐거움을 경험하고, 자신의 일상생활에서 겪은 일 시로 표현해보는 데에 초점을 둔다. 3-4학년군은 시를 읽고 느낀 점이나 생각한 것을 다양한 방식으로 표현하는 것을 주요 창작 활동으로 보고 있다. 즐겁게 시를 읽고 감동을 다양한 방식으로 표현하는 것을 창작 활동으로 본다. 5-6학년군에서는 시의 감상과 창작의 수준을 높이는 차원에서 감상의 근거나 작품 재구성 활동과 비유적 표현을 활용한 시 창작을 강조한다. 중요한 것은 저학년과 중학년 군에서 다양하고 즐겁게 경험하고 즐기며 수용과 창작 활동을 시도해 보는 데에 초점이 있으며, 고학년에서는 수용과 창작 활동의 수준을 높이기 위해 시적 문법을 조금 더 이해하면서 즐거움의 질을 높이는 데에 있다는 점이다.

초등 시 교육에서 수용과 창작은 분리된 교육 내용이 아니다. 다양한 시 감상 과정에서 창의적으로 반응하기, 창조적 바꾸어 쓰기, 일부를 바꾸어 쓰기나 다른 갈래로 바꾸어 쓰기, 감상문 쓰기가 모두 수용과 연계된 '창작' 활동이다. 그리고 일상생활에서 자신이 겪은 일이나 생각을 다양하게 문학적으로 표현하는 활동, 비유적 표현의 특성과 효과를 살려 다양하게 표현하는 활동으로 이어진다.

### 바. 성찰과 깨달음

문학의 성찰적 기능은 '거울과 유리창'에 비견된다. 우리가 거울을 보며 스스로의 모습을 비추어보거나, 유리창을 바라보다가 자신을 발견하는 것처럼 문학 작품은 독자가 문학을 바라보다가 스스로를 바라보는 과정으로 나아간다. 기차를 타고 들판을 갈 때 기차 유리창 밖으로 보이던 풍경에 즐거워하다가 문득 어두워지는 유리창에 비친 자신의 모습을 보게 되는 경험과 유사하다.

초등 시 교육에서도 시를 통한 성찰과 깨달음을 교육 내용으로 강조한다. 초등 학습자도 동시를 향유하면서 자신의 삶을 자세히 들여다보는 경험을 할 수 있다.

자전거 잃어버린 지
일주일이 지나도
나는 잃어버린 자리를
날마다 찾아간다.

자전거 처음 살 때보다
더 설레며 갔다가
잃어버렸을 때보다
더 기운 없이 돌아온다.

내게 길들어
내 몸처럼 편안했는데,
녹슬어도 찌그러져도
힘차게 달렸는데.
함께 달리던 길을
혼자 걸어서 돌아오며
훔쳐 간 사람한테 욕한다.
그러다 얼른 마음을 고쳐먹는다.

내일이라도 다시 제자리에
가져다 놓으려던 그 사람이

영영 갖다 놓지 않을 것 같아
속으로도 욕하지 않기로 했다. - 남호섭, <자전거 찾기>

위에 제시된 시를 읽는 독자는 처음에는 시 속의 인물이 겪는 경험과 생각을 구경하지만, 어느덧 자전거를 잃어버리고 속상한 그 마음을 상상하며 독자도 경험한다. 이때 독자는 자신이 속상했던 경험을 끌어와 상상하게 된다. 그리고 내가 무엇인가를 잃어버려서 속상할 때 어떤 마음이었던가를 들여다보게 된다. 시 속 인물이 자전거를 가져간 사람에게 욕을 하려다가 제발 다시 가져다주기를 바라는 마음으로 욕하지 않기로 하는 간절함을 공감하게 된다. 나는 그때 어떻게 했었던가 하며 생각과 행동을 나와 견주어 보게 된다. 이런 과정이 삶을 성찰하는 과정이다.

그 외에도 초등학교 시 교육 내용으로 작품 속 세계와 현실 세계를 비교하며 감상하기, 자신이 좋아하는 시와 감동을 말하기, 자신의 성장과 삶에 영향을 주는 시 찾아 읽기, 작품에 반영된 가치와 문화 알아보기, 인상적으로 표현한 부분 찾아보기 등은 모두 시와 더불어 독자의 삶을 성찰하도록 하는 교육 내용이다.

### 사. 소통하기

초등 시 교육에서 중요한 교육 내용으로 '읽는 이에 따라 수용이 다름을 알기'가 있다. 단순히 설명에 의해 인지하도록 하는 교육 내용이 아니다. 실제로 같은 작품을 읽는 친구나 교사와 소통하면서 작품에 대한 이해와 상상의 장면들이 유사하거나 다를 수 있음을 스스로 경험하고 확인하도록 하는 교육 내용이다. 또한 시 교육에서 상호작용에 의한 감상의 소통은 매우 유용한 교육 방법이기도 하다. 독자마다 더 집중하여 의미 구성하는 부분이 다를 수 있고 소통을 통하여 감상의 질을 확장할 수 있기 때문이다. 초등 학습자가 자신이 좋아하는 문학작품을 서로 소개하며 영향을 주고받는 것, 이해와 감상을 다른 사람과 적극적으로 소통하는 것이 모두 초등 시 교육의 주요 내용이다.

## 아. 태도

초등 문학 영역 교육과정에서 태도와 관련된 성취기준의 기술은 '즐겨 감상하는 태도', '독서록을 작성하는 태도', '작품에 대한 생각이나 느낌을 표현하려는 태도', '성장과 삶에 영향을 작품을 즐겨 읽는 태도', '작품 속 삶의 다양한 모습을 창조적으로 수용하려는 태도', '가치 있는 작품을 선별하여 읽는 태도', '작품에서 얻은 깨달음을 바탕으로 바람직한 삶의 가치를 내면화하는 태도'이다.

우선 가장 중요한 것은 시를 '즐기는 태도'이다. 구체적으로 표현되지 않았지만 시를 가까이하려는 태도, 시의 재미를 느끼고 싶어하는 태도, 시에 대한 자신의 생각을 표현하기를 즐기는 태도 등이 시를 즐기는 태도의 대표적 모습일 것이다. 두 번째는 시 감상 과정에서 자신의 '삶과 연관 지으며 이해하고 표현하려는 태도'이다. 독자 자신이 좋아하거나 재미있어하는 시를 스스로 찾아내어 읽는 태도도 자신의 삶과 시를 깊이 연관 짓는 일이고, 작품 속 삶의 다양한 모습을 창조적으로 수용하는 것도 독자가 자신의 삶의 경험과 연결된 시적 상상과 성찰을 할 때 가능한 태도이다. 세 번째는 '내면화'하는 태도이다. 시를 읽으며 얻게 된 깨달음에는 자신의 마음을 성찰하여 얻어낸 삶의 가치 수용이나 정서적 즐거움일 것이다. 시를 읽는 이 순간을 넘어 삶의 전반에서 그 가치를 실현하거나 정서를 이해하고 공감하며 살아가려는 마음을 가지려는 태도를 강조한다.

그런데 이 태도 교육 내용은 지식이나 설명으로 교육하기가 어렵다는 특성이 있다. 대부분의 태도 교육이 그러하듯 학습자 스스로의 마음속에서 우러나는 자발성이나 내적인 변화가 중요하다.

## 확장 및 응용

1. 초등 시 교육의 내용 가운데 특히 오늘날의 어린이에게 가장 중요하다고 생각하는 점을 말해 봅시다. 그 이유도 설명해 봅시다.

2. 2015 개정 국어과 교육과정의 시 교육 내용 가운데 내가 잘 가르칠 수 있는 내용과 그렇지 못한 내용을 알아보고 더 공부해 봅시다.

3. 미래의 내가 담당할 학급의 어린이에게 시를 알려주기 위한 교육 내용을 미리 준비하여 봅시다.

# 3장
# 시 교육, 어떻게 가르칠까

시의 으뜸가는 목적은
즐거움이다.
- 드라이든 -

여기서는 초등 시 교육의 원리를 추출하기 위하여 '초등 시 교육'의 여러 가지 현상적 특징을 살핀다. 초등 시 교육이 단순한 요소의 총합이 될 수는 없지만, 설명의 편의상 살펴낸 요소별 특성을 바탕으로 하여 초등 시 교육의 총체적 원리를 정리 한다.

## 1. 초등 시 교육 현상

초등 시 교육은 초등 학습자와 시 텍스트와 콘텍스트(context) 상에서 교육적 도움 요소가 총체적으로 작용하는 현상이다. 시 텍스트는 언어에 의한 감성과 영혼의 표현이면서 예술로서 고유의 특성을 가지고 있지만, 어떤 상황 맥락에서 어떤 경험과 능력을 가진 독자와 만남이 이루어지고 있는가에 따라 '시 읽기'라는 삶의 경험은 매우 다른 양상을 보일 수 있다. 이 과정에서 '교육'이라는 구체적 상황 맥락과 도움이 함께 작용하는 것이 시 교육이 이루어지는 장면이다. 그 구체적이고 개별적인 시 교육 현상을 언어로 설명하려면 결국 요소별로 분리할 수밖에 없으나, 실제적으로 분리가 불가능한 현상이 초등 시 교육 현상임을 전제하면서 편의상 분리하여 살펴보기로 한다.

### 가. 초등 학습자

초등 학습자 요인은 학습자인 초등학생의 언어 및 심리발달 특성과 경험 특성이 시 교육에 작용하는 양태를 말한다. 초등 학습자는 문자 언어 입문기이거나 이제 막 입문기를 지난 아동이다. 이들은 아직도 문자 언어 해독에서 자동화가 이루어지지 않아 시 읽기에서 청소년이나 성인에 비하여 더 많은 노력을 필요로 한다. 특히 문자 읽기에서 자유로운 청소년이나 성인이 문자에서 바로 의미화가 가능한데 비하여 이들은 문자를 음성화하고 음성을 듣고 의미화하는 복잡한 과정을 거쳐야 읽기를 수행할 수 있다. 그렇기 때문에 초등 시 교육에서 문자 언어로 텍스트가 제시되는 상황이라면 별도의 교육적 배려가 필요하다.

아동의 상상력 발달은 언어 발달과도 일정한 관계가 있다. 특히 아동의 상상 세계가 풍부하게 표현되기 위해서는 어느 정도의 언어 발달이 반드시 필요하다. 비고츠키는 언어 발달이 늦은 아동은 상상력 발달도 늦다고 보았는데(Vygotsky, 1932), 농아의 경우 상상력이 빈곤하거나 완전히 퇴화되어 있기도 하다. 독일 구조주의 심리학자들도 언어 발달과 상상력 발달이 밀접한 관련이 있다고 보는데, 이는 언어가 아동의 표상 형성을 돕고 눈에 보이지 않는 것들을 상상하고 생각하는 데에 도움을 준다고 보기 때문이다. 아동의 상상력 발달 단계를 허승희 외(1999)의 연구를 참고하여 정리하면 다음과 같다.

<표 3-1> 아동의 상상력 발달 단계

| 단계 | | 특징 |
|---|---|---|
| 1 | 재생적 상상력 | 단순히 재생해 내는 상상력이다. 이는 기억과 반사 운동의 연합으로 이루어지는 상상력이다. 예를 들면 복숭아나 과일을 머릿속에 떠올리며 생각하는 것만으로 군침이 도는 것이 여기에 해당한다. |
| 2 | 자발적 재생의 상상력 | 특정 장면에서 개념에 대한 연상 등 좀 더 자유로운 사고 활동이 포함되는 상상력이다. 예를 들면 복숭아를 먹으며 그것을 재배한 농부나 과수원의 모습 등을 생각하는 것 등이다. |
| 3 | 정신적 심상의 연합 능력 | 마음에 떠오르는 여러 가지 심상들을 연합하여 하나의 사실로 정리할 수 있는 상상력이다. 현실과 관련된 상상력이 아니라 혼자만의 공상으로 끝나버릴 수 있는 상상력이다. |
| 4 | 구성주의적 상상력 | 상상력의 가장 높은 형태로 사람이 심상을 새롭게 조합하기 위해 의도적 혹은 계획적으로 마음의 심상을 정렬시키는 것을 말한다. 예술에서의 창조, 과학에서의 발명 등으로 드러난다. |

상상력의 발달은 아동이 겪는 삶의 경험 속 감각과 기억이나 재생에서 비롯되어 점차 발달하고 세련되어진다. 재생적 상상력 단계에서는 복숭아나 귤 등 신맛이 나는 과일을 먹었던 경험에서 과일을 기억해내는 것만으로 신맛을 상상할 수 있고 실제로 입안에 군침이 고일 수 있다. 또 그 과일을 먹었을 때에 경험하였던 마음이나 상황을 자동적으로 상상할 수 있다. 그 다음 자발적 재생의 상상력 단계에서는 개념적 연합에 의하여 먹는 음식과 그 음식을 기른 농부나 그 음식이 자란 시공간 등을 상상할 수 있는 단계로 나아간다. 이후 다양한 심상을 자유롭게 연결지어 상상하는 정신적 심상의 연합 능력 단계를 거쳐 예술적 창조적 상상력으로 발달해 나간다. 결국 초등학생의 상상력 발달은 언어 및 현실에 대한 인지 및 정서적 능력과 경험에 연관되어 발달됨을 알 수 있다.

이러한 초등 학습자의 언어 능력, 상상력, 심리적 특성 등은 시 감상이나 창작 교육에서 도움을 주는 방향이나 방법에 영향을 주게 된다. 이를테면 언어 해독의 자동화 능력이 부족한 초등 학습자는 시 읽기에서 빠르게 시의 장면을 상상하기 어렵다. 이들은 시의 장면을 상상하기 위해 여러 가지 해독을 넘어 상상으로 나아가는 활동을 함으로써 시의 장면을 상상하고 경험할 수 있게 된다. 이를 위해 교사는 초등 학습자가 상상력을 작동할 수 있도록 쉽고 다양한 상상력 연습을 제공한 후에 본격적인 상상 활동에 참여토록 안내하게 된다.

## 나. 시 텍스트

시의 언어는 일반적인 언어 사용과 다른 용법으로 사용되는 언어이다. 시어는 언어이지만, 일반 언어의 의미를 넘어서는 언어 사용, 즉 언어의 기호적·개념적 성격을 초월하는 사용이라는 점에 그 특징이 있다. 시는 언어로 이루어진 음악이며, 언어로 이루어진 그림이며, 언어로 이루어진 자연물 자체이기도 하다. 시는 언어를 사용하되 그 기호성을 바탕으로 하면서도 그것을 초월하여 인간의 감성에 직접적으로 호소하기 위하여 삶을 구체적으로 형상화하는 언어 사용 방식을 활용한다.

여기서 언어의 기호적·개념적 성격이란 우리가 사용하는 언어가 가진 한계이기도 하다. 이를테면 언어는 수없이 다양한 형태의 은행나무 잎을 그저 '은행나무 잎'으로 기호화하고 개념화한다. 그러나 실제로 이 세상의 모든 은행나무 잎은 어떤 것도 똑같지 않다는 점에서 언어는 실제도 아니고 구체적인 체험도 아니다. 매일 보는 하늘은 한 번도 같은 색깔과 모양인 적이 없다. 그럼에도 언어 기호는 '하늘'이라고 표시할 뿐이다. 시적 언어는 언어의 바로 이러한 한계를 극복하고자 하는 언어이다. 독자는 시어를 읽으면서 구체적인 사물이나 구체적이고 개인적 체험의 구체적 감각과 이미지를 소환하며 읽어야 하기 때문이다.

이를 위해 시어는 일반 언어와 달리 운율, 이미지, 상징, 알레고리, 반어, 역설 등의 다양한 언어 사용 방법을 사용한다. 그리하여 공감과 놀라움, 새로움과 낯설음을 유발한다. 보는 이의 경험에 따라 다양한 의미와 감각을 지닐 수 있도록 다의성을 지닌다.

시는 독자로 하여금 세상과 자신의 참 모습을 바라볼 수 있게 한다. 일반 언어의 개념에 익숙하던 독자가 시어 사용에 동참함으로써 언어의 감옥에서 탈출하는 경험을 하게 된다. 그저 개념적 의미가 아닌 유일하고 독특한 심상의 세계로 들어서게 되기 때문이다.

이를테면 시어가 일반적인 언어의 표면적 의미를 넘어 독자의 직접적 감각에 호소한다는 점은 아주 간단한 예시로도 알 수 있다. 시인 박목월은 '아기의 대답'이라는 시에서 다음과 같이 표현하고 있다.

> 신규야 부르면
> 코부터 발름발름 대답하지요.
> 신규야 부르면
> 눈부터 생글생글 대답하지요. - 박목월, <아기의 대답> 부분

일반 언어로 표현하자면, “우리 아기가 참 예쁘다.”거나 “우리 아기를 부르면 온몸으로 대답한다.”라는 언어이면 충분할 것이다. 하지만, 시는 독자로 하여금 아기의 모습과 시 속의 정황을 눈에 보듯이 생생하게 그리며 아기의 향취와 분위기를 느끼도록 감각에 호소한다. 독자는 시 속의 언어가 가진 사전적 의미 그 자체보다는 시어에서 촉발되는 분위기와 감각과 이미지에 온몸을 집중하며 읽어야 한다. 단순히 글자 그대로 사전적 의미를 대입하면서 시를 읽는다면 진정 시를 읽은 것이 아니라 글자를 읽은 것일 뿐이다.

시는 대체로 일상적 언어로는 설명하기 어려운 한 순간의 정감을 생생하게 담아낸다. 그러다 보니 독자는 시를 읽으며 구체적인 삶의 한 순간을 감각적으로 그리거나 상상하며 그 정감을 체험하게 된다. 더 좋은 시일수록 독자로 하여금 시가 담고 있는 정감을 오롯이 체험할 수 있도록 형상화한다.

이렇듯 시적 언어 사용의 특수성은 시 읽기의 의미를 규정한다. 시 읽기는 단순히 언어를 정확하게 읽는 것을 초월하는 활동이다. 시 읽기에는 일상어를 그대로 읽을 것이 아니라, 일상어를 다시 읽어내어 새로운 차원의 의미와 이미지를 구성하는 능력이 필요하다. 일상어와 똑같은 언어로 이루어져 있을지라도 그것이 시로 표현된 것이라면 상투적 일상어로만 받아들일 것이 아니라 다양한 해석적 범주 내에서 그 의미를 재해석해야 하며 시가 전하는 구체적인 정감을 독자 개인의 체험으로 승화하여야 하는 것이 시 읽기의 특성이다.

한편 초등 시 교육의 시 텍스트가 갖는 특징적 요소들은 시 읽기에서 총체적으로 작용한다. 시 텍스트가 갖는 음악성, 감각적 표현, 함축성 등이 그것이다. 먼저 동시가 갖는 음악성을 간략히 살펴보자. 동시는 내포독자가 어린이인 운문으로서 운율을 갖춘 시이다. 운(韻)은 시에 같은 소리의 글자나 음절을 반복하여 배치함으로써 발생되는 음악적 요소를 말하는 것이고, 율(律)이란 음의 고저, 장단, 강약 등을 이용함으로써 발생되는 음악적 요소를 말한다.[1)]

자주 꽃 핀 건 자주 감자,
파 보나 마나 자주 감자.

1) 박민수(1993), 『아동문학의 시학』, 양서원, 111.

하얀 꽃 핀 건 하얀 감자,
파 보나 마나 하얀 감자. - 권태응, <감자꽃>

동시 <감자꽃>에서 1연과 2연의 첫 시작음인 '자'와 '하'의 'ㅏ' 음의 반복, 각 연의 두 번째 행의 '파'의 반복, 그리고 각 행의 마침을 모두 다 '감자'로 하여 네 번 반복하는 것은 운을 맞춤으로써 음악성을 발생시키고 있다. 또 이 동시의 '파 보나 마나', '꽃 핀 건' 등의 반복과 그 어조 및 장단이나 강약은 '율'에 의한 음악성을 발생시킨다.

그 외에도 음절의 수에 따라서 리듬을 획득하는 동시가 많은데 정형 동시는 주로 음절의 수를 일정하게 배치하여 음악성을 드러내고 있다. 동시가 가진 음악성은 어린이가 태생적으로 리듬을 즐기고 좋아한다는 점에서 동시의 가장 큰 특성이라고 하지 않을 수 없다.

동시의 표면으로 음악성이 특정한 체계를 가지며 드러나는 경우를 외형율, 리듬을 겉으로 드러내지 않고 숨기거나 산문으로 동시를 쓰는 경우를 내재율 동시라고 부른다.

동시는 음악성뿐만 아니라 심상적 요소를 갖고 있다. 심상적 요소는 상상력을 바탕으로 한 감각적 표현에 의한 만들어지는데, 이미지라고 부르기도 한다. 독자는 작가의 상상력을 통한 감각적 표현을 읽을 때 감각적 체험을 하며 심상을 느끼게 된다. 그리하여 독자는 마음속으로 파노라마 같은 영상을 떠올리거나 그것을 포함하는 다양한 오감의 감각적 체험을 할 수 있게 된다.

꽃씨 속에는
파아란 잎이 하늘거린다

꽃씨 속에는
빠알가니 꽃도 피면서 있고

꽃씨 속에는
노오란 나비 떼가 숨어 있다. - 최계락, <꽃씨>

동시 <꽃씨>에서 찾아낼 수 있는 심상적 요소는 시각적 체험이 강력하다. '파아란', '빠알

가니', '노오란' 등의 표현은 각각 꽃씨 속에 담겨 있는 잎의 시각적 이미지, 꽃의 시각적 모습, 꽃 주변을 날고 있는 나비 떼의 시각적 모습을 볼 수 있게 한다. 꽃씨를 보면서 파아란 잎과 빠알간 꽃이 피어나는 모습과 그 주변을 날아다니는 나비의 팔랑거림을 함께 보는 시각적 체험을 하게 된다.

동시는 시각적 체험뿐만 아니라, 청각이나 미각, 촉각, 공감각 등의 다양한 감각적 체험을 가능하게 하는 요소를 가지고 있다.

한편, 동시도 문학 소통을 위한 장르로서 전하고자 하는 의미를 함축하고 있다. 다만, 동화의 서사적 서술성에 의한 서술적 의미 구성 및 전달과 비교하면 동시의 의미는 비서술적인 경우가 많아 직접 지시되지 않는 경우가 많다. 시적 표현에 의한 직관적이고 감각적인 체험을 주로 사용하기 때문에 동화와 달리 의미는 직접적으로 드러나지 않거나 모호한 경우가 많다. 그리하여 분명하게 주제를 규정하기 어려운 동시도 많다. 특히 주제를 뚜렷하게 하기 어려운 경우가 성인시에 비해 동시에서 훨씬 더 많이 찾아 볼 수 있다. 어린이 독자의 마음에 낯설음과 자유로움을 주는 순간적 감각의 구체화 및 형상화에 기댄 동시가 많기 때문이다.

거미줄에
흰 나비 날개 두 개
걸려 있다.

몸뚱이는
거미가 되었겠지.

나비가 되어 떠돌다가
거미가 되어 보는 꿈 꾸었을까.

나비는 날개로만 남아
거미줄에 걸린 채

내가 흰 나비였소하고 말하고 있었다. - 임길택, <나비 날개>

거미줄에 걸린 나비 날개의 모습이 선명하다. 거미가 거미줄을 쳐서 나비를 잡아먹고 날개만 남겨 둔 모습이다. 거미 자신이 나비였소 하고 말하고 있다는 시인의 상상력 속에서는 생태계 만물의 순환적 이미지가 보인다. 이로써 이 동시를 읽는 독자에게 생태계 내에서의 삶과 죽음이 서로 어떻게 연관되고 순환되는지를 상상하게 한다.[2] 생명체의 삶과 죽음이란 이렇게 서로 연관되고 연결되어 하나를 이루고 있다는 것을 직접적으로 서술하거나 온갖 것을 들어 설명하는 것이 아니라, 거미가 나비를 먹고 날개만 남겨둔 모습에서 '내가 흰 나비였소' 라고 말하고 있다고 바라보는 단 한 장면에 그 모든 의미를 함축하여 제시하고 있는 것이다.

이러한 동시의 주제 함축성은 동시가 갖는 비유 및 상징적 표현 및 묘사와 밀접하게 연관된다. 동시는 하고픈 말을 서술적으로 전달하기보다는 비유적 상징적 묘사로 구체화하고 그것이 독자에게 주는 감각 및 정서를 통해 참다운 의미를 느끼고 감각하게 하려 하기 때문이다.

특히 초등 시 교육에서 다루는 시 텍스트는 대부분 동시이다. 동시[3]는 아동문학의 서정 장르로서 초등학생 학습자의 정서나 읽기 능력 등을 고려하였기에 그들에게 알맞은 작품일 가능성이 높다. 그렇지만 초등학교 학습자의 인지 · 심리 · 정서적 특성을 기준으로 그들이 감상할 수 있는 여러 가지 종류의 시가 모두 초등 시 교육의 교재로 활용될 수 있다. 장르별로 살펴보면 동시, 동요(전래동요 포함), 동시조, 어린이시가 우선 꼽힌다. 그리고 일반적으로 성인 시 가운데에도 초등학교 학습자의 인지 · 정의적 수준에 적절한 내용일 것을 전제로 하여 활용되는 시가 있을 수 있다. 이를테면 옛시조, 어린이도 이해하기 어렵지 않은 시가 그것이다.

'동시'라는 용어는 아동문학의 서정 장르 전체를 대표하는 용어이기도 하면서, 동요나 전래동요, 동시조와 대립하는 어휘로도 사용되어 이중적 의미를 지니고 있다. 아동문학의 장

2) 진선희(2011), '1970년대 이후 동시의 생태학적 상상력', <한국아동문학연구> 제21호, 한국아동문학학회, 65-109.
3) 여기서는 아동문학의 서정 장르를 대표하는 명칭으로 '동시'라는 용어를 사용한다. 이때 동시는 전래 동요나 창작 동요, 동시조 등을 포함하는 개념이다.

르 분류에서 이 두 가지 경향을 모두 보이고 있는데[4], 이는 1920~30년대에 동요와 동시가 각각 차지한 의미역과 오늘날 동요와 동시라는 용어 각각이 차지하고 있는 의미역의 차이 때문에 빚어진 사태로 판단된다.[5] 오늘날은 대체로 '동시'라는 용어는 동요를 포함하여 어린이를 내포독자로 하는 성인 작가의 시를 이르는 말로 통용되고 있다. 이는 다시 정형동시, 자유동시, 동화시의 하위 장르로 구분되기도 한다[6].

동요(전래동요)는 노래로 부를 수 있는 동시를 의미한다. 즉 동시에 멜로디를 붙여 그 노랫말을 멜로디에 맞게 읊조리거나 따라 부르면 동요가 된다. 동요가 아동문학에서 하나의 하위 장르로 분류되기도 하는 것은 1920~30년대 동요 황금기에 수많은 동요가 창작되고 노래로 불리었기 때문이다. 그런데 그 당시에는 '동시'라는 용어가 잘 사용되지도 않았고 널리 알려지지도 않았다. 그리하여 당시 동요를 지은 작가들은 동시라는 장르 명보다는 동요라는 장르명에 익숙한 채로 노랫말을 썼던 것이다. 그들은 멜로디가 없어도 그 노랫말을 '동요'라는 이름으로 발표하였다.

'어린이시'도 초등 시 교육의 교재가 될 수 있다. 동시 중에서 작가가 성인이 아닌 어린이인 경우 특별히 '어린이시'라는 명칭으로 구분한다. 어린이시는 작가 정신의 부족으로 판단하여 아동문학의 하위 장르로 인정되지 않는 것이 통상적이나, 따로 구분하지 말아야 한다는 주장도 많다. 어린이시가 초등 시교육의 교재로 중요한 것은 초등 시교육의 대상인 어린이가 직접 썼다는 점에서 시 창작의 교재로 여러모로 활용도가 높기 때문이다.

동시조는 시조의 전통을 이어받아 어린이를 내포독자로 하는 시조를 의미한다. 이 또한 성인 작가가 지은 시이다. 동시조도 초등 시 교육에서 수용 및 생산 활동의 교재로 활용할 수 있다. 옛시조는 전래 동요와 함께 초등 시 교육의 교재로 교과서에 자주 실리는 장르이다.

4) 동시를 아동문학의 서정 장르 대표 명으로 사용하되, 맥락에 따라서 하위 갈래에서도 사용하기로 한다. 정형동시와 자유동시로 분류하는 이는 박민수(1993), 서병하(1975)가 대표적이고, 동요와 동시를 구분하여 시의 하위 장르로 보는분류는 이재철(1988), 석용원(1989)이 대표적이다.

5) 진선희(2013), '『어린이』지 수록 동시 연구(1)-장르 용어 및 작가와 독자를 중심으로', <국어국문학>제165호, 국어국문학회, 282-318. 참조.

6) 신헌재 외(2009), 『아동문학의 이해』, 박이정, 136-144.

## 다. 콘텍스트로서 교육적 도움

진정한 시 읽기는 주체와 대상이 분리되지 않는 문학 체험이다. 우리는 흔히 시적 경험의 주체는 학습자이고 그 대상은 시라고 분리하여 사고한다. 그러나 조금만 더 엄밀하게 살펴보면 시적 체험의 주체와 대상은 분리될 수 없음을 확인할 수 있다. '학습자가 시를 읽는다.'라고 언어로 표현할 수밖에 없지만, 사실 학습자가 시를 감상할 때는 분리될 수 없는 상호교류의 상황이어야만 시적체험이 된다. 누가 주체이고 대상인지 분리할 수 없이 오직 시감상이 있을 뿐이다. 학습자가 시 텍스트의 의미를 가져오는 것이 아니다. 학습자의 시 읽기에 적극적인 콘텍스트로서 교육 요인은 텍스트와 독자의 상호교류(transaction)의 맥락으로 작용한다는 점에서 초등 시 교육의 중요한 요인이 된다.

앞에서 논의한 것처럼 초등 학습자는 언어 해독의 자동화가 충분히 이루어지지 않은 독자인 경우가 많다. 초등 저학년의 경우 대부분이 언어 해독에 많은 신경을 곤두세우기 때문에 시를 읽는 상황에서도 일단 언어 해독에 온 신경을 집중하기 일쑤이다. 교육적 도움은 학습자의 언어 능력, 삶의 경험, 시에 대한 이해 및 경험의 정도, 상상력 등 심리적 발달에 따라 다르게 설계되어야 한다.

이를테면 언어 해독의 자동화가 미흡한 독자가 한 편의 시를 소리 내어 읽었다고 해도, 장면을 충분히 상상하거나 진정한 시적 체험에 도달하였는지는 불분명하다. 시를 읽는 속도에 따라서, 혹은 시를 읽으며 집중하는 기능에 따라서 시 읽기였는지 글자 읽기였는지 확인이 필요하다. 이때 교육적 도움은 글자 읽기를 넘어 한 편의 시를 시로 만날 수 있도록 안내하는 일을 해야 한다. 학습자의 시적 체험을 진단하여야 하고, 진정한 시 읽기가 되도록 어떻게 읽으면 좋을지 안내하여야 하는 일이 바로 콘텍스트로서 교육적 도움의 역할이다. 시의 장면을 충분히 상상할 만큼 천천히 읽거나 쓰면서 읽기, 장면을 상상하는 데에 도움을 주기 위하여 그림을 그리며 읽도록 안내하기 혹은 몸짓으로 따라하며 읽도록 안내하기 등의 활동 처방을 내려야 한다.

물론 교육적 도움 요인이 진단하고 처방하고 안내할 사항은 너무나 많다. 초등 학습자 개개인의 경험이나 정서 상태, 개인적 흥미나 관심사 등에 따라 어떤 텍스트를 선택할 수 있을지 가늠하여야 하고, 다양한 텍스트를 제시하여야 하며, 학습자의 시적 체험 및 즐거움을 위하여 다양한 활동을 구안하여야 실행하여야 한다. 뿐만 아니라 교육과정에서 요구하는 다양한 시적 능력을 갖추도록 내용과 방법을 설계하여야 한다.

초등 학습자의 시적 체험은 표현되어야만 한다. 콘텍스트로서 교육적 도움은 학습자가 자신의 시적 체험을 다양한 활동과 형태로 표현할 수 있도록 설계하여야 한다. 때로 자신의 삶의 경험과 맞닿아 있는 시적 체험의 감동을 말하거나, 그림으로 그리거나, 글로 쓰거나, 몸으로 표현하는 등의 활동을 할 수 있도록 표현 기회를 제공함으로써 교육적 도움의 장을 마련하게 된다.

다양한 동시 텍스트를 학습자가 만날 수 있거나 탐구할 수 있는 기회를 제공하는 것도 교육적 도움의 역할이다. 이를 위하여 학습자의 다양한 삶의 상황을 진단하여 감동을 줄 수 있을 법한 다양한 텍스트를 가까이 비치하는 것에서 부터 교수-학습 상황에 활용할 텍스트를 선정하거나 선택 기회를 제공하는 등의 역할이 필요하다.

교사가 얼마나 시를 좋아하는지, 어떠한 시를 좋아하는지 등 교사의 시 읽기 성향이나 선호도도 콘텍스트로서 중요한 교육 요인이다. 또 교사가 시적 감동을 어떻게 표현하는지, 다른 사람의 시적 감동의 표현에 대하여 어떤 반응을 보이는지 등도 교육적 모델로 기능한다. 함께 공부하는 다른 학습자의 시적 성향 및 선호도나 감동도 매우 중요하다. 교사나 동료 학습자가 시를 어떻게 대하고 얼마나 즐기는가는 학습자의 시 감상 및 창작 능력에 큰 영향을 준다. 학습자는 많은 경우 교사와 친구들과 시에 대해서 대화하기 때문이다.

시의 수용과 생산에서 모델(modelling)로서 친구들의 감상이나 창작 결과물을 공유하는 환경은 중요한 콘텍스트이다. 시적 체험의 깊이나 질은 텍스트와 독자의 상호교류뿐만 아니라, 다양한 이들의 같은 텍스트에 대한 체험의 표현을 만나면서 더욱 깊이 있는 교류로 나아갈 수 있게 된다. 더 창조적인 시 읽기는 사회와 텍스트, 개인의 경험과 텍스트, 문화와 텍스트 등 텍스트와 독자의 상호교류를 중심으로 다양한 콘텍스트 요인이 총체적으로 작용하면서 이루어진다.

## 2. 초등 시 교육의 원리

### 가. 즐거움의 원리

모든 학교 급의 시 교육 가운데 초등 시 교육이 갖는 가장 중요한 원리는 바로 '즐거움의 원리'이다. 특별히 교육과정 목표나 성취기준 차원에서 초등학생의 시에 대한 즐거움 체험을 강조하고 있으며, 교재로 활용할 시 제재의 선정이나 활동의 구성과 학습 전반에서 시 수용과 생산의 즐거움을 체험토록 하는 것이 가장 중요하다.

초등 학습자는 문자의 습득과 동시에 처음으로 시를 대면하게 된다. 아직 시 장르의 특성이나 시의 이해 및 표현 원리를 충분히 알지 못하는 상태에서 시에 대한 첫인상을 형성하는 시기이다. 여러 장르의 문학교육이 모두 그러하듯 시 교육에서 시가 삶에 주는 즐거움을 깊이 체험하지 않고 어렵고 힘든 공부로 경험될 때는 평생 시 독자로 성장하기 어렵다.

2015개정 국어과 교육과정의 문학 영역에서 '문학에 대한 친밀감과 흥미'(1-2학년)를 가지고 '문학을 즐기는 태도'를 가지며(3-4학년), '문학의 수용과 생산 활동을 통해 자아를 성찰'(5-6학년)하되 자신의 느낌이나 경험을 자유롭게 표현하고(1-2학년), 감상 결과를 다양하게 표현하며(3-4학년) 다른 독자들과 능동적으로 소통(5-6학년)하는 능력에 주안점을 둔다. 최근 2011개정과 2015개정 교육과정 모두 초등학생 시기에 얻어야 할 문학 능력으로 문학에 대한 '친밀감과 흥미'를 가지고 '즐거움'을 경험하도록 한다는 점을 강조하고 있다. 이는 중등이나 성인의 문학 능력과 대비하여 초등학생의 문학 능력으로 특별히 다른 점은 바로 '문학의 즐거움'을 경험으로 아는 것을 꼽고 있다는 점이다.

그러면 문학 능력으로서 '즐거움'은 무엇인가? 친밀감과 흥미는 어떤 경험을 통해 생기는 것인가? 초등학생이 문학 활동에서 얻어야 할 즐거움은 무엇인가? 문학에서 즐거움을 느낄 수 있는 능력은 무엇인가?

**<표 3-2>초등 문학 능력으로서 '즐거움' 범주[7]**

| 범주 | 내용 |
|---|---|
| **문학 자체의 즐거움** | - 문학 속의 언어, 스토리, 구조, 전체성, 감정, 상황을 보고 느끼며 겪는 재미<br>- 문학 자체의 새로움이나 장르 유사성의 즐거움 |
| **문학이 삶에 대해 이야기하고 있음을 깨닫는 즐거움** | - 문학이 개인이나 사회에 대한 은유적 이야기임을 깨닫는 재미<br>- 동일시, 상상, 현실에 대한 이해 |
| **문학이 주는 독자와 공동체를 비추는 성찰적 즐거움** | - 개인이나 사회의 삶을 되돌아보게 되는 재미(감정, 판단에 미치는 영향을 깨닫는 즐거움)<br>- 문학으로 개인과 개인, 개인과 사회가 소통하는 재미 |

<표 3-2>는 문학의 즐거움이 무엇인지 조금 더 구체화되긴 했지만, 여전히 문학 경험의

7) 진선희(2018), '평생학습 시대의 초등 문학능력과 평가의 기능' 『문학교육학』 제58호, 한국문학교육학회, 61.

구체적 즐거움이 무엇인지 명확하게 드러내지는 못한다. 문학의 즐거움은 다양한 독자 개개인의 삶과 연관되기 때문이다. 위의 세 범주는 따로 구분하여 기술하였으나 초등학생이 겪는 실제 문학 경험에서는 따로 분리되는 경험이 아니라 온전히 연결된 즐거움이기에 점선으로 표시하였다. 특히 초등학생의 문학적 즐거움이 단순히 문학 자체의 즐거움에만 국한된 것으로 보는 것은 온당하지 않다. 초등학생 수준의 문학 경험도 그들 수준의 삶의 문제나 관심과 관련된 성찰적 즐거움을 포함하지 않는다면 진정한 즐거움의 경험이 되지 못하기 때문이다.

초등 시기에 길러야 할 가장 중요한 시적 능력으로서 '즐거움'은 시 자체의 즐거움과 시를 통해 독자 스스로의 마음과 상황 그리고 사회를 비추어보고 소통하는 즐거움을 포함한다. 시적 언어가 주는 향취와 재미, 시를 읽으며 상상하는 그림과 상황을 겪는 재미, 시 속 인물들과 동일시하며 겪는 감정의 재미, 시가 주는 새로움에 놀라거나 감탄하는 재미 등 시 자체의 즐거움과 더불어 시가 결국 우리 삶을 바탕으로 한 그림이며 노래이며 이야기임을 알고 즐기는 능력이다.

특히 초등학생의 언어 능력에 유의하여 시 텍스트를 선정하고 활동을 구성하는 것이 진정한 시적 즐거움의 능력을 갖도록 길러주게 된다. 아직 초등학생, 특히 저학년과 중학년은 입문기를 겨우 넘어선 단계로 언어 능력 면에서 자동화를 이루지 못한 학습자라는 점을 고려하여야 한다. 언어 면에서 자동화되지 않은 학습자들이 문학 작품을 향유하는 데에 부담이 되는 언어로 구성된 텍스트는 학습자의 문학에 대한 태도 형성에서 부정적인 역할을 하게 된다. 또 지나치게 쉬운 언어만으로 구성된 작품도 학습자의 언어 능력에 적합한 것은 아니다. 초등 학습자의 문학에 대한 즐거움과 긍정적 태도 형성에 도움이 되는 적절한 수준의 언어를 바탕으로 그들의 흥미와 관심을 이끌어내는 양질의 작품을 선정하는 것이 바람직하다.

또한 학습자의 삶과 인지적, 정의적 발달 단계에 적합한 작품을 선정하고 활동을 구성하는 것이 필요하다. 초등 문학교사가 문학교육 설계에서 끊임없이 고민하여야 하는 것은 바로 학습자의 문학 체험이다. 어떤 문학 텍스트가 학습자에게 감동과 더불어 문학을 알게 할까를 쉼 없이 생각해야 한다. 초등학생 학습자와 문학 텍스트가 만나서 이루어내는 문학 체험이 깊은 감동을 바탕으로 이루어지기 위해서는 교사가 그 두 가지 모두에 대하여 깊이 이해하고 있어야만 한다.

먼저 학습자의 가족, 교우관계, 거주 지역 및 일상생활, 세계관이나 관심사, 그들이 안고 있는 주요 문제, 정서적 심리적 성향 등을 깊이 이해하고 있어야 성공적인 문학 텍스트 선정을 할 수 있다. 뿐만아니라 학습자의 문학 장르에 대한 이해도, 선호 경향, 접근 방법 등을 이해한다면 더욱 적절한 텍스트를 선정할 수 있다.

한 가지 더, 초등 시 교육에 활용될만한 시 텍스트를 많이 알고 있는 교사가 학습자의 시적 체험을 성공적으로 이끌 수 있다. 동시, 동시 그림책, 동요, 저학년, 중학년, 고학년 별로 적절한 다양한 특징을 가진 시 텍스트를 미리 만나 경험한 교사가 학습자의 시적 체험의 질을 고려한 텍스트를 선정할 수 있다. 시 감상 교수-학습 상황이라면, 선정된 시 텍스트에 대한 교사 자신의 시적 체험의 질이 학습자의 시적 체험에 크게 영향을 줄 수 있다. 교사가 먼저 감동한 작품 중에서 학습자의 시적 체험에 적절한 것을 고르는 것이 마땅하다. 교사가 감동하지 못한 작품을 교수-학습의 교재로 삼는 경우 학습자에게 감동을 느끼도록 안내하는 것은 쉽지 않기 때문이다.

활동이나 상호작용 등 방법적으로 학습자의 시적 체험을 북돋우는 것도 가능하다. 문학 교수-학습에서 교재로 한 편의 시 텍스트만을 다룰 것이 아니라 다양한 시 텍스트를 제시하여 학습자가 감동적인 작품을 선택하여 활동할 수 있는 기회를 마련하는 것도 좋은 방법이다. 시 교육에서 학습자의 즐거움이 최대한 보장되는 활동을 설계하여야 한다. 또 동료나 교사와의 상호작용에서 시적체험의 질을 높여 나가기 위해서는 상호주관성을 보장하여야 한다. 시 읽기는 정답을 찾는 과정이 아니라 학습자가 시와 세계를 읽고 다시 읽는 과정이면서 새로운 의미를 발견해나가는 과정이 되도록 보장되어야 하기 때문이다. 이때 새로운 의미를 발견하는 '다시 읽기'는 학습자의 삶의 경험과 밀접하게 연관되어야 한다. 이는 해석공동체 내에서도 개개인의 삶의 특수성을 반영하는 상호주관적 다시 읽기를 강조하는 일이다. 그러하기에 시 교육에서 학습자와 교사는 동등한 독자로서 상호작용하는 것이 필요하다. 이러한 방법을 전제로 한 시적 체험을 통해서 상상력의 세련, 삶의 총체적 체험, 문학적 문화의 고양이 이루어질 수 있다.

초등 학습자로 시를 읽고 쓰는 일에서 즐거움을 느끼도록 설계하기 위해서 개념적 분석적 지식 설명의 방법을 지양하는 것이 필요하다. 시를 읽는 일은 단순히 언어의 사전적 의미를 찾아 개념적 의미를 구성하는 일이 아니다. 시를 읽는 일는 학습자가 자신의 경험을 총동원하여 시어와 교감하는 가운데 자신만의 구체적·감각적 의미를 구성하며 읽고 시에서 그 새로운 의미를 찾고 발견해내어야 한다. 초등 학습자에게 시를 지식이나 개념 중심으로 설명하여 가르치거나, 텍스트나 작가의 권위를 좇으며 읽도록 하는 일은 필요하지 않다. 그간의 시 교육이 진정 시를 즐기는 독자를 길러내지 못한 것은 바로 이러한 지식이나 개념 중심의 설명과 분석 중심 시 읽기에 시간을 소진하였기 때문이다.

지식 중심 시 교육은 학습자로 하여금 진정으로 시가 주는 즐거움을 느끼지도 체험하지도 못하도록 가로막은 가장 큰 장애 요인이기도 하다. 흔히 시에 대한 기본적인 지식이 없으면 시를 더 깊이 있게 읽을 수 없다는 말을 하곤 한다. 그리하여 기본적으로 시에 대해 어느 정도의 지식을 갖추어야만 시를 읽을 준비가 되었다고 생각하는 것은 적어도 초등학교 시 교육에서는 알맞지 않다. 왜냐하면 초등 학습자들은 시를 많이 읽어가면서 시를 알아가고, 다양한 시를 읽으면서 시를 읽는 방법을 터득해가며, 시를 읽어가면서 시를 쓸 수 있게 되기 때문이다. 다시 말하면 시에 대한 지식을 바탕으로 시 읽기와 쓰기의 즐거움이나 방법을 적용해나가는 것이 아니라, 시를 읽을 때 얻는 즐거움을 바탕으로 여러 다양한 시를 읽어가면서 시를 알아가고 읽는 방법을 알아가며 시에 대한 지식을 얻게 된다. 이러한 점 때문에 초등 단계의 시 학습자에게는 시를 읽으면서 누리는 즐거운 경험과 그것의 축적이 가장 중요한 시 교육의 임무라고 볼 수 있다.

그동안 시를 설명하고 시에 대한 지식을 기억하는 등의 교육이 학습자로 하여금 시를 어렵다고 생각하게 만들었다. 특히 초등 시 교육의 내용과 방법은 어떤 경우에라도 시를 읽는 일은 재미있고 즐거우며 세계와 자신을 발견하는 일이라는 것을 알도록 할 필요가 있다. 시 교육은 학습자가 시를 읽으며 상상력을 기르고, 삶의 다양한 장면과 그 장면 속에서 느껴지는 감정을 이해하고 공감하게 하며, 인간과 자연 · 사회 · 문화를 이해할 수 있도록 교육 내용과 방법을 마련하고 안내할 필요가 있다.

### 나. 상호작용의 원리

초등 시 교육의 두 번째 원리는 학습자간 상호작용을 확대하는 활동을 구성할 것을 요구한다. 문학 작품을 수용하고 생산하는 과정의 모든 활동은 여러 학습자 간의 상호주관성을 토대로 상호작용을 활발히 하는 활동으로 구성할 필요가 있다. 이를테면 한 편의 문학 작품을 읽고 여러 학습자가 나누는 대화는 학습자 개개인의 문학 체험의 질을 확대하고 스스로의 문학 수용 과정이나 방법을 검토하고 보완하는 역할을 한다. 학습자 간 상호작용이 문학 교수-학습에 주는 효용성은 매우 중요하고도 크다.

우선, 작품을 보다 면밀하게 들여다보게 된다. 이를테면 같은 작품의 내용에 대한 이해 결과를 학습자 간 대화하는 과정에서 보는 이에 따라 주목하는 부분이 서로 다르다는 것을 깨달을 수 있다. 그리하여 자신이 소홀이 지나쳤던 내용이나 의식하지 못한 작품 내의 단서들이 다른 학습자의 감상에서는 매우 소중하게 다루어지고 있는 것을 확인하는 경우가 많다. 이런 상호작용 과정에서 학습자는 문작 작품에 대해 보다 면밀하게 살피며 자신의 수용 과정을 다시 보완하게 된다.

두 번째로는 학습자 스스로 자신의 문학 체험을 들여다보는 다양한 방법을 알게 된다. 초등 학습자는 문학 작품을 읽고도 그것을 수용하고 있는 자신의 느낌이나 생각이 무엇인지 잘 의식하지 못하고 표현하는 것도 어렵게 느낀다. 다른 사람들의 문학 체험에 대한 사례를 들으면서 자신의 생각이나 느낌을 다시 들여다보고 정리하며 표현하는 방법을 알게 된다.

세 번째로는 문학 체험의 질을 높이게 된다. 문학 작품의 특성과 학습자의 삶의 경험이 어우러져 문학 체험을 이루게 되는데, 여러 학습자의 문학 경험은 서로 양적 질적 차이를 가지고 있다. 학습자 간 상호작용을 통해 문학 경험을 소통하는 가운데 문학 체험의 양적·질적 차이를 이해하게 된다. 이는 자신의 문학 경험에 대하여 반성적 성찰을 가능하게 하고 문학 경험의 내용 및 방법적 확대를 꾀하게 한다.

시 읽기 교육은 문학 소통 현상의 일환이다. 문학 체험은 인간의 삶을 바탕으로 하여 인간의 삶을 이해하고 표현하며 창조하는 소통의 과정이다. 학습자의 내부에 이미 자리하고 있는 객관적 지식과 암묵적 지식은 지식 변환 과정을 통해 성장해 간다. 시 텍스트를 읽는 경험은 그러한 지식 변환 과정으로서 의미를 가지며, 그 과정에 관여하는 지식은 학습자의 외부에서뿐 아니라 내부에서도 주어질 수 있다.

### 다. 상호주관성의 원리

학습자의 삶과 경험을 바탕으로 한 상호작용에서 상호주관적 소통을 강조하는 원리이다. 같은 시를 읽은 독자라도 각자의 삶의 상황이나 정서적 상황에 따라 서로 비슷하지만 다른 시적 경험이나 표현을 제시하게 된다. 하지만, 같은 또래 집단이거나 인류 공동체 혹은 문화 공동체로서 가지는 공통적 삶의 정황이나 정서를 공유하고 있기에 서로의 시적 경험에 공감대를 형성할 수 있다.

시의 수용에서 상호주관성이 중시되어야 하고, 학습자 스스로 시 읽기의 이러한 특성을 이해하여야 한다. 시는 의미를 직접적으로 전달하지 않을 뿐 아니라 개개인의 경험이나 삶을 바탕으로 개인의 감정과 정서를 토대로 읽어내어야 한다는 점에서 상호주관적이다. 애초에 시가 갖는 장르적 특성인 애매성은 독자의 상호주관성이 보장되어야 함을 의미하고 있다. 그러므로 시에서 정답을 논의하는 것은 의미가 없으며, 시의 의미로 더 그럴듯해 보이는 것, 시 읽기의 질적 차이의 문제를 논의하게 할 필요가 있다.

같은 시를 읽어도 여러 학습자가 상상한 장면이나 경험하는 정서가 미묘한 차이를 보일 수 있으며 그 표현을 공유하면서 공감하거나 이해하는 것이 필요함을 알도록 할 필요가 있다. 또 독자가 가진 삶의 경험이 서로 다르므로 시를 읽으며 보이는 정서적 체험의 차이를 존중할 필요가 있음을 알도록 해야 한다. 또한 시 텍스트의 문학적 논리성을 제대로 읽어 내어 상상하고 이해하고 있는지를 살펴보도록 할 필요가 있다. 같은 시를 읽고도 느끼는 정서나 상상하는 장면의 차이를 공유함으로써 서로 시를 더 깊이 있게 이해하고 생각해보도록 하는 기회가 되도록 하여야 한다.

시 읽기 교육에서는 학습독자들의 상호작용과 상호주관성을 중시한다. 시 읽기는 낯섦이나 애매함의 언어를 사용하므로 의미의 직접적 전달을 지향하지 않는다. 시 읽기의 여러 가지 해석이나 결과를 두고 '정답'을 논하는 것은 의미가 없다. 다만 상대적으로 '더 그럴 듯해 보이는 것'의 문제가 중요할 뿐이다.

### 라. 총체적 체험의 원리

문학 언어는 근본적으로 언어 사용의 한계를 뛰어넘고자 하는 언어이다. 특히 인간 언어가 기호로서 안고 있는 한계, 즉 언어의 분절성, 추상성 등은 삶의 진리를 제대 바라보거나 소통하지 못하게 한다. 문학 언어는 바로 언어로써 이러한 언어의 한계를 극복고자 하는 언어이다. 특히 삶에 대한 소통 과정에서 조각조각 나누거나 단편적으로 바라보게 하는 것이 아니라, 총체적으로 이해하고 경험하며 바라볼 수 있도록 하는 언어가 바로 문학 언어이다. 문학이 가지고 있는 삶에 대한 총체적 시선은 학습자의 분절된 시선으로 보아오던 관점을 떠나 새로운 관점으로 삶을 성찰하게 한다.

이러한 문학 본연에 가장 충실한 문학교육은 학습자 중심의 문학교육이다. 학습자 스스로가 문학을 경험하도록 하는 것이 중요하다. 학습자가 문학 언어를 마치 설명 언어처럼 읽어 제대로 경험하지 못할 때 진정한 문학교육은 이루어지지 않는다. 학습자는 문학을 경험하면서 스스로 문학 작품 속에서 살아야 한다. 작품을 경험하며 실제적 감각기관을 통해 감각하고, 정서적 인지적 감동과 사고의 경험을 총체적으로 살아내야 한다. 그리하여 스스로의 삶을 되돌아보고 살펴볼 수 있는 기회를 제공하여야 한다.

시를 통한 학습자 개개인의 삶의 성찰은 학습자 스스로의 삶의 질을 성찰하고 전망하는 기회를 제공한다. 스스로를 되돌아보는 기회가 되도록 교수-학습을 설계할 필요가 있다. 시를 읽고 미처 자신이 보지 못했던 새로운 감각을 경험하고, 새로운 눈으로 세상을 보는 경험을 함으로써 갇혀있던 자신을 발견하는 기회를 주어야 한다.

문학을 통한 성찰의 또 다른 한 가지는 학습자의 문학 경험 내용 및 방법에 대한 성찰이다. 학습자 중심 문학교육은 학습자 개개인이 자신의 문학 경험의 내용이나 방법 면에서 스스로를 되돌아보고 깨달음을 얻도록 할 필요가 있다. 이를 위하여 다른 학습자와의 상호작용이나 소통 및 공유가 매우 중요한 역할을 감당하게 된다.

결국 초등 학습자의 시적 능력은 이렇듯 개인적 시적 체험 및 상호작용 활동을 통해 시를 깨달아 알아가는 교수-학습에서 향상된다. 초등 학습자는 다양한 시를 읽고 경험하면서 시가 무엇인지, 시를 어떻게 읽는 것인지 깨닫게 하는 것이 필요하다. 시의 재미를 알지도 못하는데 시를 개념적으로 이해하게 하거나 설명하게 하고 분석하는 일로 독자가 스스로 시에서 상상하고 깨달으며 발견할 수 있는 기회를 박탈하지 않아야 한다. 초등 학습자는 스스로 시의 즐거움을 발견하고 깨달으며, 그 즐거움을 통해서 시가 무엇인지 어떻게 읽어야 하는지 알게 된다는 점을 시 교육의 설계와 실행 전반에서 유의하여야 한다.

초등 학습자에게 시 읽기가 문학 소통 활동의 일환임을 알도록 할 필요가 있다. 시의 수용과 생산은 자연과 인간의 삶과 세계에 대한 소통 활동이다. 초등 학습자의 수준에서 자신과 타인의 감정의 소통을 바탕으로 하는 이해와 공감이 필요하고 그것이 우리 삶을 살찌운다는 사실을 경험하게 할 필요가 있다.

이를 위해서는 시를 수용하는 과정에서 시어나 장면을 어절 단위로 분석하고 설명하여 이해시키는 일은 적절하지 않다. 그보다는 학습자 스스로가 시 텍스트와 깊이 있는 상호작용을 할 수 있도록 안내하는 것이 필요하다. 대체로 초등 학습자는 처음에는 시 텍스트를 문자 해독을 중심으로 읽어내는 데에 신경을 쓸 수밖에 없다. 하지만 문자 해독 중심의 읽기에 몰두하면 시의 장면을 상상하고 독자의 삶과 정서로 시를 읽어 체험하는 일을 소홀히 하게 되기도 한다. 그래서 시 수용 과정에서 다양한 활동을 하면서 시에 접근하도록 하는 방식을 취한다. 시를 찬찬히 읽으며 장면을 상상하기, 시를 여러 번 읽으며 장면을 그림이나 몸짓으로 표현하기, 시의 장면에 대하여 여럿이 이야기하기 등의 활동을 구안하는 것도 모두 학습자가 자신의 삶으로 시를 읽고 상상하며 정서적 체험을 하고 즐길 수 있도록 하기 위함이다.

### 마. 수용과 창작의 원리

시 교육에서 시의 수용과 창작은 자연스럽게 연관되도록 설계할 필요가 있다. 제7차 교육과정 이후 시 교육에서 '창작' 관련 교육 내용이 점차 확대되었다. 2009개정 교육과정에 따른 시 창작 활동이 초등학교 1-2학년군에서 부터 다루어지고 있다. 하지만, 시 창작 지도는 시의 수용 활동에서 느끼는 즐거움이나 감동과 자연스럽게 연계하여 독자 자신의 감정이나 정서를 시로 표현하는 활동으로 이끄는 것이 바람직하다. 특히 시의 특징에 대한 설명적 이해가 아닌 시를 읽으며 감동적으로 경험하는 것을 바탕으로 시를 이해하고, 그 감동적 경험이 곧 실제 자신의 삶의 정서나 감동과 연관되어 시적 표현을 하는 데에까지 이르도록 하는 것이 초등 학습자에게 더 적절하다. 아직 시적 특징에 대한 개념적 이해가 낮은 상태에서 시의 특징에 대한 도식적인 설명에 맞추어 시적 표현을 하도록 하는 것은 감동이나 즐거움을 수반하는 활동이 되기 어렵기 때문이다.

이를테면 한 편의 시를 읽으며 느낀 감동을 글로 쓰거나, 여러 가지 예술적 표현으로 연결하는 것도 한 가지 방법이다. 이 또한 시적 감동의 창작에 포괄될 수 있다. 또는 한 편의 시를 읽으며 성찰한 자신의 삶이나, 재미있게 생각한 시적 장면에 개인적 경험 내용을 확대하여 재창작하거나, 수용한 시의 리듬에 맞추어 새로운 자신의 경험을 표현해보는 등 모작이나 개작의 형태로 창작 활동을 할 수 있다. 그러다 결국은 더 자유롭게 시적 감동에서 비롯되어 새로운 시적 감동을 창조하는 작품을 완성하게 할 수 있다.

### 바. 내면화의 원리

시 읽는 일은 문학의 여러 장르들이 그러하듯이 자신을 들여다보는 일이다. 특히 시적 언어는 언어의 기호성·개념성을 초월한 개개인의 구체적 경험을 환기하고 끌어낸다는 점에서 더욱 그러하다. 시의 독자는 시를 읽으며 타인의 정서와 더불어 자신의 정서와 경험을 곱씹고 자세하게 들여다보게 된다. 시의 장면을 상상하는 동안 자신에게 어떤 마음이 드는지, 자신의 경험 가운데 어떤 것이 떠오르는지, 자신의 감각이 무엇을 그려내고 느끼고 있는지 스스로를 되짚어 보지 않을 수 없다.

작가가 그려낸 시적으로 형상화된 장면이 독자의 경험과 겹치면서 독자의 정서나 감각과 대비되면 이때 자신을 바라보며 읽지 않을 수 없다. 시를 읽으며 내용이나 정서에 공감하거나 투사하면서 스스로의 삶을 다시 바라보기만 한다면 그것은 참으로 의미 있는 일이다. 자신의 감정이나 정서를 스스로 바라볼 수 있다면 그것만으로 참 삶으로 나아가는 길이 되기에 충분하다. 어떤 이데올로기적 결정이나 태도의 변화를 노골적으로 의도하는 것보다, '스스로를 들여다보는 것'을 지향하도록 함으로써 학습자의 삶이 훨씬 더 풍성해지도록 할 수 있다.

그런 점에서 내면화 교육이 어렵다. 교사가 특정한 문화적 이데올로기적 자세를 강요하거나 정서 경험의 방향성을 제시하는 것은 시 교육에 적절하지 않다. 학습자가 스스로의 삶과 정서를 바라보고 깨달을 기회를 주는 것으로 충분하다. 초등 시 교육에서는 학습자가 시를 즐겨 감상하고 시적 정서를 경험해나가며 시적 체험을 내면화하도록 충분한 대화와 깨달음의 기회를 주는 교수-학습을 설계하는 것이 필요하다. 특별히 교훈을 찾아내도록 하거나 교사가 교훈을 강조하여 제시하는 것은 좋은 방법이 아니다. 오히려 학습자가 스스로 생각해내거나 경험해낸 삶의 방향을 다양한 방법으로 스스로 표현하는 기회를 주는 것이 좋다.

## 확장 및 응용

1. 초등 시 교육 현상의 구성 요소를 설명하고, 교사가 초등 시 교육 현상에 기여할 수 있는 바를 이야기해 봅시다.

2. 초등학생에게 시의 즐거움을 가르쳐 주기 위해서 교사가 할 수 있는 역할을 동시 한 편을 예로 들어 설명해 봅시다.

3. 초등학교 교실에서 시를 읽고 소통하는 방법을 예로 들고, 유의할 점을 설명해 봅시다.

# 4장
# 시의 독자는 누구인가

시는 체험이다

\- 릴케 -

이 장에서는 시의 독자들이 어떻게 시를 음미하는지 살펴보고자 한다. 자라온 환경과 문화가 다른 학습독자는 개개인의 취향이 남다르다. 그래서 시를 대하는 태도도 다양하게 나타난다. 어떤 이는 자신이 경험한 것을 즐기기도 하고 어떤 이는 처음 본 것들을 더 선호하기도 한다. 학습자들의 다양한 반응 양상이나 유형을 아는 일은 시 교육을 위해 교사가 반드시 알아야 할 영역이기도 하다.

학습 독자들의 반응은 개인적인 감상에서 비롯된 다양한 유형과 학습자간의 대화와 토의에서 비롯된 소통의 유형으로 탐색할 것이다. 이를 통하여 독자들이 시의 표현을 이해하고 깊이 있는 의미에 다가가는 행로를 파악할 수 있을 것이다.

## 1. 교수-학습에서의 학습자 상황

교실 수업 상황에서 학습자는 시를 읽는 개인 독자이면서 다른 친구들과 함께 읽는 독서 공동체의 일원이 된다. 교실 안에서 구성되는 독서 공동체는 성숙한 독자인 교사와 성숙과정에 있는 학습자들로 구성된다. 따라서 학습자는 시를 읽고 내적인 소통을 수행하면서 동시에 교실 안에서 일어나는 외적 대화 상황에도 참여한다. 교사가 설계한 수업 상황에서 학습자는 무엇인가 배워야 한다. 학습자는 교사의 안내 속에서 지속적으로 영향을 받는다. 교사는 학습자의 발언이나 의견을 듣고 판단하며 피드백을 제공한다. 동료들과 이야기를 나눌 수는 있지만 주된 청자는 교사이다. 학습자는 교사들의 안내와 의도에 따라 자신의 의견을 조절하거나 통제하려는 경향성이 있다. 시를 배우는 교실을 문화적 맥락으로 바라보면, 교사는 분배자의 역할을 담당한다. 교실 안의 면대면 소통 상황(face-to-face communication)에서 교사는 시를 선택하고 그 수용을 독려하는 분배자로서 기능하면서 학습자가 적극적으로 시의 내용을 받아들도록 영향을 미친다.

문학을 읽거나 듣는 것은 '체험(體驗)한다'고 하여, 흔히 '문학 체험'이라는 말을 사용한다. 체험은 '경험(經驗, experience)'과 유사하지만, 문학을 경험한다고 하지는 않으며 특별히 '체험(experience 혹은 personal experience)한다'고 하는데, 그 의미의 차이는 명확하지 않다. 경험주의 철학자들은 체험 또는 경험을 본질적으로 감각을 통해 세계를 수용하는 것이라고 보았다(진선희, 2006:22).

학습자의 '시적 체험'은 시 읽기에서 '시 텍스트'와 '독자' 간의 상호작용에 의한 주체의 체험을 의미한다. 언어 예술인 시와 독자의 상호작용이기 때문에 본질적으로 심리적이다. 후썰(Husserl)은 다양한 유형의 심리 현상의 본질 구조가 다름을 인정하면서도, 심리 현상 일반의 본질 구조를 '지향성' 즉 "대상을 향한 자아의 의식적 관계"에서 찾고 있는데, 시적 체험에서 시 텍스트와 독자의 관계는 자연 과학적 '인과 관계'가 아닌 '지향적 관계'가 우선적이다. 시적 체험은 시 텍스트를 현실적으로 포착하고 해독하는 작업을 전제로 하기 때문에 지성적이지만, 동시에 시공의 게쉬탈트(Gestalt) 파악과 관련된 체험이라는 점에서 정서적이며 감성적이라는 것이다.

시적 체험은 인지적(cognitive) · 정의적(affective) · 심미적(aesthetic) 특성을 모두 포함하는 심리적 체험이다. 이들 인지적 · 정의적 · 심미적 특성들은 총체적 형태로 상호 융합되어 시적 체험을 이룬다. 그러나 학습자가 인지적이거나 정의적 측면의 반응을 하게 되면 자칫 상투적인 반응(stock response)에 머물 위험이 있다. 상투적 반응이란 시를 문학적인 현실로 받아들이기보다는 실제 현실로 받아들이는 것이다. 이것은 시적 상황이 사실인지 혹은 비사실인지로 판단하여 현실 세계의 일과 짝짓기 식으로 파악하는 오류를 말한다. 또한 시를 읽고 교훈적인 내용만을 찾아내려는 경향성 역시 상투적 반응이라고 할 수 있다. 문학작품이 도덕과를 위한 텍스트가 아니라면 이러한 읽기 방식은 지양되어야 한다. 이를 해결하기 위해서는 심리적으로 거리를 두어 시텍스트의 의미를 구성하는 태도를 지녀야 한다.

시를 읽을 때 심리적 거리를 둔다는 의미는 다른 것에 관심을 가지지 않고 그 자체에만 관심을 가진다는 의미이다. 다른 대상과의 관계나 나와의 관계에서 시의 중요성을 인식하는 것이 아니라 시를 '시 자체'로 바라보고 시의 개체성을 지각하는 것이다. 예를 들어 회색의 낡은 강의실 책상을 바라본다고 할 때, 인간에게 생길 수 있는 인식은 여러 가지가 있을 수 있다. 책상이 사각형이라든가, 책상과 의자가 붙어 있다든가, 교실에 있다든가 하는 것은 인지적 인식이다. 책상은 학생에게 꼭 필요하다든가 낡아서 필요 없게 되었다든가 하는 것은 정의적 영역에 속한다. 이와 같은 인식은 그 책상에 대한 개념적 인식이며 그 책상의 개체성(individuality)에 대해서는 아무런 인식도 없다. 반면 책상은 대학의 강의실에서 수십 년을 지내오면서 학생들의 성장을 지켜보았을 것이라든가, 어느 무더운 밀림에서 자란 나무가 책상이 되었을 것이라든가, 낡았지만 균형이나 아름다움을 주는 모양을 가졌다든가 하는 인식은 심리적 거리를 두고 대상에 관심을 가지는 인식이다. 자연 현상에 대한 판단도 이와 비슷하게 설명될 수 있다. 이른 새벽 대도시 안에 있는 산에 올라가서 스모그 가득한 도시의 모습을 바라보았다고 하자. 그 모습을 보고 매연에 들어 있는 탄화수소가 햇빛에 의하여 성질이 변하면서 질소산화물과 작용하게 되어 스모그가 나타난다고 설명한다면 이것은 스모그의 발생에 대한 과학적 시선으로 인지적 평가에 해당한다. 반면 스모그 때문에 사람들의 건강이 나빠질 것이기 때문에 스모그를 발생시키는 자동차를 줄여야 환경오염을 줄여야 한다고 생각한다면 이것은 정의적 가치판단에 속한다. 그러나 스모그의 모습에서 환영받지 못하는 존재에 대한 비애나 그럼에도 불구하고 불투명한 흰 빛깔의 아름다움을 느낄 수 있다면, 이는 심미적 판단에 해당한다.

이러한 심미적 태도를 무관심성의 시선이라고도 할 수 있다. 즉 심리적 거리두기는 다른 목적에는 관심을 두지 않고 대상의 구체적인 모습을 감각적으로 생생하게 지각하고 공감하도록 하기 위한 준비 과정이다. 이 과정에서 학습자는 다른 관심이 제거된다는 측면과 그리하여 대상에 대한 지각적이고 상상적 힘에 전심한다는 두 가지 측면을 지닌다. 대상에 몰입하기 때문에 감정이입의 통로가 쉽게 열릴 수 있으며, 지각된 시 텍스트에 대한 정신적 참여를 통해서 시를 인식하는 것이다.

## 2. 학습자의 반응 유형과 특성[8)]

스퀴르(Squire)는 학습 독자들의 문학 작품에 대한 반응을 분석하여 7가지 범주를 설정하였다. 곧, 문학적 판단(literary judgements), 해석적 반응(interpretationalresponses), 서술적 즉각 반응(narrational reactions), 연상적 반응(associational response), 자기-몰입(self-involvement), 규범적 판단(prescriptive judgements), 기타(miscellaneous)로 구분하였다. 그는 학습자가 충분한 해석적 반응을 하려면 먼저 문학 작품에 몰입해야 함을 강조했다. 이는 문학 수업에서는 분석적 접근에 앞서 작품에 충분히 몰입하는 것이 중요함을 의미한다. 또 퍼브스와 리페르(Purves & Rippere, 1968)는 문학 작품에 대한 독자의 표현된 반응을 분석하는 4가지 범주를 제시했다. 그들은 연계-몰입(engagement-involvement), 지각(perception), 해석(interpretation), 평가(evaluation)의 4가지 범주만으로는 독자의 반응을 모두 포괄하지 못한다고 보고, 다시 19개의 하위 범주와 115개 요소를 별도로 설정하기도 하였다. 학생들이 나타내는 반응을 범주화한 또 다른 형태는 비언어적 반응(Nonword responses), 축자적 반응(Literal responses), 평가적 반응(Evaluative responses), 확장적 반응(Extension responses)으로 구분한 것이다. 비언어적 반응은 눈빛, 손짓, 몸짓을 포함하는 지극히 개인적이고 무의식적인 것으로 보이는 반응들로 실제적 의미 구체화가 일어나고 있음을 드러내는 증거들이다. 축자적 반응은 특정한 단어나 소리, 구절을 흉내내거나 진술하거나 질문하는 반응이나 의미가 명확하지 않은 부분에 관심을 가지고 질문하거나 대화하는 반응이고, 평가적 반응은 독자들이 자신의 경험이나 삶이나 가치로 점검하고 평가하는 반응이며 확장적 반응은 공동체

8) 이 부분은 진선희(2006)의 내용을 근간으로 구성하였다.

의 일원으로서 독자가 문학에 대한 배경지식을 넓히고 계발하는 반응이다.

학습 독자들의 문학 텍스트 체험 스타일이나 패턴에 따라 인지 전략의 사용 과정이 달라지는데, 브라우디와 퍼브스(H. Broudy & A. Purves)는 시에 대한 독자들의 구두 반응 연구에서 사전 학습과 흥미에 영향을 받아 형성된 독자들의 문학체험을 드러낸 반응 스타일을 축자적 체험(Literalists), 관념 연합적 체험(Associationists), 분석적 체험(Construers), 해석적 체험(Analogizers)의 네 가지 유형으로 구분하여 제시하였다. 국내 학습자의 반응을 분석하여 시 읽기 과정의 시적 체험 양상을 연구한 것으로는 진선희(2005)가 있다. 초등학생을 대상으로 쓰기-반응 자료 662편을 분석하여 7가지 범주(재진술, 분석, 평가, 구체화, 주제화, 자기화, 메타 소통적 진술)로 구분하고 13가지 하위 범주를 설정하였다. 여기서는 이를 간단히 소개하고자 한다.

### 가. 재진술

시 텍스트의 내용을 독자가 자신의 언어로 재진술 하는 반응이나 시를 그대로 옮겨 적기만 한 반응으로, 독자가 시 텍스트를 읽을 때 언어와 표면적 내용을 그대로 받아들이는 인지적인 시적 체험을 보여주는 것이다. 시 텍스트의 내용을 거의 그대로 다시 진술하는 경우, 독자 자신의 언어로 풀어서 진술하거나 시 텍스트의 단어들을 그대로 사용하면서 시의 내용을 문장화하는 경우가 여기에 해당한다.

> ㉠ -- (생략)-- 그런데 이 시에서 궁금한 것이 있다. 콩새 · 팥새[9]는 진짜 실제로 있는 새일까? 그리고 '그렁저렁 살지야'란 무슨 말일까? 또 '요롱조롱 살지야'는 뭐지? 또 만일 '콩새 · 팥새'가 있다면 '구구구 구구구' 이렇게 우는 것일까?

㉠은 독자가 '콩새야 팥새야'를 읽을 때 생기는 의문을 중심으로 진술되어 있다. 이런 '의문' 제기는 텍스트 내적 정보를 분석하거나 조직 · 해석하는 등의 활동과 동시 혹은 직전의 과정으로 보아 텍스트를 재진술하는 차원으로 범주화하였다.

---

9) 김태오, <콩새야 팥새야>에 대한 반응. 콩새야 팥새야/무엇 먹고 사느냐./콩밭에서 먹자 쿵/팥밭에서 먹자 쿵/구구구 구구구/그렁저렁 살지야.// 콩새야 팥새야/무엇 먹고 사느냐./콩을 물고 콩콩콩/팥을 물고 콩콩콩/구구구 구구구/요롱조롱 살지야. (김태오, <콩새야 팥새야>)

이런 재진술 반응들은 시 텍스트를 읽어가는 학습 독자들이 텍스트를 그대로 옮겨 쓰는 기계적인 행위와는 다른 정신 활동이다. 텍스트의 문자를 그대로 베껴쓰는 행위 중심이 아닌 텍스트의 의미를 독자의 내적 의미로 옮겨가는 과정으로, 의미 형성 중심의 옮겨 쓰기이기 때문이다. 텍스트의 시어들을 거의 그대로 사용하면서도 조사나 어미 등을 자신의 말로 바꾸거나 완결된 문장으로 진술하는 것이나 의문문의 형태로 진술하는 등의 반응은 학습 독자의 시 텍스트 읽기 과정에서 텍스트 중심 의미 형성의 초기 과정을 가늠할 수 있게 한다.

## 나. 분석

시 텍스트의 구성 요소에 대한 독자 나름대로의 분석과 설명에서 멈추는 경우도 있고, 자신들의 생각이나 판단에 따라 텍스트를 수정하는 경우도 있다.

### 1) 요소 분석 및 평가

시 텍스트의 구성 요소들을 분석하여 설명하거나 그 효과에 대해 진술하는 반응이다. 주로 비유법, 음악적 요소, 시어 등 표현적·형식적 요소에 대해 분석·판단하여 설명하는 시적 체험을 보인다. 대체로 텍스트 요소 분석 및 설명의 경우에는 독자 자신들의 평가적 발언을 첨가하여 진술하는 경우가 많다. 텍스트의 요소분석·설명과 텍스트의 구성 요소에 대한 평가는 대부분의 반응에서 한 문장 내에 함께 진술된다. 그런데 여기서의 평가는 시 텍스트의 요소들 각각에 대한 부분적 평가를 의미하며 텍스트 전체에 대한 평가는 아니다.

㉠[10] 비유법 중 직설적인 직유법을 써 아파트를 벌통, 사람들을 벌이라고 생각한 글쓴이는 어떤 사물도 다르게 생각하는 창의성이 돋보인다. 아침에는 무엇이 그리 바쁜지 허둥지둥 나간 걸 부지런하다고 하고, 저녁이면 꿀 대신에 무엇을 갖고 들어가는지 궁금하다는 의미가 대단히 함축적이게 쓰인 것 같다. 특히 마지막 연의 말줄임표는 시의 느낌을 더욱 살리고 있으며, 매일매일 바쁜 생활이 반복된다고 암시하는 것 같다.

10) 권오삼, <아파트>에 대한 반응. 벌통을 닮은/집//사람들은/아침이면 부지런히/벌처럼/집 밖을 나서지만//저녁이면/꿀 대신/무엇을 갖고 들어가는지/무엇을 갖고 들어가는지……(권오삼, <아파트>)

㉠에서 독자는 시 텍스트의 표현 요소들을 하나하나 분석적으로 설명하고 있다. 독자 개인의 느낌이나 감상 표현이 거의 없고 작가의 의도를 분석하거나 설명하려고 하며 시에 사용된 표현법을 나름대로 설명하고 있다.

흔히 시 텍스트 읽기의 단계적 접근에서는 텍스트 분석이나 설명의 과정이 해석이나 평가에 선행하는 단계인 것으로 이해되고 있다. 그런데 위에서 분석한 글은 학습 독자들이 시를 몇 번 읽은 후에 생각난 것을 자유롭게 작성한 것으로, 충분히 음미한 후 비평문으로서 감상문을 작성한 것이 아닌 초고 수준의 글이다. 이런 점을 감안한다면 앞의 반응들에서 확인할 수 있는 것은 학습 독자들의 시 텍스트 읽기 과정에서 텍스트의 부분적 구성 요소 대한 평가는 시 텍스트 전체를 충분히 음미하지 않은 상태인 시 텍스트와의 거래 초기 분석 및 이해 과정에서도 동시적으로 이루어지기도 한다는 점을 알 수 있다.

### 2) 텍스트 수정

시 텍스트의 구성 요소 중 일부분을 분석 · 설명하거나 평가하는 것을 넘어서, 자신의 생각이나 판단대로 시 텍스트를 수정하는 시 읽기 과정을 보여주는 반응이다. 학습 독자들은 시 텍스트를 읽으면서 시의 구성 요소들에 대해 그들 나름대로 평가하기도 하고 그에 따라 적절하지 않다고 판단되면 자신의 창의적 생각이 들어 있는 단어나 낱말 혹은 상황을 대입하여 진술하는 반응을 보인다.

> ㉠[11] --(생략)-- 그리고 타달타달을 터벅터벅으로 바꾸면 좋겠다. 하지만 강아지가 따라오다가 가는 것보다 풀밭에서 노는 풍경이 더 좋을 것 같습니다. 복슬복슬보다 보들보들 털강아지가 더 좋은 것 같다.
>
> ㉡[12] --(생략)--그리고 내가 생각하기에는 이 시에서 잘못된 점이 있는 것 같다. 2연 4행에 '팥을 물고 콩콩콩'은 잘못된 것 같다. 만일 이것이 없어지고 '팥을 물고 팥팥팥'이라고 한다면 더욱더 재미있는 시가 될 것 같다.

---

11) 김종상, <강아지>에 대한 반응. 쪼르르/달려갔다가/아장아장 돌아오고,//쫄랑쫄랑/따라오다가/타달타달 돌아가고,//심심해서/친구 찾아다니는/복 슬복슬 털 강아지. (김종상, <강아지>)

12) 김태오, <콩새야, 팥새야>에 대한 반응

㉠은 시 텍스트의 내적 상황을 수정하여 제시하는 경우이고, ㉡은 시어를 수정한 예이다. 이러한 반응들에서 엿볼 수 있는 시적 체험 특성은 학습 독자들이 매우 능동적이고 적극적으로 작품 구성에 참여하고 있다는 점과 시적 체험의 다양성이다. 텍스트를 수정하는 이유를 자세히 보면, 이들이 텍스트 전체를 음미하고 감상한 후에 텍스트를 수정하고픈 생각을 한 것이 아니라는 것을 알 수 있다. 단지 제시된 다른 시어들과 비교 및 연상의 정신 활동 속에서 즉흥적으로 수정하고 싶다는 생각을 하고, 그것을 드러낸 것이다. 이는 텍스트를 읽어가는 과정에서 텍스트의 부분적 구성 요소들을 분석하는 단계에서도 제시된 구성 요소들 자체만을 수동적으로 받아들이는 것이 아니라 독자가 능동적이고 적극적인 추측과 유추 활동을 동원하고 있음을 단적으로 보여준다.

### 다. 평가

한 편의 시로서 텍스트 전체에 대해 학습 독자 나름대로 판단이나 평가를 내리는 반응을 보인다. 독자가 내린 판단이나 평가의 이유를 텍스트에서 분명하게 찾아 제시하는 경우는 '텍스트 중심 평가'이다. 그에 비해, 판단의 이유를 텍스트에서 찾아내어 설명하거나 해석적으로 제시하지 못하고 독자의 느낌이나 인상을 중심으로 진술하거나, 혹은 드러내지 않는 경우를 '독자 인상 중심 평가'로 구분한다. 이러한 텍스트 중심 평가나 독자 인상 중심 평가 반응들은 앞에서 제시한 요소 분석·평가와는 달리 시 텍스트 전체에 대해 종합적으로 음미하고 평가하는 모습을 보여준다. 시의 요소들이 시 텍스트 전반에 주는 효과를 독자가 어떻게 느끼는지 혹은 독자의 느낌 및 인상이 시적 체험에 어떻게 작용하는지를 엿볼 수 있다.

#### 1) 텍스트 중심 평가

독자가 한 편의 시 텍스트 전체의 가치를 진술하거나 분석적으로 판단·평가하는 반응이다. 특히 시의 작품성에 대해 학습 독자 나름대로 텍스트 해석적으로 평가 이유를 진술하는 반응을 보인다. 시 텍스트의 가치에 대한 평가 이유로 시 텍스트의 구성요소에 대한 설명을 하거나 분석하면서 텍스트 전체에 대해 평가적 진술을 하는 반응이다.

㉠[13] --(생략)--그리고 이 시를 적은 사람에게 이런 말을 하고 싶다. 소나기라는 말로 이렇게 좋고 아름답고 조용한 분위기를 나타내는 시를 적다니 정말 좋겠어요. 그리고 나중에도 좋은 시 만들어 주세요. 나는 이 시가 좋다는 점은 꼬마병정들이 흰말을 타고 두두둑두두둑 내려옵니다입니다.
문삼석, <소나기>에 대한 반응 -- 재미있다. 구름을 사람처럼 표현했다. 천둥치는 소리를 큰북으로 비유하였다. 소나기는병정에 비유하였다. 큰북을 치는 소리는 곧 소나기가 온다는 뜻 같다.

㉠에서 독자는 시 '소나기'에 대한 평가적 진술을 하고 있다. '아름답고 조용한 분위기'의 '좋은 시'로 평가하면서 그 이유를 '소나기라는 말'이나 '꼬마병정들이 흰말을 타고 두두둑 두두두둑 내려옵니다'라는 텍스트 내의 일부분을 들어가면서 이 텍스트가 '좋은 시'인 이유를 설명하고 있다. ㉡은 '재미있다'라는 시 전체에 대한 인상을 평가하는 발언을 하고 나서 시의 요소들을 분석하거나 해석적으로 설명하고 있다. 비록 논리적이거나 적합한 내용의 평가가 아니라 하더라도 학습 독자의 수준에서는 나름대로 진지하게 판단과 평가를 내리고 있다. 이처럼 평가의 근거를 텍스트의 부분이나 텍스트가 제시하는 장면을 중심으로 진술하고 있는 것이 '텍스트 중심 평가'의 특징이다.

### 2) 독자 인상 중심 평가

시 텍스트의 내용이나 표현에 대한 단편적이고 즉흥적인 인상이나 독자 중심의 평가 이유를 진술하는 반응이다. 또, 시 전반에 대하여 "재미있다", "좋다", "감동적이다" 등의 짧은 인상 평가를 진술하는 반응을 보이지만 구체적 이유를 제시하지는 못하는 반응도 여기에 해당된다. 특히 시의 구성 요소들에 대한 설명력이 부족한 경우에 막연하게 좋다거나 왜 그런지 모르겠으나 특정한 인상을 받았다는 진술, 그리고 시의 어떤 요소로 하여 그러한 느낌을 받았는지를 설명하지 못하고 자신의 즉흥적 느낌이나 인상을 표현하기만 하는 반응이 여기에 해당한다.

㉠ --(생략)--뭔가가 짧지만 재미있고 신이 난다.--(생략)--

13) 문삼석, <소나기>에 대한 반응. 꼬마 병정들이/흰 말을 타고/두두둑 두두둑/내려옵니다.// 꼬마 병정들이/큰 북을 치며/두두둑 두두둑/몰려옵니다.(문삼석, <소나기>)

ⓛ[14] -- 이 시를 고른 이유는 귀여운 감정이 들어있기 때문이다. 어린아이들이 아마 이 시를 읽고 강아지를 많이 살 것 같다. 아이들이 읽으면 아주 좋아할 것 같다. 왜냐하면 나도 이시를 읽고 친근감을 받았기 때문이다. --(생략)--

㉠ⓛ의 공통적 특징은 시가 좋다는 반응이면서 그 이유는 텍스트의 특징을 구체적으로 언급하며 제시하는 것이 아니라 '뭔가' 알 수 없지만 재미있다거나, '귀여운 감정이 들어있어', '친근감을 받았기'에 아이들이 읽으면 좋겠다고 진술하는 반응이라는 것이다. ㉠은 이유를 알 수 없으나 어떠어떠하다고 판단한 경우이고, ⓛ은 독자에게 느껴지는 인상을 바탕으로 평가하는 예이다.

이러한 텍스트 중심 평가나 독자 인상 중심 평가 반응들은 앞에서 제시한 부분의 분석·평가와는 달리 시 텍스트의 전체에 대해 종합적으로 음미하고 평가하는 시적 체험 과정을 보여준다. 시의 요소들이 시 텍스트 전반에 주는 효과를 독자가  어떻게 느끼는지 혹은 독자의 느낌 및 인상이 시 텍스트 읽기 과정에 작용하는 양상을 엿볼 수 있다.

### 라. 구체화

구체화는 독자가 텍스트를 읽는 과정에서 텍스트의 빈자리를 메워가며 장면을 상상하거나, 경험을 떠올리며 회상하는 반응이다. 설명적 구체화, 경험적 구체화, 창조적 구체화는 독자가 시 텍스트 읽기에서 장면을 형상화하는 과정을 텍스트 요인이나 독자 요인의 간섭 정도에 따라 더 세밀하게 구분하여 밝혀낼 수도 있는 가능성을 시사한다.

#### 1) 설명적 구체화

시 텍스트에 제시된 장면이나 상황을 독자의 느낌을 살려 상상하고 빈자리를 보충하면서 설명하는 구체화 과정이다. 시 텍스트 내용을 재진술하는 차원을 넘어 독자 나름대로의 논리와 상상 작용을 덧붙여 해석해 나가면서 시의 장면을 묘사·설명하는 반응이다. 이 때 독자의 진술 내용은 개인적 경험과의 연관을 드러내지 않고 텍스트에 제시된 것을 바탕으로 한 독자

14) 김종상, <강아지>에 대한 반응.

의 상상 작용만을 드러낼 뿐이다. 상상 작용의 범위는 텍스트에 제시된 배경이나 장면을 좀 더 세부적으로 묘사하는 정도에 그치는 것으로 텍스트에 제시된 함축적 장면의 해석으로 볼 수 있는범위 내에서의 상상이다.

㉠[15] 쓸쓸한 강아지 한 마리가 밖에 있다. 모르는 사람이 오면 왈왈거리면서 그 쪽으로 간다. 그냥 가서 강아지가 힘이 빠진 것처럼 강아지는 아장아장 거리면서 집으로 돌아간다. 주인이 오자 쫄랑거린다. 놀아달라고 하니 학원에 간다고 안놀아 준다고 삐져서 -- (생략)--

시 '강아지'의 텍스트 내용을 학습 독자가 설명적으로 구체화한 내용이다. '모르는 사람'이 온다거나 '주인'이 온다거나 '학원에 간다고 안 놀아 준다'는 내용은 독자의 상상 결과로, 그것이 시 텍스트의 빈자리를 채워 넣고 있는 것을 알 수 있다. 설명적 구체화에서는 대체로 텍스트에 드러난 내용을 중심으로 텍스트 내 등 장 인물의 행위 및 사건의 이유나 정황을 보충 설명하면서 장면을 그리는데, 독자의 상상 요소가 텍스트에 제시된 장면을 선명하게 하는 보조 설명으로 진술되는 경우가 많다.

## 2) 경험적 구체화

독자는 시 텍스트의 빈자리를 메우거나 불확정 부분을 구체화할 때, 텍스트에서제시한 장면과 상황을 상상하는 과정에 자신의 경험 요소를 직접 끌어와 관련짓는다. 특히 시 읽기에서 표현된 반응 중에서 독자의 개인적 경험 장면을 회상하거나 그것을 텍스트의 장면과 관련지으며 구체화하는 진술을 경험적 구체화로 보았다. 여기서 독자의 경험 요소에는 다른 텍스트 읽기를 통한 상호텍스트적 경험도 포함된다. 다음은 구옥순, <벌>에 대한 반응이다.

㉠ 나는 월요일마다 논술을 한다. 1반에 있는 성연이와 현동이와 같이 한다. 저저번 주에는 몽실언니를 하고 저번 주에는 나의 라임오렌지 나무를 했다. 독후감상문을 쓴 것을인터넷에 올려야 된다. 난 몽실언니를 올리고 나의 라임 오렌지 나무는 수업시간에 잘하고 숙제를 잘해와서 면제되었다. 현동이는 아직 몽실언니도 올리지 않아서 내가 현동이 대신 나의 라임오렌지 나무를 쓰

15) 김종상, <강아지>에 대한 반응

겠다고 하였다.

ⓛ --(생략)--그리고 우리반 친구들이 밥을 안먹고 놀러나가서 단체 기합 운동장 30바퀴를 돈다고 했지만 11바퀴를 뛰었다. 너무 힘들었다. 또 며칠 후에 남자애들이 밥을 안먹고 놀러나간 애들도 있고 교문 밖으로 놀러나간 남자애들도 있어서 남아있던 운동장 트랙을 돌겠다고 걱정했는데 다행히 돌지 않았다. 정말 다행이었다. 그러고부터 그전부터 계속 남자애들이 잘못을 해서 계속 벌을 받는 것을 본 기억이 있다.

ⓒ 동화책에 있는 레시와 존이 학교에서 레시와 존이 만나고 존과 700㎞나 달리는 게 기억에 남는다.

㉠은 텍스트의 등장 인물과 유사한 독자 자신의 경험을 회상하면서 구체화하는 상상 작용을 보여주고 있다. ⓛ은 텍스트의 직접적 정황이 '우정'을 그리고 있는 것과 비교하면 다소 빗나간 경험적 구체화라고 볼 수 있는 반응이다. 단순히 '벌'에 초점을 맞춘 경험 회상이기 때문이다. 그러나 이러한 소재 차원의 상상이나 연상적 경험 회상도 시 텍스트를 구체화하는 한 양상인 것으로 판단된다. 이러한 상상 작용과 더불어 혹은 그에 이어서 텍스트의 반복적 읽기를 거쳐 독자의 상상작용이 적절하게 조정되어 가는 과정이 있을 것으로 보기 때문이다. ⓒ에서 독자는 예전에 동화책을 읽으면서 상상했던 장면을 시 '강아지'를 읽으면서 다시 떠올려 관련시키며 구체화하고 있다. 이것은 상호 텍스트적 시 읽기로 볼 수 있는데 기존의 독서 경험을 독자 경험의 일종으로 생각하여 경험적 구체화로 보았다.

### 3) 창조적 구체화

독자가 창조적 상상력을 발휘하여 텍스트의 구성이나 문맥 및 장면을 창조적으로 재구성하는 상상을 드러내는 반응이다. 창조적 구체화는 독자가 시 텍스트를구체화하는 과정에 텍스트 내적 장면이나 상황을 보충 설명하거나 독자의 경험내용을 끌어오는 것이 아니라, 독자의 창조적 상상력을 강하게 발휘하는 구체화이다. 그런데 창작자로서의 독자 역할을 제대로 수행한 긍정적 창조도 있지만, 오독에 가까운 창조도 여기에 포함된다. 물론 이런 창조적 구체화도 독자의 기존 경험들의 조합에 의한 것일 수 있다. 하지만 텍스트에 제시된 상황이나 장면에 구애받지 않고 독자가 새로운 상황을 '지어내어 설명하는' 반응 혹은 경험에서 비롯된반응이라는 단서를 시 감상문의 문맥에 드러내지 않은 경우는 모두 창조적 구체화로 구분한다.

㉠[16] --(생략)--꼬마병정들은 참으로 신기하다. 소나기가 내리는 날 창을 들어 땅을 공격하는 빗방울이라도 땅은 언제나 백전백승이 될 것이다. 빗방울에서 떨어져 땅과 싸워 패한 꼬마병정들은 수증기가 되어 다시 땅으로 내려와 싸울 것이다. 그리고 나중에는 어른 병정이 되어 땅을 이기고 백전해서 일승을 거두는 일이 있을 것이라고 나는 믿는다. 아무리 져도 패배를 승복하지 않고 열심히 연습하여 땅을 이길 것이다.

㉡[17] 운동장을 사이좋게 뛰는 생각이 난다. 둘이 힘이 든 줄 모르고 이야기와 웃으면서 같이 뛰는 생각이 든다. 그런데 그 둘은 10바퀴도 넘게 뛰었다. 그런데 갑자기 한 애가 달려와 들어와서 밥을 먹으라고 했을 것 같다.

㉠에서 꼬마병정은 텍스트에서 비롯되었지만, 땅을 공격하거나 어른 병정이 되어 땅을 이길 것이라는 새로운 구성의 이야기를 만들었다. 이는 독자 상상의 범위가 확산적이고 창의적임을 보여준다. ㉡에서 운동장을 돌고 있는 아이들의 상황을 자세히 떠올리면서 점심시간이 되어서 식사하러 들어오라는 다른 친구를 등장시키는 이런 상상은 독자가 창조적으로 구성한 내용이라고 판단된다.

### 마. 주제화

주제화는 텍스트와 상호작용하는 독자가 나름대로 주제를 구성해 내는 과정을 보여주거나 시 텍스트에서 연상된 내용을 바탕으로 텍스트에서 주제를 찾아내고자 하는 반응이다. 독자가 주제를 구성해 내는 '주제 탐색'과 더불어 그것을 자신의 삶에 적용하여 인식하는 반응을 보인 '교훈 인식'도 주제화에 포함된다.

#### 1) 주제 탐색

독자가 텍스트에서 주제를 구성하는 과정을 보여주는 반응이다. 초등 학생 독자들은 주제가 비교적 분명한 시 텍스트 읽기에서뿐만 아니라 시의 형식적 요소가 더 부각되어 주제가 분

16) 문삼석, <소나기>에 대한 반응
17) 구옥순, <벌>에 대한 반응

명하게 드러나지 않는 경우에도 시 텍스트를 통해서 작가가 전달하려고 하는 사상이나 핵심 의도가 있을 것으로 생각하고 그것을 구성하는 데 주력하는 반응을 보여주기도 한다. 그런데 주제를 구성하는 것과 그것을 자신의 삶에 적용하려는 태도는 분명히 구분되긴 하지만 초등 학생 독자들의 반응에서는 뒤섞여 진술되는 경우가 많다.

㉠[18] --(생략)--정말 엄마가 하는 일들을 자세히 알려주고 엄마들이 얼마나 힘든 일을 하는지 알려주는 것 같다. --(생략)--
㉡ --(생략)--그리고 강아지라는 시를 읽고 유기견이라는 단어 하나가 떠올랐다. 가족에게버림받아서 다치고, 그런 일은 일어나지 않았으면 좋겠다.

㉠은 주제 중심적 시 읽기에서는 독자가 시의 주제를 탐색하고 추측하는 반응을 해주기를 바라는 장치가 시 텍스트 자체에 강하게 내포되어 있다. 이 때 독자가 텍스트의 기대에 부응하여 주제를 탐색하는 경우이다. ㉡의 경우는 텍스트 자체가 특정한 주제를 강하게 내포하고 있지 않지만 학습 독자가 주제 탐색 및 구성을 중심으로 반응을 보이고 있는 경우이다.

### 2) 교훈 인식

독자가 텍스트와 상호작용하면서 구성한 주제를 바탕으로 자신에게 어떠한 가르침을 주는지 인식하고 자신의 삶에 적용하며 반성 및 실천을 다짐하는 태도를  표현한 반응이다.

㉠[19] 도토리나무가 다람쥐들에게 도토리를 한 알 떨구어 주는 것은 우리가 꼭 배울 점이다. 나무가 다람쥐에게 도토리를 주는 것처럼 우리도 친구들에게 배가 고플 때 친구에게 먹을 것을 주어야 그 친구와 더 친해지니까. 사이좋게 지낼 수 있으니까. 나무는 움직이질못해도 끝까지 다람쥐

18) 김용택, <엄마는 진짜 애쓴다>에 대한 반응. 엄마는 아침밥 해먹고 설거지하고/방 청소하고 빨래해서 걸어두고/마당에다가 고추 널고 또 고추 따러 간다/얼굴이 빨갛게 땀을 흘리며/하루종일 고추를 딴다./해지면 집에 와서 고추 담고/저녁밥 해먹고 설거지하고/고추를 방에다 부어놓고/고추를 가린다/빨갛게 익은 고추를 가리며/꾸벅꾸벅 존다/우리 엄마는 날마나 진짜 애쓴다(김용택, <엄마는 진짜 애쓴다>)

19) 윤동재, <도토리나무>에 대한 반응. 도토리나무가 다람쥐들을 위해/도토리 한 알/땅바닥에 떨구어 주었다.//어디로 떨어졌는지 몰라/어미 다람쥐 아기 다람쥐/서로 바라보고 있다. //도토리나무가 다람쥐들을 위해/도토리 한 알/땅바닥에 떨구어 주었다.//어디로 떨어졌는지 몰라/어미 다람쥐 아기 다람쥐/서로 바라보고 있다.(윤동재, <도토리나무>)

를 도와주려고 하는 마음도 우리가 배워야 합니다. 그러니까 친구들과 사이좋게 지내고 친구들과 절대 싸우지 맙시다.

이런 교훈 인식적 시 텍스트 읽기는 대체로 감정이입의 상태에서 진술되는 것으로 보인다. 그러나 시 텍스트의 논리에 맞는 감정이입 상태에서 보이는 반응도 있지만, 시와 상관없이 자신이 구성한 주제를 바탕으로 반성이나 다짐을 표현하는 반응도 있어서 반드시 텍스트에 감정이입한 것을 전제로 하는 것은 아니다.

주제 탐색이나 교훈 인식이 시 텍스트를 읽는 과정의 한 양상인 것은 기지의 사실이다. 그러나 학습 독자들이 텍스트 요인에 부합하여 혹은 전혀 부합되지 못한 주제 구성 과정을 드러내는 반응을 보이는 점은 시 교육에 시사하는 바가 큰 시 읽기 과정 양상이다.

### 바. 자기화

독자는 시를 읽으면서 텍스트의 빈자리를 채워나간다. 그 과정에서 작가가 만든텍스트는 독자에 의해 재생산되며, 해석된 텍스트는 독자가 채워 넣은 만큼 독자 자신의 것이 된다. 이런 과정은 작가의 창조 작업과 똑같은 창조적 과정이라고 할수 있다. 독자와 시 텍스트의 거래작용은 독자로 하여금 새로운 자아를 형성해내는 과정이라고 할 수 있다. '자기화'는 학습 독자들이 시 텍스트 읽기에서 자아형성 과정을 드러내 보인 반응이다. 감정이입, 텍스트에서 촉발된 독자의 개인적소망·동경의 표현, 텍스트 상황맥락에 독자 자신을 대입하여 독자가 재구성해 내는 읽기 과정을 의미한다.

#### 1) 감정이입

감정이입은 지각 대상에 자신의 감정을 투입시켜 객관화하는 작용이다. 시 텍스트의 상황맥락이나 등장인물에 독자 자신을 동일시한 것을 드러내는 반응을 '감정이입'으로 보았다. 이는 학습 독자가 텍스트 맥락에 자신을 이입시킨다는 점에서 '텍스트화'라는 용어가 어울릴 듯하나 학습 독자의 자아가 텍스트의 정서나 상황맥락에 온전히 합일되어 학습 독자의 정서 체험을 깊게 한다는 점에서 '텍스트화'이면서 동시에 '자기화'된 것으로 보았다.

㉠[20] 친구가 힘들 때 내가 같이 도와주고 싶다. 친구가 벌 설 때 같이 서고 싶다. 친구가 운동장을 뛸 때 친구랑 같이뛰고 싶다. 친구랑 언제나 같이 하고 벌설 때도 같이 벌을 서고 싶다.

김종상, <강아지>에 대한 반응 --(생략)-- 글쓴이가 말하는 강아지가 불쌍합니다. 왜냐하면 주인에게 버림받거나 친구가 없이 쓸쓸히 걷는 게 마음에 와 닿아서

㉠의 진술 내용은 학습 독자 자신이 텍스트가 제시한 정서에 완전히 합일된 모습을 보이는 반응이다. 그런데 시 '벌'의 주요 정서는 '친구 사이의 우정'이기 때문에 시의 정서에 합일된 모습은 자동적으로 학습 독자의 인성에 영향을 주어 무의식적으로 교훈을 체득할 수밖에 없다. 이런 경우에 '교훈 인식'과 '감정이입'의 구분은 매우 모호할 수밖에 없는데 이는 시 텍스트의 특성과 수용 텍스트의 특성을 감안하여 반응을 해석할 수밖에 없다. 그러나 ㉡은 감정이입과 교훈 인식의 차이를 분명히 보여준다. 시 '강아지'의 주요 정서가 주제 의식이 강하거나 교훈을 부각시키는 것이 아닌 이런 경우에는 학습 독자가 시 텍스트 상황이나 맥락 및 정서에 감정이입된 상태가 반드시 교훈을 인식하게 되는 것은 아니기 때문에 분명하게 구별된다.

### 2) 소망 · 동경

시 텍스트의 내적 상황이나 분위기에 독자 자신을 대입하며 가지게 된 독자 개인적 바람이나 텍스트에서 연상되는 소망과 동경을 진술하는 반응이다. 이 경우는 대부분 감정이입적 진술이 이루어진 후에 나타나는 경우가 많지만, 텍스트와 거래가 거의 이루어지지 않은 상태에서 시의 일부분에서 단순히 연상하게 된 소망 · 동경의 진술을 보이는 경우도 있다.

㉠[21] -- 아파트에 살고 싶습니다. 아파트에 한 번이라도 자고 싶습니다. 옛날에도 잤지만 또 자고 싶습니다. 아파트로 이사 가고 싶습니다.

㉠의 진술 내용은 시 '아파트'가 제시하는 상황 맥락에 조응하는 내용은 아니다. 단순하게 '아파트'라는 시의 제목에서 평소에 학습 독자 자신이 가지고 있던 아파트에 대한 동경을 드러

20) 구옥순, <벌>에 대한 반응. 내 짝이 벌을 선다./운동장 열 바퀴다.//"선생님, 제가 다섯 바퀴/돌아줘도 됩니까?"//고개 끄덕이는 선생님을 보며/둘은 사이좋게 운동장 트랙을 돈다.(구옥순, <벌>)

21) 권오삼, <아파트>에 대한 반응

낸 것으로 판단된다. 이 학습 독자는 시 텍스트가 제시하는 상황 맥락에 자신을 감정 이입하지 않은 상태인데도 텍스트로부터 연상하게 된 자신의 소망과 동경을 진술하고 있는 것이다.

### 3) 자기 대입

시 속의 상황맥락에 대한 독자의 생각이나 입장을 가설적으로 표현하는 반응,혹은 자신을 텍스트의 상황에 대입하여 자신의 입장이나 판단에 따라 상황을 만들어 내는 상상을 하는 반응이다. 텍스트와 독자의 거래에 의한 감정이입이 아니라 독자 자신의 개인적 입장이나 의견을 진술하는 경우가 많다. 또 독자의 개인적 경험이나 지식에 지나치게 경도되어 반응을 하는 경우도 있다.

> ㉠[22] --(생략)--하지만 마음속으로 통하는 친구를 만나기에는 어려울 것이다. 나는 이 시의 주인공처럼 그냥 친구라는 이유로 그렇게 같이 벌을 서는 것은 아마 나는 잘하지 못할 것이다. --(생략)--
> ㉡[23] --(생략)-- (내가 소나기가 왔을 때 나는 우산이 없어서 뛰어가는 생각이 난다.) 그리고 집에 돌아온 뒤에 빗으로 머리를 빗으니깐 머리카락이 빠졌다. 머리카락은 여자의 생명이라서 머리가 빠지면 좀 눈물이 난 적도 있다.

㉠에서는 '벌'에 등장하는 '우정 어린 친구'에 대한 의견을 피력하면서 자신을 시 속의 상황에 대입한 후에 어떻게 행동할 것인지 가설적으로 설명하고 있다. ㉡은 경험적 구체화와 유사하긴 하지만 괄호 속의 내용을 제외하면 시 텍스트의 맥락에 대한 구체화로 볼 수는 없다. 구체화라기보다는 소나기 내리는 시 텍스트의 상황에 자신을 대입하여 경험 회상적 상상으로 판단하였기 때문에 '자기 대입'으로 분류하였다. 경험을 회상한 것을 모두 '구체화'로 볼 수는 없기 때문이다. 또 텍스트와 독자의 상호작용 결과로 보기에는 지나치게 독자 중심의 자의적 장면을 그리고 있다. 그 외에도 독자 자신을 대입시켜 진술하지는 않았지만 시 텍스트 내적 인물의 행동에 대해 독자 중심의 비판적 사고를 드러내거나, 텍스트 내의 관계를 독자 자신을 중심으로 한 관계에 조응시켜 바라보는 것 또한 자기 대입의 다른 양상으로 보았다.

---

22) 구옥순, <벌>에 대한 반응

23) 문삼석, <소나기>에 대한 반응

### 사. 메타 소통적 진술

'메타 소통적 진술'이란 시 텍스트의 생산과 수용의 순환적 소통 과정 전반을 의식하거나 점검하는 반응을 드러낸 것을 의미한다. 독자가 스스로 시 텍스트를 읽고 있다는 것을 의식하면서 시 읽기 과정에 대해 언급하거나, 읽고 있는 시처럼 좋은 시를 쓰겠다는 생각을 드러내거나, 감상하고 있는 텍스트 외에 지은이의 시쓰기에 대해 언급하는 반응 등이다. 여기서는 주어진 텍스트와 독자의 직접 거래영역을 초월한 반응으로 상호텍스트적 언급을 하거나 작가의 시 쓰기에 대한 독자의 생각, 시 읽기가 자신에게 준 효과 등에 대해 사고하는 반응을 모두 여기에 포함시킨다.

㉠[24] --(생략)-- ⓐ지은이한테 물어볼 게 있어요. 초등학생이었어요? 선생님이었어요? 이글이 친구의 우정이 잘 나타나 있어서 감동했어요. ⓑ나도 커서 이런 시를 지어보고 싶어 요. ⓒ이제부터 더 좋은 시를 지으셨으면 좋겠어요. 시 잘 지으세요.

㉠-ⓐ, ㉠-ⓒ는 작가에 대한 질문과 또 다른 텍스트 창작에 대한 요구, ㉠-ⓑ는 학습 독자 자신의 창작 의욕을 드러내는 것이다. 이렇게 텍스트와 독자의 거래를 바탕으로 하면서도 그 거래 및 소통 과정을 메타적으로 점검하거나 의식하는 반응들을 모두 '메타 소통적 진술' 한 가지로만 분류할 수 있을지는 의문이 들기도 한다. 하지만 우선 텍스트 요인과 독자 요인의 거래 과정을 스스로 점검하거나 반성하는 형태나, '지금' 체험하고 있는 텍스트와 독자 자신의 거래 이전이나 이후의 일이나 거래 과정 자체를 인식하고 점검하는 과정을 모두 '메타 소통적 진술'로 보았다.

## 3. 학습자의 소통 양상[25]

학습자들이 시텍스트를 소통하는 과정이 어느 한 가지 유형만으로 이루어지지는 않으며,

24) 구옥순, <벌>에 대한 반응

25) 이 부분은 이향근(2012)의 내용을 근간으로 구성하였다.

다양한 양상을 보인다. 특히 학습자사이의 교차적 교류가 일어났을 때, 그 교차적인 갈등 상황을 어떻게 해결하느냐에 따라 교차적인 상태로 머물기도 하고 상승적 교류 상황으로 변모하기도 하였다. 여기서는 소통 유형이 두드러지게 드러난 경우를 중심으로 학습자의 문학 능력 양상과 기제를 살펴보고자 한다.

'상징적 표상법(Symbolic Representation Interview, SRI)'은 개별독자의 독서 과정과 독서 활동 및 반응을 상징적으로 표현하도록 유도하는 교수-학습 방법이다. 이 장에서 활용한 상징적 표상법은 독자의 독서 과정을 잘 드러내는 방안으로 Enciso(1998)에 의해 구안된 것이다. Enciso(1998)는 문학 중심의 읽기 프로그램을 운영하면서 세 명의 여자 어린이가 작성한 상징적 표상법 사례를 소개한 바 있다. 상징적 표상법은 학습자가 가장 좋아하는 텍스트의 부분을 찾게 하고 그 부분으로부터 학생에게 문학 텍스트로의 개입(engagement)을 시도한다. 교사는 학습자가 인상깊은 장면을 고르고 그 부분을 큰소리로 읽은 뒤에 마음속에 떠오르는 모든 것을 말하도록 한다. 이 때 등장인물을 상징하는 색종이 조각이나 간단한 그림을 그리면서 간단히 이름을 붙인 후, 그 종이를 활용해서 이야기를 다시 말하도록 한다. 학습자는 이 때 이야기를 읽는 독자라기 보다는 이야기 속에 함께 등장하는 등장인물이 되어 말하도록 하는 것이 중요하다. 예를 들어 주인공 똘똘똘이가 뛰어가는 장면을 말한다면, "똘똘이가 뛰어갔어요"가 아니라 "나는 똘똘이가 뛰어가는 것을 보고 있었어요" 혹은 "똘똘이가 제 앞으로 막 뛰어갔어요." 와 같이 독자가 그 이야기 안에 들어가 있는 것처럼 상상하도록 해야 한다. 이 때 독자가 '보는 것들'을 작은 색종이 조각으로 만들도록 하는 것이다. 이 과정에서 학습 독자가 기억하는 것, 등장인물에게 동일시하는 것, 의문스러워하는 것 혹은 예측하는 것 등이 자연스럽게 이야기될 수 있는 것이다(Enciso, 1998 :47~50). Enciso는 등장인물을 나타내는 색종이 조각을 활용하여 학습 독자가 문학 텍스트의 세계에 참여하는 과정을 관찰하였으며, 이를 통해 학습 독자가 작가나 서술자의 위치에서 작품을 감상할 수 있었다고 보고하고 있다 (Enciso. 1998: 47, 신헌재·이향근 2012에서 재인용).

### 가. 상보적 교류를 통한 소통

상보적 교류는 가장 원활하게 진행되는 소집단 대화의 유형이다. 학습자 간에 오고 가는 메시지가 예상된 상태에서 예상된 반응으로 돌아오는 유형이라고 할 수 있다. 소통에 참여한 학습자들이 기대했던 바대로 원만한 소통을 자연스럽게 이어갈 수 있는 소통 유형이다. 이를 그림을 나타내면 [그림 4-1]과 같다. ①과 ②의 대화가 서로 유사한 시적 정서를 파악하고 있는 경우에 해당한다.

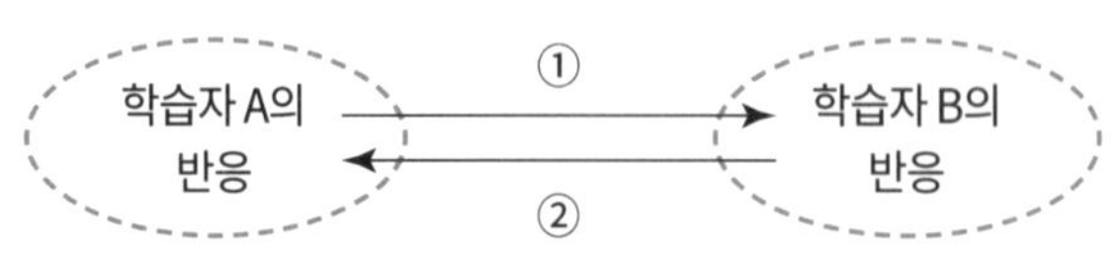


**[그림 4-1] 상보적 교류를 통한 소통**

상보적 소통은 소집단 활동에서 가장 빈번하게 관찰된 소통 장면이다.

# '도시의 산'[26]에서 인상깊은 대상에 대한 논의

교　사: 이 시에서 산, 산짐승, 아파트, 하늘, 포크레인, 산새 이런 것들이 나왔잖아. 이중에서 어떤 것에 가장 마음이 닿았어? 누가 말해볼까? 우리 은영이가 말해볼까?

서은영: 산짐승들의 놀이터인 산이 파괴되니까 산짐승들이 갈 데가 없어가지구, 죽을 것 같다는 생각이 들어서 불쌍했어요.

교　사: 산짐승들이 너무 불쌍하다는 생각이 들었어?

서은영: 네.

황준성: 저도 산이 불쌍했어요.

교　사: 왜?

황준성: 계발을 하니까 산이 초록빛 피를 뚜욱뚝 흘리며 울고 있는 것 같아요.

위의 대화에서 서은영과 황준성은 도시의 산에 등장하는 시적 대상들을 불쌍한 시선으로 바라보고 있다. 이들의 대화뿐 만 아니라 유사한 시적 정서를 파악하고 대화하는 경우가 많았는데, 대부분 시적인 상황에 대한 깊은 이해나 숙고 없이 겉으로 드러난 의미에 집중한 경우였다.

26) 이국재, <도시의 산>에 대한 반응. 공룡 같은 포크레인이/산허리를/덥석 물어뜯던 날.//산은 몸부림치며/누런 속살을 드러낸 채/초록빛 피를/뚜욱뚝 흘리며/산새 울음으로 울었습니다.//여기저기/풀꽃으로 수놓은/순한 산짐승들의/푸른 놀이터에//거대한 아파트가/들어설 때마다/파아란 하늘도/병이 들어 누었습니다.//(이국재, <도시의 산>)

## 나. 교차적 교류를 통한 소통

교차적 교류는 자신의 의사와는 전혀 다른 방향으로 서로의 의사가 교류하는 형태이다. 서로 전혀 엉뚱한 반응을 듣는 의외적인 교류라고 할 수 있다. 자신의 의견을 말했을 때, 상대로부터 기대하고 있는 반응을 얻지 못하는 경우라고 할 수 있다. 자신의 의사에 반대의 입장을 표하고 그에 대한 이유나 근거를 댄다면, 그것을 교차적 소통이라고 할 수 없다. 그러나 교차적 소통은 서로의 의견이 불일치됨을 알면서도 서로 받아들이지 않는 상황을 말한다. 교차적 소통을 간략화하여 표현하면 [그림 4-2]과 같다. [그림 4-2]에서는 ①과 ②의 대화가 서로 다른 대상을 향하고 있는 것을 볼 수 있다. 두 개의 대화 모두 자신이 예상한 기대 정서가 있으나 상대방을 그것을 충족시켜 주시 못하는 경우이다.

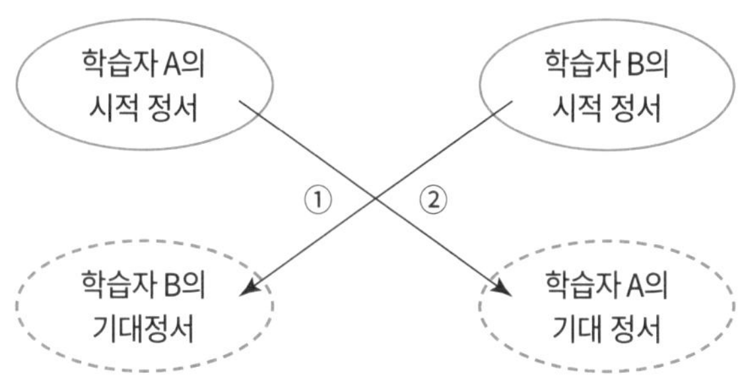


[그림 4-2] 교차적 교류를 통한 소통

이러한 경우는 '만돌이'[27]에 대한 소집단 활동의 장면을 통해 설명하고자 한다. 해당 초등학교가 중입 반편성 배치고사를 마친 지 얼마 되지 않은 상황에서 아이들은 시험과 관련된 이 시에 주목하였다. 다음은 자신이 상상한 시적 상황에 대해 이야기하는 장면이다.

#'만돌이'에서 시적 상황 상상하고 친구들에게 설명하기

교 사: 그럼 상원이가 말해 볼까?

27) 윤동주, <만돌이>에 대한 반응. 만돌이가 학교에서 돌아오다가/전봇대가 있는 데서/돌멩이 다섯 개를 주웠습니다.//전봇대를 겨누고/돌 한 개를 던졌습니다./-딱-/두 개째 던졌습니다./-아뿔사-/세 개째 던졌습니다./-딱-/네 개째 던졌습니다./-아뿔싸-/다섯 개째 던졌습니다./-딱-//다섯 개에 세 개……/그만하면 되었다./내일 시험,/다섯 문제에 세 문제만 하면/손꼽아 구구를 하여 봐도 육십 점이다./볼 거 있나 공 차러 가자.//그 이튿날 만돌이는/꼼짝 못하고 선생님한테/흰 종이를 바쳤을까요.//그렇잖으면 정말/육십 점을 맞았을까요.//(윤동주, <만돌이>)

전상원: 선생님이 만돌이 지금 뭐하나 생각중인데요,

교　사: 어, 선생님이 생각하고 계시는 거야?

전상원: 예, 시에서처럼 만돌이는 학교에서 돌아오자마자 전봇대에 돌 던지고, 하고 있어요. 그런데, 이튿날에 선생님이 만돌이 시험지를 보고 만돌이가 이랬을 것이다라고 생각하고 있는 거에요.

이규민: 선생님이 상상하고 있다고?

전상원: 그러니까, 만돌이가 시험을 엄청 못 본 거지. 그러니까 얘가 어젠 놀기만 했구나 하는 생각을 하고 있다는 거지.

이규민: 그럼 그 옆에 있는 아이들은 누구야?

전상원: 누구? 만돌이 친구들이지. 친구들도 노는 걸 좋아하는 애들.

교　사: 선생님은 어떤 마음이실 것 같은데?

전상원: 한심하게 생각하시겠죠.

육심천: 아니, 한심하게 생각하는 거 아닌 것 같은데? 귀엽게 생각하는 것 같은데? [타인의 시적 정서에 대한 부정적 평가]

전상원: 왜?

육심천: 음. 걱정하는 게 아니라 그런 행동이 귀엽다고 느끼는 것 같아. [타인의 시적 정서에 대한 거부]

전상원: 어른이면 걱정되겠지? [타인의 정서 예상]

교　사: 그럼 너희들은 만돌이 마음이 어떨 것 같아?

육심천: 그냥 아무 생각이 없는 것 같아요. 놀고 싶은 마음만 있지.

전상원: 맘 속으로 걱정하고 있을 거야.

육심천: 걱정하면서 어떻게 놀러 갈 수 있어? [타인의 시적 정서에 거리 두기]

전상원: 아니지, 걱정이 없는데, 전봇대에 돌은 왜 던지냐?

위의 대화 장면에서 전상원과 육심천의 대화는 계속 빗나가고 있다. 전상원은 '만돌이'의 말하는이는 선생님의 입장에서 만돌이를 걱정하고 있다고 말하고 있고 그것을 들은 육심천은 그렇지 않다고 하고 있다. 육심천은 선생님일 수도 있지만 그것을 한심하게 생각하지는 않는 것 같다고 말하고 있다. 두 사람의 대화는 만돌이의 마음을 각자가 어떻게 파악하고 있는지를 드러낸다고 하겠다. 전상원은 시험을 걱정하는 마음이 있다고 하고, 육심천은 걱정하지 않고 있으니까 그런 행동을 하고 있다고 말하고 있다[28].

교차적 소통에서는 타인이 파악한 시적 정서에 대한 부정적 평가를 하거나 거리를 두는 특성을 보였으며, 타인의 시적 정서를 거부함으로써 자신이 구성한 시적 정서를 더욱 강화해 가는 양상을 보였다. 또한, 시적 화자의 입장에서 정서를 기술하거나 자신의 경험을 투사하는 양상도 함께 나타났다.

<'전상원'의 SRI 활동자료>

<'육심천'의 SRI 활동자료>

[그림 4-3] '전상원'과 '육심천'의 SRI 활동 자료

### 다. 상승적 교류를 통한 소통

상승적 교류는 의견이 불일치되었을 때, 그 의견에 대한 차이가 어디에서 오는지 생각하고 새로운 국면으로 만들어 내는 소통이라고 할 수 있다. 상승적 교류는 상보적 교류와 비슷하나 그 구분은 명확하다. 그런데, 상보적 교류가 시적 정서에 대한 암묵적인 합의가 있는 상황에서 서로 소통하는 경우라면, 상승적 교류는 시적 정서에 대한 극명한 차이를 보임에도 불구하고, 차이의 원인을 밝혀서 복합적인 정서를 구성해 내는 경우이기 때문이다. [그림 4-4]는 상승적 교류 관계를 나타낸다. 학습자들의 대화가 처음에는 ①과 ②의 상황에 머물렀다가 새로운 국면을 발견하고 ③과 같은 대화 상황을 구성하는 경우이다.

28) 이러한 교차적 소통은 교류적 소통이나 상승적 소통으로 옮겨가는 경우도 있었지만, 그렇지 않은 경우도 있다.

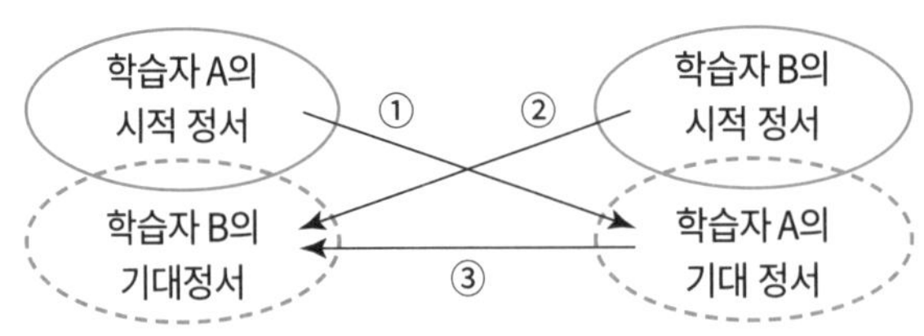


[그림 4-4] 상승적 교류를 통한 소통

이렇게 상승적인 교류가 이루어지는 경우 소집단 활동을 끝낸 학습자들의 반응은 '다른 친구들과 비슷한 생각을 해서 좋았다', '기분이 좋다', '재미있었다' 등의 반응을 보였다. '설레는 나무'를 읽고 상승적 교류가 나타나는 장면이다.

# '설레는 나무'[29]에서 시적 상황 상상하고 친구들에게 설명하기

김예원: 저는 여름처럼 보이기는 하는데요, 그냥 여름이다기보다, 어른이들이 말하는 선선하다고 하는 날씨가 있어요. 어, 그리고 시골이라는 생각이 들었어요.

정은솔: 이 선 같은 건 뭐야?

김예원: 이건 바람이 달다, 햇살이 달다 했으니까, 그걸 나타낸 거야?

정은솔: (그림을 보고 웃으며) 으응.

양효권: (손을 들고), 야, 나, 나, 나. 왜 뛰고 싶은데 웃고 있어?

김예원: 날씨가 좋으니까. 달달한 햇살이랑 바람이랑 맛보니까 좋아서.

허진주: 야, 너도 춥파춥스 같은 거 먹는다고 하면, 기분 좋지. [경험 투사]

양효권: 근데, 나무니까 뛸 수 없어서 슬픈 거 아니야?

이지호: 슬프다구?

허진주: 슬픈 것 같지는 않아. 여기 봐봐. '햇살이 달다 바람이 달다 가슴이 둥둥 뛴다, 깡충 뛰어오르고 싶다.'이렇게 말하고 있잖아. 이게 나무의 마음이지. [시적 정서확인]

연구자: 그럼 효권이는 왜 슬프다고 생각했어? 효권이 어떻게 그렸는지 보여줄래?

양효권: (자신이 그린 그림을 보여주며) 저는 이거거는요. 엄청 무섭긴 하지만,

29) 이상교, <설레는 나무>에 대한 반응. 햇살이 달다./바람이 달다./가슴이 둥둥 뛴다./깡충, 뛰어 오르고 싶다.//나무라면 그래선 안 된다./사람들이 보면 깜짝 놀랄 게다./나무가 폴짝 뛰다니//두근두근 가슴 뛰는 소리가/밖에까지 들릴 것이 걱정이다.//저런!/언제 밖으로 뛰쳐 나간 거지?/설렁설렁 설레는 연둣빛 마음.//(이상교, <설레는 마음>)

참여자들: (웅성거림. 웃음)

양효권: (자신이 그림 그림의 나무를 가리키며)이 나무가 날씨 좋은 날, 뛰노는 아이들 보고 부러워서 울고 있는 거에요. 아, 그리고 이거는 요(나무 아래 부분을 가리키며)

참여자들: (웃음)

이지호: 무다리(↗)

참여자들: (모두 웃음)

양효권: 아니 그게 아니구, 뛰고 싶다는 마음을 나타낸 거야.

김예원: 근데 좋은 날 왜 울어? [타인의 정서 확인]

위의 논의에서 김예원은 나무의 마음이 즐겁다고 말하고 있고 양효권은 나무의 마음 이 슬프다고 말하고 있다. 김예원은 달콤한 사탕을 맛보았을 때 기분이 좋아지는 것처럼 지금 나무도 즐거워하고 있다고 말한다. 반면, 양효권은 나무가 자신이 아이들처럼 뛸 수 없다는 것을 생각하고 슬퍼하고 있을 것이라고 추론하였다. 대화의 내용은 나무의 마음이 어떠한지에 대한 논의로 이어졌다.

<'김예원'의 SRI 활동자료>

<'양효권'의 SRI 활동자료>

**[그림 4-5] '김예원'과 '양효권'의 SRI 활동 자료**

교 사: 시에서도 나무가 슬픈 부분이 있어?

양효권: 여기 보세요. (종이의 시에 쓰여진 2연을 가리키며, 빨리 읽는 듯이) '나무라면 그래선 안 된다. 사람들이 보면 깜짝 놀랄 게다. 나무가 폴짝 뛰다니.' 이렇게 써 있잖아요. 자기가 뛸 수 없으니까 슬퍼하는 거 아니에요?

이지호: 슬픈 마음 같기도 하다. 여기 보면(종이의 시에 쓰인 3연을 가리키며) '가슴 뛰는 소리

가 밖에까지 들릴 것이 걱정이다'라고 했잖아.

허진주: 근데, 마지막 연에 보면 설렁설렁 설레는 연둣빛 마음이라고 했는데(↗). 그럼 이건 누구 마음이야?

김예원: 맞아. 나무 마음 아니야? 그럼 신나는 거지. 음.. 아닌가?[새로운 시적 정서 추가]

허진주: 신나기만 한 건 아닌 것 같다. 근데.

박주경: 그래, 즐겁고 신나는게 아니라, 그래 뭔가 다른 게 있어.

교 사: 효권아, 슬픈 마음은 이제 아닌 것 같니?

양효권: 슬프다기보다 뭔가 다른 게 있는 거 같아요.

이지호: 그러니까, 여기 '두근두근 가슴 뛰는 소리가 밖에까지 들릴까 걱정이다' 라고 했으니까, 걱정하는 거 아니야?[새로운 시적 정서 추가]

양효권: 걱정하는 거(↗).

정은솔: 걱정하는 거 보다는 뭔가 숨기고 싶은 거 아니야? 자기가 너무 들떠 있는 걸 숨기고 싶은 거.

김예원: 음, 그런거 같기도. 여기(종이의 시에 쓰인 2연을 가리키며) '나무라면 그래선 안 된다. 사람들이 보면 깜짝 놀랄 게다.'가 내가 뛸 수 없어서 슬퍼하는 게 아니라 나름 사람한테 들킬까봐 조심하는 거 같은데(↗).

이지호: 맞어. 나 지난 번에 엄마가 토요일 날 오전에 게임할 수 있게 해 준다고 했거든. 근데 진짜 너무 좋은 거야. 근데, 너무 좋아하는 거 들키면 엄마가 다시 안 시켜 줄 것 같아서..[직접적 경험의 투사]

참여자들: (모두 웃음)

양효권: 나두 나두 나두. 나두. 생일날 엄마가 자전거 사준다고 했는데, 생일날까지 진짜 기다려졌거든. 너무 좋아하면 동생이 너무 부러워할 것 같아서 좀 참았어.[직접적 경험의 투사]

김예원: 막 좋다고 표시 내는 건 설레는 거 하고 다른 거 같아.

위 예시 자료는 나무의 마음에 대해 참여자들이 고민하고 새로운 시적 정서를 발견해 내는 과정을 보여준다. 처음에 나무가 즐거워하고 있다고 말한 김예원도 참여자들과 이야기하는 과정에서 즐거워만 하는 것은 아닌 것 같다고 생각하게 되었다. 양효권도 나무가 슬퍼할 것이라고 생각했는데, 시 내용을 살펴보았을 때 그것만은 아닌 것 같다는 평가를 내리고 있다. 이때, 이지호는 '걱정한다'라는 표현에 주목하고 걱정하는 마음일 것이라고 말한다. 그런데, 정은솔은 걱정하는 것이 아니라 무엇인가 숨기고 싶은 것이라고 말한다. 김예원은 나무는 들떠 있는 마음을 감추고 싶은 것이라고 말한다.

참여자들이 나무의 마음에 대하여 '슬프다', '즐겁다'라고 단순한 감정으로 말하던 상황은 '설레는 마음'이 가지고 있었던 정서적 자질들을 찾아가는 상황으로 변하고 있다. '설렌다'는 것은 무엇인가 기대되는 일에 대해 그것을 마음껏 드러낼 수 없지만, 자신을 행복하게 하는 정서임을 찾아가게 된 것이다. 다음은 소집단 활동이 끝난 후 김예원이 작성한 반응지이다.

> 난 설렌다는 것을 깊이 생각해 본 적이 별로 없다. 설렌다고 하면 그냥 즐거운 거라고 생각했다. 그런데, 이번에 이 시를 읽고, 친구들과 이야기를 나누고 나서 조금 달라졌다. 그리고 내가 설렌다고 생각했던 때를 생각해보았다. 설레었던 일을 엄마나 친구한테 이야기하고 나면 그런 두근거리는 마음은 좀 사라지는 것 같다. 설레는 것은 불안한 마음도 있는 것 같다.

김예원은 자신의 정서를 다시 돌아보고 있다. 나무의 마음을 말할 때 확신에 차서 표현하던 초기의 입장과는 달라진 모습을 보인다. 또한 설레는 마음에 대해 섬세하게 반성적으로 되돌아봄으로써 정서를 미분화하여 이해하기 시작한 것을 볼 수 있다. 이것은 친숙한 정서의 지평이 낯선 지평에 부딪혀서 새로운 지평으로 새롭게 구성되고 있음을 보여준다.

상승적 소통 과정에서 학습자들은 타인이 파악한 정서에 대해 긍정적으로 평가하고 있다. 이 과정 중 자신의 경험과 관련하여 시적 정서를 투사하여 표현하고 있었으며, 또한 타인의 정서를 모방하여 생각하고 자신의 정서와 비교하는 모습도 드러났다. 또한 새로운 시적 정서를 찾아 시적 정서를 세분화하고 구체화하는 양상도 보였다.

## 확장 및 응용

1. 교수·학습 상황에서 학습자들의 사용역을 예를 들어 설명하시오.

2. 학습독자의 반응 유형을 간단히 설명하고, 시 교육에서 활용할 수 있는 방안을 제시하시오.

3. 학습독자의 소통 유형을 간단히 설명하고, 시 교육에서 활용할 수 있는 방안을 제시하시오.

# 5장
# 동시란 무엇인가

시란
사물을 있는 그대로
보는 것이다.
- 흄 -

이 장에서는 동시의 특별한 장르성을 살핀다. 동시는 어린이를 위한 시로 흔히 알려져 있으나, 텍스트 안에 내재한 시행발화의 원리는 단순하지 않다. 성인인 시인이 어린이가 읽을 시를 쓰는 맥락은 교육적인 시선에서 벗어나기 어렵다. 그러나 동시는 어린이의 말을 빌어 세상의 진리를 표현한다는 점에서 시의 본성을 살리되, 재미와 웃음, 해학과 감동을 줄 수 있는 강점이 있다.

동시의 특성은 현대 동시와 전래동요, 언어유희 동시로 구분하여 제시했다. 정형율을 벗어난 현대 동시들이 시상을 전개하는 방식을 인지시학적인 관점에서 탐색했다. 전래동요는 구비전승되던 민요와 참요에 어린이들의 놀이요가 혼합된 형태로 발전했음을 제시했다. 마지막으로 언어유희 동시는 언어의 물질성을 어린이 다운 시선으로 형상화한 장르로서, 언어를 새롭게 바라보는 시선을 확인할 수 있을 것이다.

## 1. 동시의 개념

동시는 어린이를 위해 쓴 시를 말한다. 어린이가 쓴 시를 '아동시'라고 하여 동시와 엄격하게 구분하는 때도 있으나, 어린이가 향유할 수 있는 시를 가리키는 대표 장르를 동시라고 할 수 있다. 동시는 그림책과 판타지, 소년소설 등은 다른 아동문학 장르보다 관심이 적은 분야이다. 어린이를 위한 동화는 영화와 애니메이션으로 재화되면서 다양한 2차 텍스트를 생산하는 등 어린이들의 관심을 받고 있으나 동시는 자생적으로 수용 기반을 확장해 나가고 있지만, 어린이들이나 대중적인 소구력이 약한 편이다.

한국 아동문학의 전통보다 긴 역사를 자랑하는 영미 아동문학계에서도 동시의 사정은 마찬가지이다(Gill, 2007; Grenby, 2009; Flynn, 2009). 영미 동시 문학자들은 동시가 어린이들에게 대중적인 인기를 받지 못하는 이유는 먼저 동시의 의미가 수렴적이기보다는 발산적이며 복합적이어서 교사나 학부모가 자신 있게 추천하거나 권유하지 못한다는 것이다. 동화나 소설의 경우 기승전결의 명확한 스토리가 있으며 매력적인 캐릭터가 있다. 따라서 독자들은 스토리를 쉽게 기억하고 캐릭터에 대한 애정을 간직하기 수월하다. 그러나 언어적 표현이나 화자의 정서를 다루는 동시는 독자들에게 기억되기 어려운 구조라는 것이다. 그러나 언어를 통하여 의사소통하고 문명을 발달시켜온 인간에게 동화나 소설이 주는 구체적인 삶의 체험뿐만 아니라 동시가 주는 언어와 정서 체험 역시 삶의 한 중요 부분이며 이를 통해 자신의 삶을 되돌아보며 성찰하게 된다.

한국의 동시는 동요에서부터 시작되었다. 동요는 가사와 시조의 전통을 이은 창가와 신체시의 영향 아래, 어린이의 개별적인 서정을 담아내는 장르였다(박영기, 2009). 일제 강점기 동요는 어린이들이 따라 부를 수 있는 민요를 개작하거나 구전되던 노래를 원용한 형태가 대부분이었다. 이후 창가와 신체시의 율격(7·5조나 4·4조)에 어린이의 내적 감성을 담은 창작 동요가 등장한다. 창작 동요는 따라부르기 쉬운 율격 덕분에 어린이들 사이에서 빠르게 전파되었다. 그러나 노래와 함께 향유되던 동요가 동시로 변모되기 시작한 것은 1930년대이다(원종찬, 2011). 엄격한 자수율보다는 자유시의 형식을 따르는 동시로 변주되기 시작한 것이다. 예컨대 목일신이나 김영일 같은 시인들은 일반적인 행과 연의 배열 대신, 잦은 행갈이를 통해 동시의 율격을 변주하고자 하였다. 율격의 변주와 함께 동시의 주된 청자인 '어린이'와 '아동'에 대한 관념변화는 어린이를 위한 시 텍스트인 동시의 장르성을 자리매김하는 요인이 되었다. 동시가 율격적인 노래에서 현대적 서정시로 변모한 것이다.

그러나 현대의 독백적 서정시와 다르게 동시에서는 시적 주체인 아동이 인격적 존재로서 뚜렷이 드러나 있는 경우가 많으며, 실제 독자와의 인격적인 소통을 원한다. 동시에 등장하는 아동 화자의 목소리는 시적 주체의 존재를 감지하도록 하며, 동시에 구현된 허구적 사건을 통해 정서적 동일시하도록 유도한다. 이러한 동시의 '대화성' 은 장르적 지향성(intentionality)이라고 할 수 있다.

따라서 동시는 아동을 내포독자로 삼는 장르로서 어린이 뿐만 아니라 성인 독자를 위한 문학이다. 동시는 남녀노소 전 연령대가 읽을 수 있는 동심의 문학이라고 할 수 있다.

## 2. 동시의 특성

근대 문학 비평의 대표적인 방법으로 형식주의와 역사주의가 있었다. 텍스트 내부의 구조를 문제삼는 형식주의가 언어학적 방법론을 통하여 구조주의 맥락으로 흘러왔다면, 텍스트 외부의 영향을 문제 삼는 역사주의는 정치, 사회학과 밀접한 관련이 있으며 탈식민주의나 젠더 담론 등으로 전개되었다. 이 장에서는 동시의 특성을 인지시학적인 관점에서 제시하고자 한다. 인지시학은 문학 텍스트를 읽고 그 문맥을 파악하는 데 중점을 둔다. 예컨대 시 텍스트에 은유적 표현이 직접 드러나 있지 않더라도 텍스트 안에 잠재된 은유적 사고방식을 추론하는 것이다(Stockwell, 2002: 26). 즉, 시 텍스트에 드러나 있거나 잠재된 화자의 생활공간, 역사 환경, 사회 문화적 배경 등이 의미 구축과 표현 방식에 영향을 미친다고 판단한다. 따라서 인지시학은 시 텍스트를 둘러싼 소통 환경, 즉 작가가 작품을 생산하고, 독자가 그 텍스트를 읽는 과정에서 일어나는 정신적 작용에 관심을 둔다.

### 가. 단순한 표현을 통한 정서의 공명

동시는 단순한 표현을 통해 정서적 공명을 유발한다. <산 너머 저쪽>을 활용해 동시의 단순한 표현이 빚어내는 정서적 공명의 차원을 설명하고자 한다.

산 넘어 저쪽에는
누가 사나?

뻐꾹이 영 위에서
한나잘 울음 운다.

산 너머 저쪽에는
누가 사나?

철나무 치는 소리만
서로 맞어 쩌 르 렁!

산 너머 저쪽에는
누가 사나?

늘 오던 바늘장수도
이봄 들며 아니 뵈네.

- 정지용, <산 너머 저쪽>

<산 너머 저쪽>은 묻고 답하는 단순한 반복구조로 구성되었다. '산 너머 저쪽에는 누가 사나?'라는 물음과 그 물음에 대한 답이 쌍을 이루는 형식이다. 그러나 이상한 것은 '산 너머 저쪽'이 어디인지 직접적인 진술은 나타나지 않고 화자가 있는 '이곳 여기'에 대한 진술만이 제시되었다. 시에서 지속적으로 설명되는 대상이나 반복되는 시구는 우세한(dominant) 지위를 갖는다. 우세한 시어는 자연스럽게 배경(bcakground)이 아닌 전경으로 주목을 받게 된다. 이렇게 우세한 지위를 갖는 대상이나 이미지를 '탄도체(TR, trajector)'라고 한다. 독자에게 인식된 탄도체는 객관적 상관물의 이동 경로나 시적 사건의 변화 추이 등을 나타내는 주요 단서가 된다. 독자가 '산 너머 저쪽에는 누가 사나?'라는 시구를 탄도체로 인식한다면, 그것의 시작과 끝, 출발점과 종착점 등의 경로를 찾고자 한다.

탄도체의 일반적인 움직임은 [그림 5-1]과 같다. [그림5-1]에서 실선은 시 텍스트에 드러

나기 전의 움직임이며, 점선은 탄도체 움직임의 예상 경로이다. 탄도체는 사물이나 인물이 될 수도 있고, 정서가 될 수도 있다.

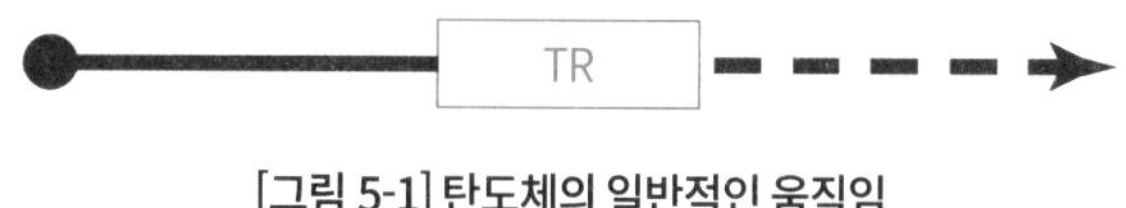


[그림 5-1] 탄도체의 일반적인 움직임

<산 너머 저쪽>의 탄도체 시구는 제목으로 언급되기도 하였고, 시상전개에서 반복적으로 등장하는 '산 너머 저쪽'이다. 그런데 산 너머 저쪽에 무엇이 있는지를 묻는 문장이다보니, 독자는 자연스럽게 답변을 텍스트 안에서 찾고자 하거나, 스스로 답변을 하고자 하는 표현 충동을 일으키게 된다. 이러한 물음의 적절한 해답은 산 너머 저쪽에는 '누가' 살고 있다는 답변을 얻고자 하는 방향으로 진행된다. 그러나 1연, 3연, 5연에서 '산 너머 저쪽에는 누가 사나?'의 속 시원한 해답은 시 텍스트에 등장하지 않는다. 대신 '뻐꾹이 영 위에서/한나잘 울음 운다.', '철나무 치는 소리만 서로 맞어 쩌 르 렁!', '늘 오던 바늘장수도 이봄 들며 아니 뵈네.'라는 동문서답이 있을 뿐이다.

'산 너머 저쪽에 누가 사나'에 대한 해답으로 처음 등장하는 말은 '뻐꾹이 영 위에서/한나잘 울음 운다'이다. 화자의 관심은 산 너머에 있는데, 화자가 있는 이곳에서 들을 수 있는 것은 뻐꾸기 울음뿐이다. 그것도 '한나잘'이나 울고 있다. 4연에서는 '뻐꾸기의 울음'은 '찰나무 치는 소리'로 전환된다. '뻐꾸기의 울음'과 '찰나무 치는 소리'는 화자가 있는 공간이 얼마나 적막한 곳인지를 동시에 보여준다. 화자와 가까운 곳에 있는 뻐꾸기의 '울음' 소리가, 멀리 있는 찰나무의 '울림' 소리로 확장된다. 6연에서의 '바늘장수'는 산 너머 저쪽과 이쪽을 매개하는 역할을 담당하는 존재이다. 그런데 올봄에는 이 '바늘장수'조차 오지 않으므로 화자의 '산 너머 저쪽'에 대한 궁금증을 강화한다. 화자가 산 너머에 누가 사는지를 지속해서 묻는 데에는 뻐꾸기 울음소리와 찰나무 치는 소리만 들리는 바로 '이곳'에서의 외로움이 녹아 있다. 화자의 '알기 원함'과 '알 수 없음'의 이항 대립 구성은 궁금증 해결의 두 공간에 대한 구분을 강화시키며 화자의 정서를 '그리움'으로 통합시킨다. 따라서 이 시의 탄도체는 질문 통사구조가 구현하는 물음의 일반적인 방향으로 작동하기보다는 오히려 메아리처럼 반사되는 방향성을 가진다.

[그림 5-2] <산 너머 저쪽>의 탄도체 움직임

물음을 나타내는 탄도체의 지향성이 성취되지 못하는 상황은 공허한 메아리처럼 공명(resonance)하고 있음을 알 수 있다. 공명(共鳴)은 동일한 주파수를 가진 두 물체가 있을 때, 하나의 물체를 쳐서 울리면 다른 물체도 따라서 울리는 현상을 말한다. 시 텍스트를 통해 직면한 사건을 반복적으로 환기하며 사건과 정서를 결합하는 인지 작용은 실제 상황을 둔감하게 할 수도 있고, 과거의 한계 상황과 그때의 느낌 등을 소환한다. 자기 경험을 반추하거나 조정하는 동안 독자는 이전의 정서를 갈무리한다. 이러한 독자의 회상이 바로 공명 현상을 유발하도록 하며, 시 텍스트를 깊이 체험하도록 유도한다. 즉, 이러한 공명은 표면적으로 따분하고 심심한 마음으로 인식될 수 있으나, 그 이면에는 뜻 모를 그리움이나 외로움, 탈주의 욕망으로 확장되는 것이다.

### 나. 상징을 활용한 심미 공간의 확장

다음은 정지용의 동시 <띄>를 살펴보자. 여기서는 인지시학에서 활용되는 정신공간이론을 활용해 동시의 심미 공간을 파악해 보고자 한다. '정신공간(metal space)'란 인간이 생각을 표현하기 위해 만든 가상 공간이다. 문자로 생각을 표현할 때에 표현하고 싶은 것과 언어 사이에는 차이가 존재한다. 어떤 어휘를 어떤 통사구로 표현할 것인가의 문제는 상호관계적 층위가 중요하다. Fouconnier(1997:36)는 인지 과정을 통해 실제 세계가 언어로 표현된다고 보았으며, 이 인지적 층위를 '정신공간'이라고 하였다. 언어표현에 수반되는 정신공간의 탐색은 시인의 정신 구조를 확인하는 작업이다. 따라서 시 텍스트를 정신공간이론으로 분석하는 일은 시인이 세계를 어떤 방식으로 구성하여 이해하고 개념화하는가를 보여준다. 정신공간은 공간을 형성하는 원리에 따라 기본 형상이 만들어지며, 담화나 문맥이 형성되면서 복잡한 인지 구성이 연쇄적인 모습을 드러낸다. 즉 담화가 진행됨에 따라 정신공간은 동적으로 운용되는 것이다. 정지용의 동시 <띄>는 3연 6행으로 이루어져 있다.

하늘 우에 사는 사람
머리에다 띄를 띄고,

이땅 우에 사는 사람
허리에다 띄를 띄고,
땅속나라 사는 사람
발목에다 띄를 띄네. - 정지용, <띄>

시 텍스트의 주된 내용은 '사람들이 띠를 띠는 모습'을 표현하고 있다. 텍스트의 구성에 작용한 인지 구조를 확인하기 위해 정신공간이론을 원용해 보자. 시 텍스트의 정신 공간을 구성하기 위해서는 먼저 기저 공간의 구축이 필요하다. 기저 공간(base space)은 담화의 출발점을 나타낸다. 텍스트의 내용 가운데 현저성(salience)이 높은 담화가 기저 공간을 이룬다. 주로 친숙한 대상이나 현상이 기저 공간을 이루며, 담화의 첫 번째 문장이 기저 공간으로 구축되는 경우가 많다. 그러나 동시 <띄>의 경우, 1연보다는 2연의 현저성이 높다. 사람들이 머리에 띠를 매는 경우보다는 허리에 허리띠를 매는 경우가 흔하기 때문이다. 2연을 통해 <띄>의 기저 공간을 구축하는 공간 구축소(space builder)[30]는 '사람', '땅 위', '허리'가 될 수 있으며, 기저 공간의 기능은 '띠를 매는 행위' 인식의 틀이다. [그림5-3]의 중앙에 제시된 띠를 매는 행위 기능을 하는 기저 공간에는 a(사람), b(땅 위), C(허리)의 공간 구축소가 있다.

[그림 5-3]와 같이 사람들이 허리에 띠를 두르는 행위로 기저 공간을 구성하였을 때, 1연과 3연에 제시된 사람은 같으나, 사는 공간이 다르다. 하늘 위 혹은 땅속에서 사느냐에 따라 사람들이 띠를 매는 신체 부분이 달라짐을 알 수 있다. 하늘 위에 사는 사람은 머리에, 땅 위에 사는 사람은 허리에, 땅속에 사는 사람은 발목에 띠를 맨다는 것이다. 사람들이 사는 곳에 따라 띠를 매는 위치가 다르다는 것이 이 텍스트의 주된 내용이다.

30) 공간 구축소(space builder)는 정신공간의 구축을 촉진하거나 이전에 구축된 정신공간들 사이에서 앞뒤로 주의를 변화시키는 언어 단위를 말한다.

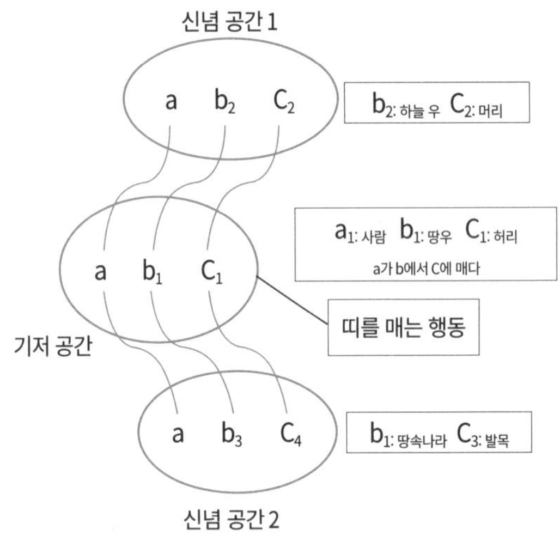


[그림5-3] <띠>의 정신공간(mental space)

그런데, 땅속이나 하늘 위에는 실제로 사람이 살 수 있는 공간이 아니므로, 상상의 공간이다. 이 두 공간은 화자가 믿고 있는 공간이기도 하므로 신념 공간(viewpoint space)으로 지칭할 수 있다. 화자가 새롭게 형성한 신념 공간을 통해, 화자가 '하늘 위', '땅 위', '땅속'으로 초점 공간(Focus space)을 이동하고 있음을 알 수 있다. '하늘 위—땅 위—땅속'의 수직적 공간 질서는 '머리—허리—발목'이라는 또 다른 수직적 질서와 연결된다. 즉, '하늘 위—머리', '땅 위—허리', '땅속—발목'이라는 '동일성의 원리(identification principle)'를 생성하게 된다. 이렇게 이어진 세 공간은 서로의 영역을 침범하지 않지만, '띠'를 통해 동일성을 찾고 있다. 사는 곳에 따라서 '띠'를 묶는 생활양식이 다르다는 것은 상징적으로 해석될 수밖에 없다. '띠'의 의미나 역할이 무엇인지를 밝히기 위해서는 텍스트에 드러나지 않은 어떤 것을 추론해야만 한다. 그 추론은 '하늘 위-머리', '땅 위-허리', '땅 속-발목'으로부터 출발할 수 있다.

인간의 삶을 세 공간으로 분할한다고 가정하였을 때, '하늘 위'는 정신적 세계를 상징함으로써 머리와 연결될 수 있고, '땅 위'는 현재 살아가는 삶을 드러내기 위해 '허리'와 연결될 수 있다. 마지막으로 '땅속'은 육체 소멸인 죽음을 상징함으로써 발목과 연결될 수 있다. 더 확대하여 해석하자면, 이상 세계(하늘 위, 머리)-현실 세계(땅 위, 허리)-사후 세계(땅속, 발목)를 상징한다고 하겠다. 따라서 동시 <띠>에 드러난 화자의 인지 태도는 '삶'에 대한 순응으로 볼 수 있다.

<띠>에 드러난 정신공간은 기저 공간에서 신념 공간으로 전환되면서 단순히 발화된 행위나 사건만을 표시하는 것이 아니라 화자의 인지 구조를 통해 더욱 정교한 의미를 형상화하고

자 한 것을 알 수 있다. 정신 공간에는 서로 연결은 되어있지만, 잠재적이고 모순적인 정보도 포함될 수 있다.

### 다. 서사적 서술성을 활용한 의미 재생산

동시에는 구체적인 인물과 행동, 사건이 드러나는 경우가 많다. 이러한 서사적 서술성은 스크립트(script) 도식이론을 활용하여 분석하기 용이하다. 스크립트 도식 이론은 독자가 작품 내에 주어진 상황을 이해하는 맥락을 어떻게 형성하는지 탐구하는 이론으로 때에 따라 상황적 스크립트(situational script), 개인적 스크립트(personal script), 도구적 스크립트(instrumental script)로 나뉜다. 앞서 살펴본 정신 공간이 시 텍스트에 나타난 상황에 대한 인지적 틀을 제시한다면, 스크립트는 시적 상황이 어떻게 시간적으로 나열되는가에 관심을 둔다. 따라서 스크립트에서는 상황을 구성하는 사건간의 '시간적, 인과적 계기성(temporal, causal sequenc)'이 중요하게 작용한다. 문학 텍스트에는 특정한 시구가 머리어(header)로 작용하여 스크립트를 형성한다고 볼 수 있다. 문학 텍스트에 제시된 특정한 상황과 스크립트와의 관련성은 머리어(header)로부터 비롯된다. 머리어(header)에는 4가지 유형이 있다(Stcckwell, 2002: 78).

① 전제 조건 머리어: 한 스크립트의 전제 조건이 되는 참조 사항
② 도구적 머리어: 스크립트의 실현을 위한 수단이 되는 행동 참조 사항
③ 배경 머리어: 스크립트의 배경에 대한 참조 사항
④ 내적 개념화 머리어: 스크립트에 나타난 행동이나 역할에 대한 참조 사항

위에 제시된 머리어는 시 텍스트에서 모두 실현되기도 하고, 일부만 나타나기도한다. 정지용의 동시 <할아버지>에서 작동되는 스크립트를 분석하기 위해 편의상 다음과 같이 시의 행마다 번호를 부여하기로 한다.

① 할아버지가
② 담배ㅅ대를 물고

③ 들에 나가시니,
④ 궂은 날도
⑤ 곱게 개이고,
⑥ 할아버지가
⑦ 도롱이를 입고
⑧ 들에 나가시니,
⑨ 가믄 날도
⑩ 비가 오시네. - 정지용, <할아버지>

머리어 유형에 따라 동시 <할아버지>를 분석해 보자. 먼저 머리어의 성격에 따라 '① 할아버지가', '⑥ 할아버지가' 는 전제 조건 머리어에, '② 담배ㅅ대를 물고', '⑦ 도롱이를 입고', '③ 들에 나가시니,' '⑧ 들에 나가시니,'는 도구적 머리어에 해당한다. 또한 '④ 궂은 날', '⑨ 가믄 날'는 배경 머리어에, '⑤ 곱게 개이고', '⑩ 비가 오시네' 는 내적 개념화 머리어에 해당한다고 볼 수 있다.

<할아버지>는 제목에서도 알 수 있듯이 할아버지가 소재이다. 행위 주체인 할아버지는 텍스트 전체의 스크립트가 작동하기 위한 전제 조건으로 작용한다. 즉 배경 머리인 '궂은 날'이나 '가문 날'보다 전제가 되는 것이다. 따라서 텍스트 전체의 스크립트를 좌우하는 주체는 할아버지가 된다. 화자는 할아버지가 농사일하러 나가시는 모습을 표현하고 있다. 담뱃대를 물고 나가면 궂은 날도 곱게 개고, 도롱이를 입고 나가시면 가문 날도 비가 온다고 판단하는 것이다. <할아버지>는 화자가 할아버지를 경이롭게 바라보는 시선을 두 번의 사건을 통해 담아내고 있다. 오랜 경험으로 날씨를 예측하여 행동하는 할아버지의 초능력 같은 예지를 이해할 수 없는 화자는 날씨와 할아버지의 행동 간의 인과관계를 뒤집어서 사고하는 어린아이다운 발상을 끌어낸다.

이 시는 자연현상과 배치되는 할아버지의 행위가 실제로는 현실에 부합하는 행위임을 보여준다. 궂은 날 담뱃대를 물고 들로 나서는 할아버지의 행위나 가문 날 도롱이를 입고 들로 나가는 할아버지의 행위는 상식적인 판단 기준에서 보면 비현실적이다. 그러나 나이 든 어른들에게는 흔하게 나타날 수 있는 상황이며, 이 스크립트에 투사된 지식은 태어나면서 습득된 것이라기보다는, 살아가면서 얻어진 생의 경험을 통해 언제든지 다시 변주될 가능성이 있는

열린 스크립트이다. 따라서 <할아버지> 텍스트에는 새로운 사실들이 추가될 수도 있고, 스크립트 내에 있던 사실이나 관계가 수정될 수도 있으며, 새로운 스크립트가 창조될 수도 있다.

이처럼 동시의 열린 스크립트적인 성격은 텍스트의 의미가 무한히 번져갈 수 있는 근간이 된다. 텍스트의 증가(accrection), 조율(tuning), 재구조(restructuring)가 가능해지면서 해석 재생산의 기반이 마련되는 것이다. 시 텍스트 기저에 자리 잡은 은유는 '할아버지는 요술쟁이이다'라는 개념틀이다. 이러한 개념 틀에 맞는 유사한 행위를 확인하게 되면 시 텍스트 안에서는 합리적이고 현실적이며 신통한 행위로서 설명 가능해지는 것이다. 이러한 특성은 동시가 지니는 숨겨진 텍스트의 해석 공간을 확대한다.

인지시학의 관점에서 동시를 분석하면 동시 고유의 미학적 특성을 드러난다. 특히 이 장에서는 전경- 배경 이론, 정신공간이론, 스크립트이론을 원용하였다.

먼저, 전경-배경 이론을 통하여 동시를 분석한 결과 단순한 표현이 반복적으로 출현하면서 시 텍스트에 드러나 탄도체의 움직임을 유도하는 것을 알 수 있었다. 시 텍스트에 구현된 탄도체는 시적 정서의 흐름과 유착되어 정서의 깊이를 강화한다. 이는 시 텍스트 표면에 드러난 언어적 해독을 넘어서 단순한 정서에 균열을 가하여 정서의 공명을 유발하고 있다.

다음으로, 정신공간이론을 활용하여 동시를 분석하였다. 정신공간은 인간이 말을 하거나 글을 쓸 때 만들어지는 상상의 틀이다. 정신공간은 담화가 진행되는 동안 수정되기도 하고, 발전하기도 하면서 융통적으로 구성된다. 즉, 정신공간은 언어 구조가 아닌 개념 구조로서 담화에 작동하는 인지모형이다. 동시 <띄>를 정신공간이론을 분석할 결과, '하늘 위—머리', '땅 위—허리', '땅속—발목'이라는 시어가 동일성의 원리(identification principle)를 생성하고 있음을 파악하였다. 동일성의 원리는 두 시어 사이에 존재하는 공통성을 담지하여 시적 화자가 파악한 기저 공간과 신념 공간 사이의 연결관계를 나타내는 기제이다. 위에 제시된 시어들의 쌍은 상식적으로 모순된 지점이 있으므로 상징적으로 연결할 수밖에 없다. 따라서 시어들의 연결을 통한 상징성 확보는 동시의 심미 공간을 확장하는 역할을 하고 있다.

마지막으로, 스크립트이론을 원용하여 동시를 분석하였다. 스크립트이론은 특정한 상황에 대한 사건들을 시간상으로 나열하여 의미 있는 사건의 연쇄로 이해되도록 해석하는 원리를 제공한다. 그러나 텍스트에 제시된 내용이 우리의 상식 세계 안에 정형화된 사태구조로 스크립트를 형성할 수 없을 때, 텍스트 어휘 목록 간의 관계를 살펴 해석의 안정성을 확보해야 한다. 동시 <할아버지>에서 작동되는 스크립트를 분석한 결과, 정형화된 사태구조로 해석되지 않는 부분이 존재하였으며, 이는 독자의 심리 표상으로 텍스트의 빈자리(slot)를 독해하여야 하는 부분이다. 그러나 새롭게 투사된 스크립트의 논리는 텍스트를 확대하고 재생산할 수 있도록 작용한다.

위와 같이 인지시학적 관점을 통해 동시를 분석할 결과 동시의 시적 화자는 자신의 체험을 표현하되, 어린아이다운 표현을 빌려 의미를 확장해 나간다는 것을 알 수 있었다. 동시는 성인 시인이 아동을 대상으로 표현하는 형식을 취하므로, 허구적인 화자의 의식 속에서 사건이나 분위기를 반추한다. 동시는 시인이 체험한 시적 진실을 표현하면서도, 동시 내적인 허구를 통해 아동 독자에게 전달된다. 따라서 시적 화자의 표현은 '고백적 중개성(confessional mediacy)을 갖는다. 중개성(medicacy)은 사건과 독자 사이를 중개해주는 서술적 성격을 말한다(Fludernik, 2014). 고백적 중개성은 동시의 시적 화자가 경험적 자아(experiencing self)이면서도 표현적 자아(expressing self)의 층위를 함께 갖는 특성에서 비롯된다. 동시에는 경험적 자아의 사적인 체험과 표현적 자아의 친근한 주석이 교착되어 표현됨으로써, 아동 독자는 사적인 경험을 통해 미적 거리감을 확보하고, 아동 서술자의 표현을 통해 일치감을 느끼며 공감할 수 있게 되는 것이다. 동시의 화자는 텍스트 내적 세계와 텍스트 외적 세계를 넘나드는 주체이다. 동시의 화자가 가지는 고백적 중개성은 진솔하고 탈권위적인 태도로서 아동 독자와 직접적인 소통을 추구하도록 돕는다. 동시는 시인의 어린 시절, 현재의 삶, 미래에 대한 공간을 열어 지각과 반성, 관찰과 인식을 통해 표현하므로, 아동뿐만 아니라 전세대의 지평을 확장하는 장르성을 갖는다. 이러한 텍스트성은 동시가 성인들을 위한 시 문학과의 차이이면서 동시의 율격적 특성을 보완하는 장르성이라고 할 수 있다.

## 3. 전래 동요의 특성

### 가. 주술적 세계관과 집단의 욕망 표출

전래 동요의 텍스트성에 대한 탐구는 전래 동요라는 용어의 정착과정과 함께한다. 우리나라의 전래 동요는 그것이 글로 정착되고 수집되는 과정에서 텍스트성이 확립된 장르라고 볼 수 있다. 1920년대와 30년대를 거치면서 구비문학으로 존재하던 아이들의 동요가 문자 텍스트로 정착되면서 읽기 텍스트로 변모하는 양상을 보인 것이다. 구비문학의 특성상 채록하여 적었을 것으로 예상하지만 가창 상황을 그대로 재현하기 힘들었을 것이고 채록자에 의해 첨삭하거나 매체의 편집자에 의해 수정되었을 가능성도 있다. 구비문학으로서의 동요는 원칙적으로 주어진 텍스트 없이 구연이 되던 노랫말을 모태로 하고 있다. 이러한 노랫말은 작가의 생각이나 정서를 드러내는 데 초점을 둔 텍스트라기보다는 청중의 정서와 감흥을 자극할 수 있는 텍스트여야 했고 상황에 맞게 여러 텍스트를 조합하여 역어 짜내는 방식으로 연행되었다. 이러한 컨텍스트적인 구술 환경에서 생산된 텍스트는 개인 창작으로서의 작품이 가지는 작가성이나 작품성을 확고히 가질 수는 없으며 집단의 욕망을 드러낸다고 볼 수 있다.

비리고 배리고-
건너말부자집 갓더니
통한쪽 안주더라
비리고 배리고 - 김소운, 『조선구전민요집』에서

앞에 가면 양반 뒤에 가면 쌍놈
앞에 가는 양반 방구 뀌지 마라
뒤에 가는 쌍놈 기분나쁘다 - 홍양자, 『전래동요를 찾아서』 중에서

첫 번째 노래는 욕심많은 부자에 대한 아이들의 얄궂은 마음을 보여주고 있다. 아이들은 양반네도 못 마땅하다. 양반은 너스레를 떨며 행차를 가지만, 그들을 비꼬기도 하고 원망도 한다. 아이들은 한없이 순진무구하지 않다. 그들 역시 인간으로서 욕망이 있으며 노래로서 정화하려는 것은 성인의 그것과 다른 바 없다.

바람아 불어라
대추야 떨쪄라
영감아 조으라
할마이야 삶아라 - 편해문, 『옛아이들의 노래와 놀이 읽기』 중에서

내다리 부러지지 말고
황새 다리 부러져라 - 편해문, 『옛아이들의 노래와 놀이 읽기』 중에서

해야해야
짐치국에 밥 말아먹고
장구 치고 나오니라
해야해야
어서 빨리 짐치국에 밥 말아먹고
장구치고 나오니라 - 편해문, 『옛아이들의 노래와 놀이 읽기』 중에서

위와 같은 전래 동요는 마법사의 주문과 같은 명령형의 형식을 갖는다. 원시인들의 언어는 인간들 사이에서뿐만 아니라 자연과 인간, 신과 인간 사이에서도 의사소통의 수단이었다. 이들에게 언어는 항상 대상과 연결되는 마술적 기능을 하였고 이로서 대상과의 연속감과 일체감을 경험하도록 했다.

"파도가 운다"하면 실제로 파도가 울고, 신에게 구원의 기적을 말하면 실제로 구원이 이루어진다고 믿었다(김준오, 2002:59). 대상을 '너'로 인식하는 물활론적 사고와 닿아 있다. 아동의 자아가 시상과 융합되는 방식이 바로 미적 형식이 되기 때문이다.

전래 동요는 아동이 향유(가창)의 주체였던 노래이다. 동요는 구비 장르로서 민요와 그 특징을 공유하면서도 아동의 생활과 밀접하며 아동들의 발랄한 정서를 담고 있다. 특히 아이들의 생활과 유희의 공간에서 흔히 벌어지는 특유의 익살이나 재치, 자연과 사물에 대한 직관적인 정서 등은 전래 동요의 세계관을 보여준다. 따라서 사람, 곤충, 새 등 활동성이 있는 것들이 주요소재로 등장하며 정적인 자연물은 드물다. 그것은 악곡에 맞추기보다는 직감적이고 즉흥적으로 노래를 불러야 하기 때문에 정적인 자연물보다는 방아깨비나, 잠자리와 같은 동물 또는 놀이와 같은 운동성이 있는 것이 자연적으로 선호되었을 것이라 짐작할 수 있다. 이는 자연 그 자체가 어린이들의 일상적 배경이 되고 유희는 성인사회에서의 노동과 마찬가지로 어린이들에게는 일상생활의 하나이기 때문이다.

그러나 하나 간과할 수 없는 것은 세계를 바라보는 위선적 욕망이 없기 때문에 아이들의 노래는 전복성을 띤다는 것이다. 참요(讖謠)적 성격을 가진 민요가 아이들의 입을 통해서 가

창된 사실을 미루어 볼 때 주술성도 빼놓을 수 없는 전래 동요의 성격이었다. 전래 동요는 역동적이며 직관적인 통찰력과 자연과의 교감에서 오는 신성성, 예언의 주술성, 정치적 풍자성 등의 미학적 성격을 가진 텍스트라고 볼 수 있다.

가지마라 가지마라
가지줄게 가지마라
문배 줄게 가지마라
엿사줄게 가지마라
떡사줄게 가지마라
떡도 실코 엿도실코
문배가지 나다실소
내어머니 젓만내소 - 동아일보(1923.11.11.) 타박네야 부분

<타박네야>는 비극적인 정서가 넘쳐 나는 노래이다. 엄마 잃은 아이가 죽은 엄마를 애타게 찾고 있는 가사의 애절함은 우리가 흔히 알고 있는 전래 동요의 애상함이라고 할 수 있다. 이러한 비극적 동요는 이 당시 수집된 동요의 다수를 차지한다. 전래 동요는 구슬프고 애잔한 정서를 담아내고 있다는 대중들의 인식을 엿볼수 있다. 그러나 이러한 전래 동요관은 우리나라 전통의 전래 동요적 성격이라기보다는 일본에 의해 구성된 전래 동요의 성격이다.

새야 새야 파랑새야
녹두남재 앉지마라
녹두꽃이 덜어지면
청포장사 울고간다

** 시골 경상도 쪽 전라도 일대의 어린이들이 부르는 노래입니다. 슬픈 노래입니다. '달아달아 밝은 달아'와 같이 불러보십시요. 청포라는 것은 녹두로 순 '녹두묵'입니다. (『어린이』 창간호, 1923.3.20.)

어린이창간호에는 <파랑새>를 전라도 일대의 '어린이'가 부른 노래로 소개하고 있다. 이 노래는『조선문단』에도 <파란새>라는 제목으로 수록(조선문단제13호, 1925, 11)되어 있으며 조선총독부에 의해 수집된 <풍속조사>(김선풍, 1999) 에서도 등장하는 것을 보면 전래 동요의 전범이라고 볼 수 있다. 노래 밑에는 '슬픈 노래'라고 설명을 덧붙이고 있다. <파랑새>와 같은 노래를 전래 동요의 전범으로 삼고 전래 동요의 주된 특성의 슬픔으로 받아들이는 인식은 아동문학에 뿌리 깊게 내려 있다.

### 나. 언어의 유희성과 구술성

전래 동요는 구전되는 노래로서 작곡된 노래가 아니라 아이들의 개성과 창의성에 의해 직감적이고 즉흥적인 흥에 의해 불린 것이다. 그러므로 말과 리듬의 일체감이 선명하며 짧은 가락이 반복되고 가사의 말에 따라 짧은 토막이 변형되어 되풀이된다. 이러한 반복법의 습관적 사용은 일반 민요의 문체적 특징이기도 하지만 특히 동요에서 더욱 두드러진다. 반복형식은 형식적 통일을 이루고 기억과 이해를 돕는 것으로 청자의 재구연(再口演) 곧 가창을 용이하게 하는 인간의 원초적 생리의 표출이라 할 수 있다.

하나는 뭐냐 사람 머리
둘은 뭐냐 닭의 다리
셋은 뭐냐 쇠시랑
넷은 뭐냐 소반다리
다섯은 뭐냐 손발구락
여섯은 뭐냐 파리다리
일곱은 뭐냐 북두칠성
여덟은 뭐냐 조선팔도
아홉은 뭐냐 구만리장처 - 강원지방민속동요(한용희, 1988: 22)

꼬불꼬불 고리나물
웅실웅실 고사리나물

말아보니 마타리/
걸어보니 결욱이/돌아보니 도라지

- 신의주 지방 전래동요(어효선,1975: 98)

전래 동요는 아동이 가장 자연스럽게 따라 부를 수 있는 선명한 가락의 운율을 가지고 있다. 복잡한 사고나 논리적인 표현을 중시하지 않고 단순히 말에 가락을 붙여 자신의 감정을 표출(김기현, 1988 : 12~13)하는 음악적 표현이다. 따라서 우리나라 전통 가사의 율격인 4·4조의 운율을 가지는 경우가 많다. 위의 전래 동요는 4·4조의 형식을 띠어 노래 부르기 쉽고 리듬을 타기쉽게 정리되어 있다 (한용희, 1988). <파랑새>역시 4·4조의 율격)을 가지고 있다. 운율적 반복구조로서 음보율을 보면 일반 민요가 2·3·4·6음보 등 다양하게 쓰인 것과는 달리 전래동요는 거의 2음보로만 되어 있는 경우가 많다.

전래 동요의 형식성은 반복구조에 의해 통일을 이루고 있다. 반복은 기억과 이해를 돕기 위한 목적으로 쓰이는 구술적 기제이다. 같은 구나 어휘를 되풀이함으로써 감정과 흥취의 높이나 깊이, 뜨거움을 전달하며 아울러 운율의 원활에서 오는 아름다움을 높인다. 동질의 의미를 반복함으로써 동일한 차원 곧 시간, 공간, 소재, 관념, 대상 등의 여러 목록을 병렬시켜 의미의 다변화를 기하여 장식적 이미지를 형성하는 효과를 보인다. 따라서 반복은 동요의 부연적 특징을 가능하게 하는 요소가 되고 형식미를 두드러지게 한다.

반복은 음성의 반복, 어휘의 반복, 구절의 반복을 들 수가 있는데, 특히 이 중에서 음성의 반복에 운율 개념을 적용하기도 한다. 운율이 시가에서 지니는 기능이란 주의력의 환기, 암시성의 농축, 감수성의 증대, 시의 요소결합 및 의미를 형성할 수 있게 한다. 반복은 객관적인 지시 내용을 갖지 않는 대신 의식에 투영되는 정감 또는 태도의 반영으로서, 또 자기 표출로서 의의가 있다.

이서방 일하러 가세
김서방 김매러 가세
조서방 조하러 가세
신서방 신이나 삼세
배서방 배사러 가세

방서방 방석이나 틀세
우서방 우물이나 좀 파주게
오서방 오이사러 가세
유서방 유쾌히 놀세 - 성씨풀이 황해지방 민속동요(한용희,1988:21)

토끼야 너 잘 먹는
까지잿 잎 따 왔다
움숙움숙 자꾸 먹고
뒷집에 어미 만치
곰공같이 살쪄라
어서 속히 크거라 - 제주 지방 전래 동요(어효선, 1975:105)

<성씨풀이>는 말놀이로서 성씨를 익살스럽게 풀고 있다. 토끼먹이를 주면서 잘 자라기를 바라는 노래는 '움숙움숙'이라는 의태어가 사용되어 토끼가 풀을 입속 가득 먹고 힘있게 씹는 모양을 나타내었다. 전래 동요에는 의성어와 의태어가 자주 사용된다.

### 다. 현장감과 해학성

전래 동요는 어린이들의 놀이 현장의 모습이 그대로 드러난 현장감 넘치는 장르이다.

핑겡아 핑겡아
장꼬방에 물 떠났다
뱅뱅 돌아라
핑겡아 핑겡아
손님 왔다 마당 씰어라 - 장흥지방 전래 동요(어효선, 1975:64)

고사리 꺾어
송송 달랑귀

고사리 꺾어
송송 달랑귀 - 제주 지방 전래 동요(어효선, 1975:47)

'핑겡아'는 '핑겡이'를 부르는 노래로 핑겡이는 풍뎅이의 토박이말이다. 또한 '장꼬방'은 '장꼬비'라고도 하는데, 장독대의 토박이말이다. 토박이말은 전래 동요에서 빈번하게 나타나며 다채롭고 다양한 표현으로 드러난다. '달랑귀'는 제주지방의 토막이말로 '달래'를 말한다. 전래 동요는 읽기 텍스트가 아니라 연행 텍스트이다. 작품의 변주가 전제된 노래이기 때문에 아이들의 생활 속에서 재창조되는 과정을 거친다. 방언의 사용이 빈번하게 일어나는 경우도 이와 같은 소통 방식에서 오는 특성이며 읽기 텍스트로 정착되었을 때 입말이 살아 있는 형태를 가지게 되었다.

질로질로 가다가
포대기 없는 갓난구
감을 답삭 얻어서
이빨 없는 할머니와
알콩달콩 잘 먹었네 - 강원도 전래 동요(홍양자,2000:22)

웃음을 속성으로 하는 해학은 슬픔을 극복하고 불안한 마음을 달래주며, 어려운 상황에서 벗어날 수 있게 하는 기능을 한다. 해학은 웃음과 함께 즐거움을 주며, 때로는 통쾌한 기쁨을 가져다주기도 한다. 또한, 어떤 대상을 격하시켜 주체에게 유희적 우월감을 만들어 주기도 한다. 해학이 성인 문학에서는 정치적·사회적 현상을 풍자하거나 슬기롭게 극복해 나가는 방법으로 많이 활용되었지만, 어린이들의 세계에서는 놀림이나 불합리한 것에 대한 조롱으로 주로 사용되어 왔다.

위의 전래 동요는 웃는 자, 곧 주체인 아동이 객체인 사람, 신체, 동무, 동물 등의 우위에 서서 그를 비소화(卑小化)하는 것이기 때문에 주관적인 골계이며, 전형적인 해학의 노래라 할 수 있다. 정원석은 이러한 해학을 유모어의 전통이라고 언급하면서 현대 동요가 잃어버린 미학이라고 지적하였다.

> 구전동요에는 발랄한 유모어의 전통이 있다. 그런데 그것이 언제부터인가 현대 동요에서는 자취를 감추고 대신 삼엄한 분위기가 도사리게 되었다. 유모어라고 하면 마치 양반이 천한 것이나 보는 것처럼 하는 이상한 풍토가 되어 버린 것이다. 신문학 도입 초창기에 감상주의와 세기말적 퇴폐주의가 망국의 설움과 얽혀서 슬픈 노래 일색이었다가 뒤이어 프롤레타리아 문학의 거센 물결이 모든 것을 휩쓸어 버렸는데, 이후 식민지 탄압과 문화의 말살로 이어지니 우리나라 초창기 아동문학의 역사란 불과 20년 안팎의 역사이다. 웃음과 유모어는 그 틈바구니에서 그 좌표를 잃은 것이다. (정원석, 1992:105)

해학성의 또 다른 모습으로 말놀이 형식을 가지는 전래 동요들이 있다. 말놀이는 어떤 처지에 놓이든지 그것을 과장하고, 조롱하고, 우스꽝스럽게 만들어 버리거나, 엉뚱하게 뒤집고, 비트는 말솜씨를 의미한다. 언어 유희는 아이들에게 해방감 그 자체이다. 정확한 언어적 규범에서 탈피하는 것은 기호와 문법에 대한 전복이기 때문이다. 기표가 기의의 무게에 눌리지 않고 자유롭게 떠다니게 함으로써 단어와 의미 간의 분열이 발생시킨다. 이것은 형식의 층위에서 이루어지는 환상성의 효과와 비슷하게 작용하다고 생각된다. 언어 구조에 대한 애매함이 메시지의 불확실성과 머뭇거림을 산출하기 때문이다.

이상으로 볼 때 '전래 동요'의 전통성에 대한 왜곡이 있었으며 우리나라 동요는 슬픈 애상을 담기보다는 아동의 욕망을 드러내는 내용을 담고 있고 언어 형식적으로는 구술성과 유희성을 띄고 있다고 하겠다.

## 4. 언어유희 동시

이상한 나라의 앨리스에 수록된 '자바워키(Jabberwoky)'는 영어로 쓰인 무의미시(nonsense)의 최고봉이라고 여겨진다(Styles, 2009 : 212). 현실에 존재하지 않는 이상한 괴물로 묘사되었던 '자바워키(Jabberwoky)'의 의미가 '알아들을 수 없는 말'을 뜻하는 단어로 굳어진 것을 보면, 이 시에 대한 독자들의 반응이 어느 정도였는지 알 수 있다. 독자는 수렴적 의미해석으로 감화되기도 하지만, 무의미한 언어놀이(wordpaly)나 펀(pun)을 통해 재미와 해방

감으로 감화되기도 한다. 이 장에서는 언어 유희 동시의 특성을 살펴보고자 한다.

언어유희 동시의 중요성은 어른과 다른 아이의 모습에서 주목받는다. 어른들의 입장에서 보면 의미 없는 소리일지라도 아이들에겐 의미 있는 놀이일 수 있기 때문이다. 폭발적으로 언어를 습득하는 과정에 있는 아동에게 언어유희적 장면은 쉽게 포착된다. 아이들은 모든 것을 놀이로 환원하는 특징을 가지고 있다. 소리 내지 못하는 장난감을 손에 들고 움직이면서 옹알거림(cooing)을 하기도 하고, 자음과 모음을 결합하여 의미 없는 옹알이(babbling)로 무엇인가 가리키기도 한다. 또한, 뻔히 알면서도 되뇌어 묻기도 하고, 재미있는 말을 반복적으로 듣고 싶어한다. 다양한 음색과 음량을 포함하여 만들어 내는 소리들은 아동의 즐거움과 관련되어 있다(Lund, 2007 : 91). 아동이 단어로 표현하기 전에 이미 많은 단어를 이해하고 있다는 연구 결과(Bee, 2000)는 아동이 만들어 내는 소리가 의미 있거나 의미를 만들려는 노력임을 방증한다.

이 밖에도 아동은 새로운 낱말들을 만들어 사용하기도 하고 별명을 만들어 놀리기도 한다. 또한, 동식물이나 장난감에게 어른들은 알아들을 수 없는 언어로 말을 걸기도 한다. 이러한 말하기는 메시지를 전달하거나 설득하기 위한 행동이 아니라 순전히 '놀이적 상상력'에서 비롯된 것이다. 어른이 규범이나 이성적 판단을 과감히 벗어버리고 현실의 사회적 질서를 포기하는 일은 실로 어려운 일이다. 그러나 아동은 어떤 망설임이나 두려움 없이 자신만의 상상의 나래를 마음껏 펼쳐 보이는 것이다(Lovejoy,1948 : 238). 어른들에게 아이들의 언어놀이는 현실맥락과 동떨어진 불합리한 현상이지만, 아이들에겐 또 다른 현실 대응의 방식인 것이다.

언어 유희 동시는 아동의 이러한 특성을 고스란히 받아 안은 텍스트이다. 언어의 고착된 의미를 파괴하고 언어적 규범을 벗어난 전복성을 드러내기 때문이다. 결국 언어유희 동시는 기존의 의미가 어떻게 해체되고 재수용 되는지를 보여줌으로써 새로운 의미의 세계를 열어주는 것이다.

언어유희 동시의 특성은 그 근원을 동요에 두고 있다고 해도 과언이 아니다. 아이들의 입을 통해 구비전승되던 동요는 입말의 감각과 어린이다운 상상력을 주요 텍스트성으로 갖는다. 동요는 아이들이 가장 자연스럽고 재미있게 따라 부를 수 있는 형식과 리듬을 가졌다. 따라서 복잡한 사고나 논리적 표현보다는 단순한 낱말에 가락을 붙이거나 다양한 어휘를 늘어놓는 방식을 취하였다. 몇 가지 예를 통해서 동요의 언어 유희적 성격을 살펴보자.

(가) 개밥먹고 개밥먹고
키크지 마라
개밥먹고 개밥먹고
키크지 마라
엇쐐이 키크지 마라

- 편해문(2002), 『옛아이들의 노래와 놀이 읽기』 중에서

(나) 엿장사 궁덩이는 찐덕찐덕
참기름장사 궁덩이는 맨질맨질
두부장사 궁덩이는 뭉실뭉실

- 편해문(2002), 『옛아이들의 노래와 놀이 읽기』 중에서

(다) 고사리 꺽어
송송 달랑귀
고사리 꺽어
송송 달랑귀

- 어효선(1975), 『전국 전래 동요를 찾아서』 중에서

(가)는 놀림요이다. 여기에는 반복을 통한 언어 유희성을 찾을 수 있다. '개밥먹고 개밥먹고키 크지 마라'를 반복하고 있다. 또한 '엇쐐이'라는 토박이말로 변화를 주면서, 쐐기를 박는 장면은 심술궂은 아이의 모습을 저절로 떠오르게 한다. 작은 키의 아이들을 놀리는 얄궂은 마음은 아동의 동심을 그대로 보여준다고 하겠다.

(나)는 장사꾼들을 놀리는 노래이다. 엿장사라서 그의 궁덩이가 '찐덕찐덕'하고 참기름 장사라서 '맨질맨질'하며 두부장사라서 '물싱문실'할 것이라는 상상은 어린이다운 발랄함을 보여준다. '찐덕찐덕', '맨질맨질', '뭉실뭉실'이라는 의태어는 엿, 참기름, 두부의 모습과 연결되면서 그 의미를 상세화하고 있다. 구름 모양을 흉내내는 말로 흔히 쓰이는 '뭉실뭉실'이 '엉덩이'와 '두부'의 기의와 만나면서 재미를 주고 있다.

(다)는 지시적 의미를 구성할 수는 없으나 고사리와 달랑귀('달래'의제주도 방언)를 뜯으면

서 불렀을 것으로 예상하는 놀이요의 모습을 보여준다. 위에 예시된 세 동요는 언어유희적 성격을 드러낸다. (가)는 '언어의 반복성'을, (나)는 '기의의 변형',(다)는 '무의미성'을 드러낸다고 하겠다. 그런데 동요에서 드러나는 언어 유희성은 초보적 수준이다. 반면, 언어유희 동에서는 위의 세 가지 범주가 더욱 섬세하게 드러난다. 이제 언어유희 동시의 특성을 살펴보자.

### 가. 반복을 통한 의미의 차이 실현

반복성은 동일한 음절이나 단어, 구, 절 등이 텍스트 안에서 반복되어 나타나는 것을 말한다. 언어유희로서 '반복성'은 단순히 형태적 반복으로 성립되는 것이 아니라 텍스트 내의 맥락에서 의미의 차이를 드러내는 특성이다. 동일한 단어의 반복이 언어유희적 기능을 하기 위해서는 반복 양상에 따라 서로 다른 의미나 가치를 지녀야 하기 때문이다(주경희 2007 : 23). 아래의 두 동시에서 반복적으로 제시된 시어에 주목해 보자.

(라) 빡— 빡— 오리오리 물오리 떼가
하낫둘 셋넷 걸음 맞춰서
앞뜰 개울 뒤뜰 개울 물나라로
아그작 뽀그작 산보 갑니다. - 김희석, <물오리떼>

(마) 쪽진 할머니가
쪽물 들인 치마 입고
쪽마루를 지나
쪽문을 나서
쪽빛 하늘 아래
마실을 가다
길 한 쪽에 떨어진
콩 한 쪽을 보고
콩 한 쪽이 어디냐
하늘에서 떨이지나

땅에서 절로 솟나
얼씨구나 얼른 주워
입 맞추네, 쪽! - 김유진, <콩한쪽>

(라)는 '빡-빡-', '아그작뽀그작'과 같이 반복성을 가지면서도 상투적이지 않은 시어를 보여준다. '빡빡'은 유리창의 표면과 같이 매끄러운 부분을 닦을 때 나는 소리로 흔히 쓰인다. 그러나 오리 소리를 흉내 내는 말로 의미역을 넓혔다. 작은 오리가 입을 한껏 벌리고 옹골지게 내는 소리를 표현한 것이다. 걷는 모습 역시 '뒤뚱뒤뚱'이 아닌 '아그작뽀그작'이라고 표현함으로써 작은 오리 새끼가 어설프게 걸어가는 모습이 생생하게 그려지고 있다.

(마)는 의미의 차이를 통해 언어의 유희성을 잘 드러내고 있는 동시이다. '쪽'이라는 음절이 반복되어 사용되고있지만, 위치에 따라 조금씩 다른 의미로 쓰이고 있다. 머리 모양(쪽진 할머니), 식물의 이름(쪽물들인 치마), 쪼개진 물건의 한 부분(콩 한 쪽), 방향성(길 한 쪽), 의성어 등을 나타내는 다양한 '쪽'이 등장한다. '쪽'이라는 기표가 다양한 어휘와 결합하면서 점차 할머니의 모습과 동화되고 있다. 또한 '쪽'을 소리내어 읽었을 때 음의 고저나 장단이 자연스럽게 생기며, 2음보의 리듬감을 만들어 내어 가벼운 생동감까지 유발한다. 위의 두 시에서와 같이 반복성을 통한 언어유희는 형태적 반복에 의한 것이 아니라 그러한 반복이 만들어 내는 의미 맥락의 다양성에서 기인한다.

## 나. 기표와 기의의 변형

아동의 현실 세계는 언어적 규범을 존중해야 하는 세계이다. 그러나 동시는 현실을 벗어난 상상의 세계를 표현한다. 상상의 세계에서 이루어지는 언어 유희는 기의의 누빔점(quilt-ingpoint)을 느슨하게 하는 역할을 한다(Fink,2002 : 156~166). 누빔점은 "기표의 끊임없는 의미작용을 멈추게하는 의미화 연쇄 위의 점"을 말한다(Fink,2002 : 166). 이 지점은 음성기호와 의미의 연결고리가 되는 장치로서 기표를 특정한 기의에 고정하는 역할을 한다.

동시의 언어 유희성은 기표에 유사한 기의를 덧붙이거나 새로운 기의를 생성하는 성격이라고 할 수 있다. 새로운 기표의 생성이나 기의의 변형은 누빔점을 흔들어 헐거워지도록 하거나 결국 풀리게도 한다. 최근 발표된 이안의 동시 두 편은 기표와 기의의 변형으로서 언어 유희성을 적절하게 보여주고 있다.

(바) 내가 왜 가리
내가 왜 가리
안 갈 것처럼 말해 놓고
멀리 가는 새
흰 뺨 검어지면 오리
흰 뺨 검어지면 오리
못 올 것처럼 말해 놓고
자주 오는 새 - 이안, <가는새오는새>

(사) 모자를 반듯하니 쓰고 가던 질헝이가 모자를 비뚜름히 쓰고 가면
질행이가 됩니다.모자 쓰는 거 재미없다 지금부턴 타고 가자 하면
지랭이가 되고요 모자 잃고 울고 가면 그때부터는 지래이가 됩니다.
이런 이야기를 하나도 모르고 살면 그냥 지렁이가 됩니다.
- 이안, <지렁이>

(바)의 제목은 '가는새오는새'인데, 띄어쓰기가 되어있지 않아 '새'가 생물학적인 '새'를 의미하는지, 시간을 나타내는 '새'를 의미하는지 알 수 없다. 제목부터 고정된 의미가 흔들리고 있다. '내가왜가리'라고 말한 첫 연 역시 '왜가야하는가?'라는 의문이나 탄식으로 볼 수도 있고 '나'자신에 대한 존재론적 자문으로 보이기도 한다. 이러한 언어유희적 기교는 기의의 누빔점을 느슨하게 한다. 독자는 하나의 의미와 다른 의미의 사이의 길항 관계에서 줄타기하면서 의미를 구성하게 된다. 이 과정에서 재미가 유발된다고 볼 수 있다.

(사)는 언어적 상상력이 돋보이는 동시이다. '지렁이'라는 글자 모양과 음운의 변형을 통해 새로운 기의를 형성하고 있다. 모자를 반듯하게 쓴 '질헝이', 모자를 비뚜름이 쓴 '질행이', 무엇인가 타고 가는 '지랭이', 울고가는 '지래이'는 언어의 근본적인 속성인 기표와 기의의 만남을 표현한 언어 유희이다. 이것은 물질적인 측면인 기표가 정신적인 개념을 추인하는 전복성을 보여주고 있다. 우리가 '지렁이'라는 단어에서 연상되는 것은 구체적인 지렁이 개체가 아

니라 일반적인 지렁이에 대한 속성이다. 그러나 이안에 의해 만들어진 '질헝이', '질행이', '지랭이', '지래이'는 구체적인 개체를 지칭하면서 기의를 구체화하고 있다.

### 다. 무의미성

언어유희로서 무의미성은 말장난(pun)이나 말놀이(wordpaly)동시에서 주로 나타난다. 무의미성은 삶의 감동이나 영혼의 교감보다는 언어를 통한 재미와 관계가 깊다. 또한 동시의 유형으로 나타나는 무의미시들은 구체적인 삶 안에서 길어낸 정서가 담긴 '기층언어'로 구성되는 경우가 많다. 유종호(1989)에 의하면 '기층언어'는 유아기에 습득한 기본적인 단어로서 의식의 깊은 곳에 자리 잡은 언어라고 말한다(유종호,1989 : 69~70). 기층 언어는 사람이 위기 상황에 부닥쳤을 때 무의식적으로 소리를 내는 비명이나 사투리와 같이 개인에게 가장 확실하게 각인된 말이다.

(아) 토마토가 익어가네
빨간 토마토
토끼야
눈 빨간 토끼야
토마토밭에서 뭐 하니?
똥 누니?
잠 자니? - 최승호, <토끼>

(자) 나무는 나무
나비는 나비
나는 나예요
달은 달
새는 새
나는 나예요
나는 딸꾹

빼꾸기는 빼꾹 - 최승호, <나>

(아)의 제목은 '토끼'이다. 시적 화자는 토마토밭에 있는 토끼를 부르면서 무엇을 하는지 궁금해하고 있다. 이 시를 통해 얻을 수 있는 의미는 거의 없다. 다만 '토'자를 반복적으로 사용함으로써 음성적 즐거움을 줄 뿐이다.

(자)에서 의미의 통일성은 더욱 희미해진다. 세 개의 연 모두 의미적으로 관계가 없으며 시적 상상의 고리로도 엮이지 않는다. 이 시는 의미와는 관계없이 비슷한 글자의 연상을 통한 말놀이를 동시이기 때문이다. 이 동시에서 '나의 존재를 찾고자 하는 자아'를 읽어내는 해석(권오삼,2005)은 어른 비평가의 시선으로 동시의 이면을 지나치게 무겁게 해석한 결과라고 판단된다. 무의미시의 감상은 언어 유희적 관점에서 접근해야 한다. 김권호(2009)에서와 같이 언어적 유희를 표방한 무의미시에서 통일성 있는 의미를 찾고자 한다면, 말놀이류의 동시는 당연히 미궁에 빠진 문학 텍스트이며 공허한 소리로 여겨질 수밖에 없다. 그러나 재즈 피아노 연주회에서 전통적인 클래식 화음이 들리지 않는다고 평가할 수는 없다. 무의미 동시는 수렴적 사고로 파악될 수 없는 확산성을 가진다고 보는 것이 타당하다. 따라서 말놀이 동시가 지시하는 의미를 찾기보다는 의미를 넘어선 언어적 체험으로 접근해야 한다.

지금까지 언어유희 동시의 주요 텍스트성을 살펴보았다. '반복을 통한 의미의 차이 실현 → 기표와 기의의 변형 → 무의미성'으로 진행될수록 동시의 지시적 의미가 점점 희미해짐을 알 수 있다. 따라서 수렴적 의미구성이 불가능한 언어유희 동시의 경우 기표에 주목한 읽기가 필요하다.

## 확장 및 응용

1. 동시의 개념을 내포독자의 측면에서 설명하시오.

2. 전래 동요의 텍스트성을 예를 들어 설명하시오.

## 확장 및 응용

3. 언어 유희 동시가 재미를 주는 요소를 예를 들어 설명하시오.

# 2부

# 초등 시 교육의 실제

# 6장
# 시 제재, 어떻게 선택할까

위대한 시는
가장 귀중한 국가의 보석이다.
- 베토벤 -

초등 시 교육에서도 '좋은 시'를 제재로 선정하여 활용하는 것은 매우 중요하다. 학습자가 흥미와 감동을 느낄 수 있어야만 한다는 점이 시 교육의 기본적인 전제이기 때문이다. 그렇지만 '좋은 시'가 어떤 시를 말하는지에 대한 의견은 매우 분분하다. 에밀리 디킨슨은 '그때 내 전신이 어떤 불로도 따듯하게 할 수 없을 만큼 차가워졌을 때, 그것을 시라고 나는 안다. 머리가 달아나버린 것처럼 내 몸이 느꼈을 때, 그것을 시라고 나는 안다. 내가 시를 아는 방법이라곤 이런 길밖에 없다.'라고 말했다. 이 말은 시가 무엇이고 좋은 시가 무엇인지를 선정하는 객관적 기준의 설정이 얼마나 어려운지를 단적으로 드러낸다.

여기서는 초등학교 현장의 교육과정 실행의 장면에서 교사가 시 제재를 선정할 때 고려해야 할 여러 가지 원리와 선정의 실제를 살펴보기로 한다. 일단은 초등학교 학습자와 함께 읽을 시를 선정하는 과정에서 고려해야 할 가장 중요한 것은 학습자가 즐겁게 감상할 수 있는 시인지를 판단하는 일이다. 그 점을 대전제로 하여서 초등의 시 감상 수업에서 활용할 제재를 선정할 때 고려해야 할 점을 알아보기로 한다.

## 1. 시 제재 선정의 원리

흔히 문학성이 높다고 평가되는 시를 수업에 활용하기 좋은 시라고 생각하기도 한다. 그래서 문학성에 대한 평론가의 평가에만 의존하여 정전을 결정하기도 하는데, 이는 교육적 상황에서는 몇 가지 중요한 점을 간과한 선택이 된다. 학습자의 관심과 흥미와 감동이 고려되지 않거나 교육과정이 의도하는 바를 제대로 살피지 못한 선택은 실제 시 교육의 효과를 제대로 발현하기 어려울 수 있다. 초등 시 교육의 전반적인 상황과 맥락 속에서 시 교재를 선정하는 원리를 탐색하기로 한다.

### 가. 문학 예술적 가치가 높은 시

초등 시 교육의 교재 선정에서 먼저 고려되는 것은 당연히 작품의 문학성이다. 문학 예술적 가치가 높은 작품일 것을 전제로 할 수밖에 없다. 그렇다면 문학적 가치가 높은 시는 어떤 시일까?

일반적으로 예술 작품의 가치 평가에 작용하는 여러 가지 이론들을 몇 가지로 정리하자면, 첫 번째가 '텍스트 내재적 속성'에 의한 평가이다. 시 텍스트 자체가 가진 비유나 상징, 리듬과 주제 및 표현 등의 특성에 대하여 문학성이 높다고 평가하는 경우가 여기에 속한다. 그러나 텍스트 내재적 속성은 언제나 텍스트 바깥의 사회문화적 상황이나 독자와의 관계 속에서 다르게 평가될 수 있다.

두 번째 이론은 시 감상 주체자의 반응에 의한 평가이다. 많은 사람들이 좋은 시라고 하는 시를 선정하는 방식이다. 그러나 대중적 선호도가 높은 예술이 반드시 '좋은' 시라고 단정하기도 어렵다.

세 번째 이론은 그 작품의 기능으로 평가하는 것이다. 문학의 기능은 크게 장식적 기능과 교육적 기능, 그리고 심리적 기능으로 나누어 볼 수 있다. 장식적 기능은 인간의 삶에서 감수성을 풍부하게 하고 생각을 장식해주어 문화를 아름답게 한다는 관점으로 그 정도를 살펴 예술 작품을 평가하게 된다. 교육적 기능은 작품이 인간의 감성이나 지적, 도덕적 성품을 계발하는 등 교육적 효과를 가진다고 보는데, 시를 그 교육적 효과에 따라 평가하게 된다. 심리적 기능이란 시 감상이 실용적 목적을 가지지는 않지만 인간의 유희(놀이)로서 실존적 욕망을 충족시키고 해방감과 평안함, 그리고 행복감을 맛보게 한다는 관점이다.

이러한 예술 평가의 여러 가지 관점들은 '가능 유일의 세계'로서 시에 대한 예술적 평가에서 주효한 관점이다. 시는 예술로서 새로움과 독창성을 가진 세계이고, 기존의 생각이나 세계관이나 사물에 대한 인식에서 자유롭게 할 수 있는 '유일한 세계'이다. 그러나 예술은 결국 인간의 삶에 종속되는 것이기에 삶과 예술과 사회문화의 실존적 결단이나 선택의 문제로 귀결된다. 예술적 가치가 중요하지만 삶의 구체적 상황 속에서는 그것만으로 작품을 평가하기는 어렵다.

### 나. 교육과정 목표 및 내용에 적합한 시

시 교재의 선정에서 주목하여야 할 기준 중의 하나는 시 교육의 목표나 내용이다. 이때 시 교육의 목표란 교육과정 문학 영역의 목표나 학년별 교육 내용과 교과서의 단원 목표 및 내용 전반을 의미하며 이를 고려하여 시를 선정해야 한다는 의미이다. 더 직접적으로는 단원 및 차시의 목표에 따라서 작품 선정의 기준이 달라질 수 있다.

이를테면 초등 저학년 학습자에게 시의 운율과 리듬을 즐겁게 경험하도록 하는 교육 내용을 다룬다면, 그에 적합하게 재미있는 리듬을 갖추고 있는 동시나 노래인지를 우선 고려하여야 한다. 그렇지만 즐길 수 있는 리듬이 잘 드러난 시라도 그 내용이나 시어의 수준 등이 학습자에게 어울리지 않는다면 적합하다고 보기 어렵다.

그런데 이 교육과정 상의 단원 및 차시 목표에 적합한 시를 선정하여야 한다는 기준은 기계적으로 적용되어서는 곤란하다. 단원 및 차시 목표에만 적합한 작품으로는 학습자가 즐겁게 감상할 수 있는 작품 선정의 충분조건이 되지 못하기 때문이다. 예를 들자면, 현행 2015 개정 국어과 교육과정의 시 작품 선정의 준거로 문서로 제시된 '국어자료의 예'에는 주로 그 학년군의 지도 내용과 관련된 기준으로 제시되어 있다. 이 내용은 시 제재 선정의 준거로 작용하기에는 매우 소략하여 그야말로 시 제재 선정에 실질적 도움이 되지 않는다.

<표 6-1> 2015개정 국어과 교육과정 '국어 자료의 예'의 시 선정 관련 내용

| |
|---|
| 1-2학년<br>▪ 자신의 감정을 표현하는 간단한 시<br>▪ 재미있는 생각이나 표현이 담긴 시나 노래<br>3-4학년<br>▪ 일상의 경험이나 고민, 문제를 다룬 시<br>▪ 운율, 감각적 요소가 돋보이는 시나 노래<br>5-6학년<br>▪ 비유 표현이 드러나는 다양한 형식의 시나 노래 |

교사는 설계하고자 하는 단원의 교육과정 성취기준이나 단원 및 차시 목표가 무엇인지 분명히 확인하고 시 제재를 선택하는 것이 바람직하다. 이를테면 '[2국-05-05] 자신의 생각이나 겪은 일을 시나 노래 이야기 등으로 표현한다.'는 교육과정 성취기준과 관련하여서는 성인 작가의 동시는 물론이고 아동시를 교재로 선정하는 것도 가능하다.

### 다. 학습자의 인지 · 정서적 발달 수준에 알맞은 시

초등 시 교육의 교재로서 시 제재를 선정할 때 반드시 고려해야 할 중요한 사항 중 하나는 학습자의 인지 · 정서적 심리발달 적합성이다. 초등 학습자, 곧 교수-학습 대상 학년이나 학급 구성원의 인지적 · 정서적 발달 특성에 적합한 시를 선정하여야 한다.

교수 · 학습의 대상이자 주체인 학습자가 이해하기에 지나치게 어려운 어휘를 포함하고 있거나, 시의 장면이나 주제가 학습자가 상상하기에 지나치게 난해한 시, 학습자의 인지 · 정서 수준에 비추어 지나치게 어려운 표현 기교를 사용한 시 등은 그 작품의 문학적 가치 여부를 떠나 교재로 활용하기에는 적합하지 않은 경우가 많다. 특히 초등 시 교육에서 가장 중요하게 여기는 것은 학습자가 즐겁게 시를 향유하도록 하는 일이기에 지나치게 난해한 시를 제재로 선정해서는 소기의 교육적 성과를 내기 어려울 수 있다. 또한, 학습자의 학년이나 정서 상태에 비추어 너무 쉽거나 단순하여 흥미를 불러일으키지 못하는 작품도 적합한 교재라고 보기 어렵다. 시가 주는 감동이나 흥미는 독자의 인지 정서적 발달 특성 내에서 이해하고 상상하는 활동의 새로움과 즐거움을 느낄 수 있는 것이어야 한다.

특히 학습자의 정서적 상황이나 인지적 발달 정도는 유사한 연령일지라도 동일한 기준을 적용하기 어렵다. 우리나라 아동의 인지·정서적 발달에 대한 연구의 어려움으로 인하여 연구 성과도 많지 않은 터여서 상당 부분 교사의 개인의 관찰 등에 의존하고 있는 실정이다. 시 교육의 설계자인 교사가 담당한 대상자에 대해 충분히 이해하고 있을 때 더 적합한 시 교재를 선택할 수 있다.

초등 학습자를 더 잘 이해하기 위해서 그들이 시를 읽는 동안 어떠한 체험을 하는지에 대한 이해가 선행되어야 할 것이다. 진선희(2006)는 초등 학습자가 시를 읽으면서 겪을 수 있는 심리적 체험의 유형을 재진술, 분석, 평가, 구체화, 주제화, 자기화, 메타소통적 진술로 구분하였다. 이는 학습자가 시를 읽으면서 시 제재와 상호작용하는 가운데 인지적·심리적으로 겪을 수 있는 경험의 유형을 분류하여 제시한 것이다. 이러한 초등학생 학습자의 시 읽기 과정에 대한 이해는 시 교재를 선정하는 데에 유용한 준거가 될 수 있다.

<표 6-2>초등학습자의 시 읽기에서의 심리적 체험 유형

| 유형 | 특성 |
|---|---|
| **재진술** | 시 텍스트의 내용을 거의 바꾸지 않고 재진술한다. 시 텍스트의 어휘를 거의 그대로 사용하면서 반복하거나, 의문의 종결로 바꾸는 정도로 그저 읊조리기만 하는 경우이다. 텍스트 중심의 시의 의미 구성 초기 과정을 보여준다. |
| **분석** | 시 텍스트의 일부분을 분석하여 설명하거나 그 표현 효과 등을 생각한다. 그리고 시의 일부분을 자신의 창의적인 상상을 더하여 변용하거나 수정한다. |
| **평가** | 텍스트의 특정 부분을 들어가며 시를 평가하거나 독자의 인상을 중심으로 시를 평가한다. 텍스트 중심 평가는 주로 주로 작품성에 대한 초등 학습자 나름의 해석적 평가이며, 즉흥적 인상 중심의 가치 판단을 하기도 한다. |
| **구체화** | 시 텍스트의 빈자리를 메우며 장면을 상상하거나 경험을 떠올리며 회상한다. 상상하거나 회상한 내용을 묘사하거나 직접 설명하기도 한다.<br>시를 읽는 동안 학습자가 가장 빈번하게 경험하는 심리적 체험은 구체화 작용이다. |
| **주제화** | 시 텍스트에서 독자가 나름대로 주제나 교훈을 구성해낸다. 텍스트에 드러나지 않는 주제일지라도 독자가 구성해 낼 수 있다. |
| **자기화** | 시를 읽으며 감정이입하거나 투사하면서 텍스트를 바탕으로 감정이나 시고를 재창조하고 자신의 삶과 텍스트를 오버랩하는 심리적 경험을 한다. |
| **메타소통적 진술** | 시 텍스트를 읽으면서 시를 생산해낸 작가와 독자인 자신, 그리고 다른 독자와의 관계 등을 생각하는 경험을 한다. |

초등학생 학습자는 시를 읽을 때에 시의 특징에 따라 차이가 있지만, 위의 7가지 유형 가

운데 몇 가지 심리적 체험을 하면서 읽는다. 거의 모든 시에 대해 구체화 체험을 하며 읽고, 음악성이나 회화성 등 시의 표현 기교가 많은 시일수록 분석 체험을 많이 하게 된다. 시의 내용에 따라 주제화와 자기화 체험의 양과 질이 달라지기도 한다.

한편 초등 학습자의 시에 대한 선호도의 국내 연구에 따르면, 2학년은 시의 음악성에 더 주목하면서 시적 즐거움을 느낀다. 간단하고 쉬우면서도 자신들의 경험과 밀접한 소재나 어휘를 바탕으로 한 시가 제재로 적합하다. 3학년은 2학년과 거의 유사하나 이미지, 쉬운 비유 등을 이해할 수 있다. 그로 인한 시적 즐거움에 좀 더 눈 뜨기 시작한다. 4학년은 개개인의 경험과 결부된 내용의 시를 선호하기 시작한다. 특히 시의 주제 요소에 적극적 관심을 보이는 시기이기도 하다. 5학년은 시의 함축적 의미구성 능력이 급격히 높아지며, 비유적 표현과 이미지, 리듬, 주제 등 시의 특징적 요소들을 골고루 즐기는 경향을 보인다. 6학년은 함축적으로 숨어있는 의미를 세심하게 읽어내는 능력을 갖추기 시작한다. 시적 체험이 자신의 삶을 반추하는 계기가 되며 점차 주제 의식에 몰두하는 반응을 보인다.

### 라. 학습자의 사회문화적 경험 및 의미 구성 능력에 적합한 시

학습자의 사회문화적 환경이나 경험이 시 수용과 생산에 영향을 줄 수 있다. 실제로 대도시 학습자와 농촌의 학습자는 시 감상 및 표현에서 차이를 보인다는 연구 결과도 있다.

시 제재의 선정에서 학습자의 사회문화적 경험이나 환경을 고려하여 텍스트를 선정하는 일은 필수적이다. 국정 교과서에 수록된 시가 지역이나 사회문화권에 따라서 적합하지 않은 경우도 있을 수 있음은 바로 이러한 연유이다. 그래서 교사가 국정 교과서에 수록된 시를 자신이 맡은 학습자에게 적합한 다른 시 제재로 교체하거나 보완하여 다룰 수 있는 재구성의 권리를 가지게 된다.

일반적으로 초등 학습자의 의미구성 능력은 자신이 경험한 것에 대해서는 더 쉽고 재미있게 상상할 수 있으나, 경험해 보지 못한 내용을 상상하는 데에는 인지적 부담이 더 크다. 물론 시의 모든 내용이 경험 내용이어야 한다는 의미가 아니다. 시적 상상력이 결국 경험의 재구성물임을 감안하면 학습자의 경험을 근거로 하여 이해하는 데에 부담이 크지 않은 내용을 바탕으로 새로움과 독창성을 담고 있는 시를 선정하는 것이 필요하다.

실제로 시 감상에서 만나는 시 텍스트의 대부분은 독자의 삶의 상황, 즉 개인 및 가족 등

사회·문화적 상황에 잇닿아 있다. 시적 공감과 상상력이 펼쳐지고 감동으로 이어져 흥미를 갖도록 하기 위해서는 독자가 겪는 삶의 상황과 연관되어 있으면서도 적정한 난이도를 갖는 제재를 선택하는 것이 필요하다.

## 2. 시 제재 선정의 실제

교사가 시 교육에 필요한 구체적인 작품을 선택하는 데에는 위에서 제시한 여러 가지 원리들이 복합적이고 총체적으로 작용하게 된다. 실제로 몇몇 작품을 한 줄로 세워 좋은 시의 목록으로 제시하기 어려운 것은 학습자 개인의 정서 및 삶의 상황 연계성이 우선 작용하고, 교수-학습의 상황 맥락으로서 단원이나 차시의 목표와 감상 주체 및 시기 등이 복합적으로 작용하기 때문이다.

여기서는 앞에서 제시한 원리를 바탕으로 하되, 학습자가 시 감상에서 어떠한 시 체험을 하여야 하는지를 준거로 몇 가지 선정 과정에서 유의할 점을 제시한다. 이러한 유의점의 전제가 있다. 첫째는 학습자가 단원 및 차시 학습을 하면서 경험해야 할 시의 감흥이나 즐거움이 어떠한 구체적인 시적 체험의 모습이어야 하는지를 생각하며 시 제재를 선택하는 일이다. 두 번째는 교사 자신이 매우 즐겁게 감상할 수 있는 시를 선택하는 일이다. 교사가 즐기지 못하는 동시 제재는 교수-학습에서 교사와 아동이 함께 나누기에도 적합하지 않은 제재가 되고 만다.

### 가. 독창적 상상력으로 삶의 총체적 체험이 가능하게 하는가?

초등 학습자에게 시를 읽히는 것은 단순히 사실을 알게 하는 행위만이 아니라 사실을 둘러싼 느낌과 정서의 세계까지 함께 받아들이도록 하는 일이다. 사물과 현상에 대한 이해와 판단에 기반한 과학적 사고와 함께 그 사물이나 현상에 대한 느낌이나 마음의 작용까지 함께 받아들일 수 있는 전체를 바라보는 시력을 회복하게 하는 시적 체험이 일어날 수 있도록 제재를 선정할 필요가 있다.

이슬이
밤마다 내려와
풀밭에서
자고 갔습니다.

이슬이
오늘은 해가 안 떠
늦잠이 들었지요.
이슬이 깰까봐
바람은 조심조심 불고
새들은 소리 없이 날지요. - 윤석중, <이슬>

비가 여기 저기
웅덩이를 파놓고
오세요
오세요

그래, 부르면 가야지.
해를 데리고 와
별을 데리고 와

누추한 데에도 몸 담그시고 있는
하늘 - 박두순, <웅덩이>

위의 두 시가 학습자에게 독창적 상상력과 삶의 총체성을 체험토록 할 수 있을지 생각해보자. 학습자는 위 시를 감상하면서 어떠한 상상과 앎을 체험케 될지 생각해보자. 먼저 윤석중의 <이슬>은 대부분 초등 학습자가 알고 있는 풀밭의 이슬을 시의 소재로 다루고 있다는 점에서 학습자에게 인지적 정서적 부담이 거의 없다. 풀밭에 이슬이 붙어 있는 사실을 이슬이 밤새 내려와 '자고 갔습니다.'라고 표현한 부분에서 독창적 상상력이 시작된다. 이슬은 유기체가 아니어서 잠을 잔다고 상상하지 않지만, 시에서는 이슬을 유기체로 상상하면서 주로 아침에 볼 수 있고 해가 뜨면 사라지는 이슬을 밤새 자고 간 것으로 상상하고 있다. 누구라도 매우 쉽게 공감할 수 있고 새롭다고 생각하게 된다. 거기에 더하여 '해가 안 떠/ 늦잠이 들었지요'라는 표현과 이슬이 깨지 않도록 바람이 살살 불고 새들이 소리 없이 난다는 연관성은 시적 세계에 등장하는 이슬과 해와 바람과 새가 아무 관련 없이 나열되는 것이 아니라 서로서로 관계를 맺으며 살아가는 총체성을 경험할 수 있게 해준다.

박두순의 <웅덩이>를 읽는 초등학생의 마음이 어떨지, 독창성과 총체적 체험이 가능한지 설명해보자.

우선 시를 읽으며 비가 내린 후 흙길 여기저기에 물이 얕게 고인 웅덩이들을 본 경험을 떠올리게 된다. 대도시에서 흙길을 자주 보지 못한 아이들은 이 마저도 어려울지도 모른다. 흙길이 아니어도 여름날 비가 내린 후 파인 곳에 웅덩이처럼 물이 고인 자리를 자세히 보았거나 그 물을 발로 밟으며 장난을 쳤던 경험을 떠올릴 수 있을지 모른다. 이 동시의 생명은 그 물웅덩이를 그저 지나치지 않고 자세하게 바라본 동심에 있다. 웅덩이 물에 비친 하늘빛이나 구름의 그림자 모양을 본 적이 있는 사람의 마음이 시에 담겨 있다. 비가 웅덩이를 파고 하늘에게 오라고 초대한다. 그리하여 누추한 구정물 같은 웅덩이 속에 하늘이 담겨 있는 장면을 그려내었다. 웅덩이와 하늘과 물과 비가 서로 다른 각각의 대상물로만 보인다면 이러한 동심은 시적으로 형상화되지 못했을 것이다. 이 시를 읽는 독자는 비와 하늘과 웅덩이와 웅덩이에 앉아 있는 하늘의 마음을 경험하게 된다. 이것이 바로 세계가 서로 아무런 관련 없는 대상으로 존재하는 것이 아니라, 아름다운 관계 속에서 총체적으로 한 순간의 삶을 구성하고 있음을 경험하는 일이다.

초등 시 교육의 제재 선정에서 특히 삶의 총체성을 경험할 수 있는 작품을 찾아서 활용하는 것은 매우 중요하다. 진정한 동심은 총체적 시선 속에서 피어나기 때문이다.

### 나. 운율과 상상의 재미를 즐길 수 있는가?

시는 언어의 의미와 리듬이 조화를 이루어 쾌감을 준다. 시의 언어는 읽는 이의 감각에 호소하는 절묘한 가락과 리듬을 가진다. 초등 동시 제재의 선정에서 특히 유념할 부분이다. 귀에 경쾌하게 들리는 기쁨, 잘 닦아 놓은 보석처럼 반짝이는 시각적 쾌감을 초등 학습자에게 선사할 수 있는 시를 선정하여야 한다. 단순히 조각난 어구를 제시하는 것만으로 신선하고 생생한 상상력에 기쁨을 줄 수 없다. 시의 언어가 갖는 의미와 정감의 떼어 놓을 수 없이 조화로움을 체험하는 것이 시적 체험의 묘미 가운데 하나이다.

나물밭에 달팽이
대롱대롱 달팽이

상추쌈이 먹고파
상추잎에 붙고,
아욱국이 먹고파
아욱잎에 붙고. - 권태응, <달팽이>

꼬마병정들이
흰말을 타고
두두둑 두두둑
내려옵니다.

꼬마병정들이
큰 북을 치며
두두둑 두두둑
몰려옵니다. - 문삼석, <소나기>

위의 두 시는 모두 이미지가 선명하면서도 경쾌한 리듬이 압권이다. 권태응의 <달팽이>는 조그만 달팽이가 상추잎과 아욱잎에 붙어있는 모습만을 보여주는 것이 아니다. '나물밭에 달팽이/대롱대롱 달팽이'에서 달팽이가 반복되고 2음보의 리듬이 반복된다. 또한 두 번째 연도 '상추쌈이 먹고파'와 '아욱국이 먹고파', 그리고 '상추잎에 붙고'와 '아욱잎에 붙고'가 대구를 이루면서 '먹고파'/'붙고'의 반복적 대구에 의해 2음보 리듬의 재미와 더불어 운율의 조화를 느낄 수 있다. 이는 독자가 시를 읽을 때 경쾌하게 느껴지는 리듬 속에서 달팽이의 마음을 상상하게 한다. 마치 자신이 먹고 싶은 음식을 보며 다가가는 그 마음과 빗대어보며 달팽이의 마음을 느끼게 된다.

<소나기>라는 제목을 보지 못했다면 꼬마병정의 경쾌한 행진만을 보는 듯할지도 모른다. 두 개의 연의 행들이 모두 같은 음수율로 이루어져 반복되어서 '꼬마병정들이' '소나기'임을 누구나 쉽게 알아챈다. '흰말을 타고', '큰 북을 치며' 소나기가 '내려'오고 '몰려'오는 모습이 보이고 소리가 들려서 신이 난다. 이 소나기는 재미있는 놀이처럼 그려진다. 동시를 읽는 이는 몸을 움직이며 신명을 내어 읊조린다. 초등 시 교육에서 제재로 활용될만한 동시이다.

### 다. 경험의 밑바닥을 울리는가?

초등 시 교육의 제재 선정에서 독자의 경험의 밑바닥을 울리는 작품을 고르는 일은 매우 중요하다. 학습자의 경험과 결부된 시적 체험을 통해서 보다 쉽게 감정의 승화를 경험할 수 있도록 하기 때문이다. '상상'은 과거의 경험으로 얻어진 심상을 새로운 형태로 재구성하는 정신 작용을 말한다. 기억의 재생은 과거의 경험을 그대로 재현해내는 것이므로 상상이라고 하지 않는다. 또 사고는 과거의 심상에 의존하지 않고 독자적으로 추상적 개념을 구사하는 것이므로 상상과 구분된다.

독자의 경험 밑바닥을 울린다는 말은 시의 문맥에 대한 것이기도 하겠지만 더 중요한 의미는 시와 독자의 만남에서 독자의 삶과 경험을 형상화하는 정도를 말한다. 우리 인간 보편의 경험과 정서를 밝게 비춰볼 수 있게 해주는 동시 제재를 선정하는 것이 필요하다.

엄만
내가 왜 좋아?

그냥….

넌 왜
엄마가 좋아?
그냥….

- 문삼석, <그냥>

읍내장 십 리 길

솔가지 한 짐 팔아
새고무신 사서

곱게만 들고 가는
돌이는 맨발.

개울 둑 잔디에서
'혹시 크지나 않을까?'

돌다리 넘어서서
또 한 번 신어보고

'저 고개 마루부터 정말 신고 가야지'

돌이는 맨발
타박타박 맨발

- 이종택, <새고무신>

문삼석의 <그냥>은 엄마와 자녀가 그저 묻고 답하는 간단한 동시이다. 독자가 한 번 읽는 순간, 장면이 선명하다. 누구나 한 번쯤은 경험했거나 익숙하게 물었던 질문을 사랑하는 이와 나누는 장면이 들어오면서 묻는 이나 답하는 이의 마음을 독자 자신의 마음에서 그대로 발견해낼 수 있기 때문이다. 특별한 이유를 말할 수 없이 '그냥…' 이라고 대답하는 마음속에 담긴 정서와 기분까지 그대로 알 수 있기 때문에 특별한 논리적 분석이나 해석이 아니어도 알 수 있는 그 마음을 느낄 수 있다. 이는 독자의 경험의 밑바닥을 울리는 사례로 들 수 있다.

하지만 경험의 울리는 제재라도 반드시 문맥 그대로 독자가 직접 경험해 보았던 내용을 담고 있어야 한다는 의미는 아니다. 이종택의 <새고무신>은 현대의 어린이 독자가 경험하기 어려운 내용이다. 오늘날의 많은 아이들은 고무신을 신지도 않은 뿐 아니라 소중히 여기거나 아끼느라 맨발로 산길을 걷지는 않기 때문이다. 그렇지만 현대의 어린이도 자신이 소중하게 여기는 무엇인가를 아끼며 애지중지하는 경험을 가지고 있다. 그래서 <새고무신>에 형상화된 정서는 현대의 어린이들의 경험이나 정서와도 맞닿아 있다.

### 라. 교훈적 내용은 감동 속에 숨겨져 있는가?

초등 시 교육의 제재 선정에서 교훈을 지나치게 앞세우면 오히려 역효과를 볼 수 있다. 훌륭한 동시는 도덕 교과서처럼 직설적으로 인간 삶에 필요한 덕목을 나열하고 있지 않지만, 어떤 형태로든 삶을 살찌우는 교훈을 머금고 있다가 슬며시 전해 준다. 시적 감동은 내용을 적절하게 형상화하는 시적 기법과 함께일 때라야 진정한 것이 된다. 어린이들은 거짓말을 하기도 하고, 친구나 동생과 싸우기도 하고 때로는 남의 것을 훔치거나 개구쟁이 장난으로 남을 괴롭히기도 한다. 그러나 그런 아이들을 포함해서 대부분의 아이들은 작고 하찮아 보이는 것을 소중하게 바라보는 눈빛이 있는 시, 따뜻하고 훈훈한 사랑이 담긴 시, 착하고 예쁜 마음이 담긴 시를 읽고 위로를 받고 안정을 찾는다. 그러나 시적 감동은 교훈적 설명이 아니라 시적 변용을 거쳐 형상화된 것에 의해서 이루어진다.

내 짝이 벌을 선다.
운동장 열 바퀴다.

"선생님, 제가 다섯 바퀴
돌아줘도 됩니까?"

고개 끄덕이는 선생님을 보며
둘은 사이좋게 운동장 트랙을 돈다. - 구옥순, <벌>

구옥순의 <벌>은 매우 단순하다. 무엇인가 특별한 시적 기교도 보이지 않는다. 비유적이지도 않고 그렇다고 친절한 설명을 하고 있다고 보기도 어렵다. 그런데도 한 번 읽고 마음이 따뜻해지는 동시이다. 오히려 어른 독자라면 지나치게 작위적인 상황이 아닌가 하고 의심할 수도 있는 장면을 그리고 있다. 요즘 아이들은 이렇지 않다고 지적할지도 모른다. 게다가 체벌이 거의 없어진 오늘날의 학교에서 이런 일은 일어나지 않는다고 반박할지도 모른다. 친구가 벌을 서는데, 함께 운동장을 돌아주려는 마음이란 현실에서 웬만해선 찾아보기 어려운 모습일 수 있다. 그런 유치한 듯한 내용이지만, 시에서 풍기는 느낌이 따듯한 이유는 뭘까? 상상 속에서는 이런 일이 어렵지 않기 때문이다. 좋아하는 친구가 벌을 선다면 함께 달리고 싶은 마음은 우정을 품은 누구에게나 있다. 좋아하는 친구에게 어려운 일이 생긴다면 함께 하겠다는 마음은 누군가를 좋아해 본 사람만이 아는 마음이다. 그래서 현대의 아이들도 이 동시가 따듯하게 다가온다고 느낀다.

겉으로 드러나는 우정이나 친구를 도우라는 교훈이라면 독자의 마음이 따듯해지는 느낌과 거리가 먼 내용일 수도 있다. 친구가 벌을 받을 때 같이 벌을 받으며 함께 하고픈 마음이 어떤 느낌인지 그저 느껴보도록 하는 제재이기에 독자 스스로 왜 마음이 따듯해질까 질문하도록 한다.

### 마. 머릿속에 그림이 잘 그려지는가?

어린이들은 이미지를 쉽게 떠올릴 수 있는 시를 좋아한다. 분명하게 떠오르는 장면을 즐길 수 있을 뿐만 아니라 시의 다른 요소들-리듬, 비유, 재미나는 생각들-을 즐기기에도 도움이 된다. 동시에는 다양한 감각적 표현이 사용된다. 이미지가 선명한 동시를 선정하는 것이 좋은 제재를 선정하는 길에 가깝다.

도토리나무가 다람쥐들을 위해
도토리 한 알
땅바닥에 떨구어 주었다.

어디로 떨어졌는지 몰라
어미 다람쥐 아기 다람쥐
서로 바라보고 있다.

도토리나무가 안타까운 듯
어디로 떨어졌는지 가리켜 주려고
자꾸만 나뭇잎을 흔들고 있다. - 윤동재, <도토리나무>

식물에 대한 지식이 전혀 없어도 누구나 도토리나무를 안다. 도토리나무와 다람쥐는 매우 선명한 이미지이다. 도토리나무가 도토리를 떨구어 놓고 그것을 못찾는 다람쥐들이 안타까워 나뭇잎을 흔들고 있다는 마음이 뚜렷하게 와 닿는다. 다람쥐들의 동그란 눈이 선명하게 그려지고, 나뭇잎을 흔들고 있는 도토리나무의 마음도 독자에게 쉽게 떠오른다.

물론 도토리나무가 다람쥐들을 위하는 마음이 담겨 있어 따듯하다. 거기에 나뭇잎을 흔들고 있는 도토리나무의 모습이 독자에게 선명하게 떠올라 쉽게 그 마음을 상상할 수 있다. 시가 지닌 이미지의 선명함이 동시에 담긴 여러 재미를 더 명확하게 느끼도록 한다.

### 바. 시에서 이야기의 재미를 느낄 수 있는가?

어린이들은 이야기가 들어있는 시를 좋아한다. 제재 선정에서 참고할 부분이다. 저학년에서는 아주 간단하고 쉬운 시어들로 이루어진 짧은 시들을 만나다가, 고학년이 되면 일단 읽게 되는 시들의 길이가 길어진다. 좀 긴 시에서 유기적이고 생명을 가진 한 세계를 경험하기 위해서는 처음에는 스토리가 있는 것이 손쉽다. 시를 찬찬히 음미할 수 있는 능력이 생겼을 때는 이야기 요소가 크게 문제되지 않는다.

"보물찾기 시간이 끝났습니다!"
선생님의 호루라기 소리에
아이들이 하나, 둘 숲에서 나와 매달립니다.

"저는 화석처럼 생긴 돌을 찾았어요."
"저는 산새 알을 찾았어요."
"선생님, 이 꽃 봐요. 참 예쁘지요?"
"이 장수하늘소가 참나무에 붙어있었어요."

쫑알쫑알 보물 자랑이 끝나갈 무렵
"제 짝 순임이가 안보여요. 선생님!"
"아까 상수리나무 밑으로 같이 갔었는데……"

"점심시간에는 저랑 같이 있었는데요."
"해가 지면 어떡해요, 선생님?"
"공부도 못하는 게 늘 말썽이야."
아이들이 웅성거립니다.
까욱까욱 까마귀가 어지럽게 빙빙 돌고
갑자기 산그늘이 아이들을 에워쌉니다.

"순임아!"
"수운니임아아!"
아이들의 목소리가 퍼져가는 숲 속
바위 길을 오르내리며
순임이는 꺾인 꽃대궁을 만져주고 있었습니다.
짓뭉개진 개미집을 살펴주고 있었습니다. - 김동국, <보물찾기>

소가
아기 염소에게 그랬대요
"쬐그만게
건방지게 수염은?
또 그 뿔은 뭐람"

그러자
아기 염소가 뭐랬게요?
"쳇

아저씬 부끄럽지도 않아요?
그 덩치에 아직도 '엄마 엄마'게…" - 손동연, <소와 염소>

위의 두 동시는 모두 이야기를 품고 있다. 김동국의 <보물찾기>에서는 소풍가서 보물찾기를 하다가 순임이를 잃어버린 이야기를 하고 있다. 순임이는 다른 아이들이 보물을 찾느라 뭉개버린 꽃 대궁을 만져주고 개미집을 살펴주느라 제시간에 선생님께 오지 못했다. 동시에서 순임이는 진정한 '보물'이라고 말하고 있는 건 아닌가? 순임이를 걱정하는 아이들도 보물이겠지? 라는 생각이 교사에게 든다면 이 동시는 수업 제재로 선택하기에 부족함이 없어 보인다.

손동인의 <소와 염소>도 이야기를 포함하고 있다. 덩치 큰 소가 아기 염소에게 수염이 났다고 불평을 한다. 그러자 아기 염소도 '엄마엄마'하고 우는 소의 울음소리를 나무란다. 소와 염소의 특징을 잘 관찰하여 재미있게 엮은 간단한 이야기이지만 재치 있는 생각에 웃음이 나오는 이야기를 동시가 품고 있다.

## 확장 및 응용

1. 좋아하는 동시를 몇 편 선정하여 초등학생이 어떤 시적 체험을 할 수 있을지 설명해 봅시다.

2. 초등학교 시 교육 관련 교육과정 성취기준을 선택하고 성취기준에 맞는 동시를 선정하여 그 의도를 설명해 봅시다.

# 7장
# 시 감상 교육, 어떻게 할까

시는
모든 지식의 숨결이자
정수(精髓)이다
- 워즈워드 -

시 감상 교육은 초등학교 국어과 교육과정의 시 교육 실행에서 가장 높은 비중을 차지하고 있다. 시 창작 교육은 국가 교육과정에서 본격적으로 다룬 지 그리 오래 지 않았다. 우리나라 교육과정 상에서 초등학생 시기는 학습자가 시를 처음으로 만나고 알아가는 시기이기에 주로 감상 교육을 중심으로 시 교육이 이루어진다.

시가 무엇이고 시가 주는 즐거움이 무엇인지를 아는 방법은 시를 자주 만나고 시가 주는 즐거움을 경험하는 일이다. 시 감상 교육은 학습자가 즐거운 시적 체험을 할 수 있도록 돕는 일이다. 여기서는 시 감상 교육의 방법으로 교수-학습 모형과 교수-학습 설계에서 참고할만한 다양한 활동들을 소개하고 학습자를 도울 수 있는 피드백을 위한 평가 활동을 살펴보기로 한다.

## 1. 시 감상 교수-학습 모형

교사들이 가장 힘들고 어려워하는 수업은 시 수업이다. 다른 읽기 수업과 달리 문자적 독해를 넘어서는 활동을 기획하여야 하기 때문이다. 여기서는 그간 시 수업에 적합한 교수-학습 모형과 관련한 연구 성과를 살펴보며 그 근본적 의도를 이해하고 시 감상 교육의 방법을 모색하기로 한다.

### 가. 반응 중심 문학 교수-학습 모형

반응 중심 문학 교수-학습 모형의 이해를 위해서 독자 반응 비평의 입장을 간략히 살펴보는 것이 필요하다. 반응 중심 문학교육을 주창한 로젠블렛(Rosenblatt)은 심미적 읽기와 원심적 읽기의 두 가지 상호작용(transaction) 양상을 구분하였다. 두 가지 읽기의 성향은 텍스트와의 상호작용 과정에서 독자가 어떤 자세(stance)를 취하느냐에 따라 원심적 읽기와 심미적 읽기의 어느 한 성향으로 치우치게 되는 것이지 이원적으로 분리되는 것은 아니다.

텍스트의 의미를 구성하는 일은 독자와 텍스트의 상호작용(transaction)에 의한 자기-수정 절차(self-corrective process)이다. 이저(Iser)의 논의에서도 텍스트는 독자에 의해 읽혀질 때 비로소 생명을 가지게 된다고 보았다. 문학 텍스트에서의 의미가 독자의 독서 행위 가운데서 생성되며, 독서 과정에서 텍스트의 빈자리에 의해 야기된 미정성은 독자에 의해 친숙한 것들과 관계지을 수 있을 만큼만 그 호소 작용을 전개할 수 있다. 텍스트가 가진 미결정의 여러 가지 시각은 독자의 성향과 경험에 의해서 텍스트의 분절과 분절, 시각과 시각을 연결하여 하나의 의미 있는 전체적 게슈탈트를 형성하게 된다.

독자의 주관적 경험 및 능동성의 강조와 더불어 임의적 해석에 제약을 가하는 내용의 논의는 정신분석학적 비평을 추구한 홀런드(Holland)나 해석공동체 개념을 주장한 피쉬(Fish)의 논의에서 찾아볼 수 있다. 홀란드는 작품의 의미는 텍스트 속에 내재하는 것이 아니라 독자와 텍스트의 만남 혹은 대화(transaction)를 통해 빚어지는 것으로 보았다. 텍스트가 독자의 반응을 야기하는 것이 아니라, 독자가 자신의 정체성을 통해서 텍스트에 대한 경험을 만들어낸다는 말이다. 문학작품의 유기적 통일성이란 텍스트의 속성이나 내적인 특질보다는 독자의 마음의 통일성을 향한 압박 때문에 독자에 의해 만들어진다는 것이다. 피쉬는 해석공동체 개념을 통해 독자의 임의적 해석에 제약을 인정하면서도 의미가 텍스트 속에 새겨져 있는 것이 아니라 독자에 의해 실현되고 창조되는 이벤트라는 점을 들어 독자의 능동성을 강조하였다.

이들 독자 반응 이론가들의 공통된 주장을 통해 알 수 있는 것은 문학 독서에서 독자 역할의 강조와 더불어 텍스트의 권위도 인정해야 한다는 점이다. 문예학에서 독자 반응 이론가들은 텍스트만이 아니라 독자의 역할을 인정함으로써 문학 현상의 총체적 상황에 대한 지평을 넓혀 주었다. 하지만, 독자가 속한 상황(context)을 고려하지 않음으로써 확대되어야 할 미개척의 영역을 남겨 놓은 것으로 지적하고 있다.

문학 현상은 문학 텍스트와 독자, 상황맥락이 서로 얽혀 함께 상호작용하는 형태이다. 이를 바탕으로 볼 때 '문학교육'이라는 특수한 상황맥락 내에서 문학 텍스트, 독자, 그리고 상황맥락의 상호작용 관계를 확인할 수 있다.

로젠블렛은 『탐구로서의 문학』이라는 책에서 분석적 이해에 중심을 둔 문학 교수-학습의 문제점를 지적하였다. 문학 텍스트와 독자의 상호작용(transaction)- 혹은 '거래', '교류'라고 표현하기도 한다.-을 강조하는 문학교육을 주창하였다. 그는 문학 텍스트 읽기는 비문학 텍스트 읽기와 달리 단순히 '원심적 읽기'만으로 지도되어서는 안되며 '심미적 읽기'가 함께 이루어져야 하고 더 강조되어야 함을 주장하였다.

'원심적 읽기'(정보추출적 읽기)란 설명문이나 주장하는 글 혹은 물건의 사용 설명서나 약처방문 등 일반적으로 텍스트 속에 전하고자 하는 내용을 수렴적으로 찾아내는 읽기 방식을 의미한다. 텍스트에 사용된 어휘의 사전적 의미를 중심으로 한 가지의 정확하고 동일한 의미의 탐색을 중요하게 여기는 읽기이다. 대체로 여러 독자가 정확하고 동일한 메시지를 이해하고 그에 따라 판단하거나 행동할 수 있도록 안내하는 텍스트 읽기에 적용된다.

그에 비하여 '심미적 읽기'는 문학 텍스트 읽기에서 독자의 심미적 경험을 중요하게 여기는 읽기를 말한다. 독자 개개인의 삶의 경험과 감각적 습관이나 정서적 문화적 상황 등에 따라 서로 유사하지만 다른 텍스트 읽기를 허용하며 텍스트에 사용되는 어휘나 전하고자 하는 의미의 감각적, 상징적 해석과 문학적 경험을 더 중요하게 여기는 읽기이다. 물론 문학 텍스트 읽기라고 해서 원심적 읽기가 전무한 것은 아니다. 로젠블렛은 문학 텍스트 읽기는 원심적 읽기만이 아니라, 그와 동시에 심미적 읽기를 해야 함을 더 강조한다. 교사가 학생들에게 문학 교수-학습에서 심미적 읽기를 격려하지 않고 원심적 읽기 방식으로만 진행하는 것은 적절한 문학 경험을 안내하기 어려움을 지적한다.

그렇다면 심미적 읽기를 격려한다는 것은 무엇을 어떻게 하는 것을 의미하는가? 우선은 학생에게 편안하고 자연스럽게 텍스트가 안내하는 대로 자신의 삶의 경험을 활용하여 감각하며 장면을 상상하면서 읽도록 하여야 한다. 그리고 심미적 읽기의 방식으로 접근하는 다양한 사례를 대화로 제시하면서 독자마다 정확히 똑같은 감각이나 장면을 찾아내어야 하는 것이 아님을 알도록 하여야 한다. 이를 위하여 독자는 텍스트와 상호작용(혹은 교류나 거래, transaction)하며 의미를 구성하여야 한다.

경규진(1993)은 로젠블렛의 이론을 바탕으로 반응 중심 문학 수업 모형을 구안하였다. 그 단계별 내용은 다음과 같다.

**<표 7-1> 반응 중심 문학 수업 모형**

| | |
|---|---|
| **1단계<br>반응의 형성** | <텍스트와 학생의 상호작용><br>■ 작품 읽기<br>- 심미적 독서 자세의 격려<br>- 텍스트와의 상호작용 촉진 |
| **2단계<br>반응의 명료화** | <학생과 학생(교사)의 상호작용><br>■ 반응의 기록<br>- 짝과 반응의 교환<br>■ 반응에 대한 질문<br>- 반응을 명료히 하기 위한 탐사 질문<br>- 상호작용을 입증하는 질문<br>- 반응의 반성적 질문<br>- 반응의 오류에 대한 질문<br>■ 반응에 대한 토의(또는 역할놀이)<br>- 짝과의 의견 교환<br>- 소그룹 토의<br>- 전체 토의<br>■ 반응의 반성적 쓰기<br>- 반응의 자유 쓰기(또는 단서를 놓은 쓰기)<br>- 자발적인 발표 |
| **3단계<br>반응의 심화** | <텍스트와 텍스트 상호 관련><br>■ 두 작품의 연결<br>■ 텍스트 상호성의 확대<br>* 태도 측정 |

반응의 형성 단계에서 교사는 독자가 문학에 몰입할 수 있도록 안내하여야 한다. 텍스트에 몰입하여 자세히 읽되, 지나치게 분석적이거나 원심적 읽기만을 하지 않도록 안내하여야 한다.

문학 텍스트는 그 본질상 원심적 읽기와 심미적 읽기를 함께 해야 한다. 반응 형성 단계에서 교사는 독자 개인의 경험이나 정서를 환기하며 심미적으로 텍스트를 읽거나 접근하도록 안내하는 역할을 해야 한다. 문학작품을 자세히 읽는 일이 필요하지만 경직된 자세히 읽기가 아니라 개인의 삶의 경험을 자유롭게 활용하면서 감각과 정서 및 상상력을 발휘하며 문학 텍스트와 상호작용하는 데에 몰입할 수 있도록 해야 한다. 이때 독자는 문학작품에 몰입하면서 다양한 장면과 사건의 진행을 상상하는 등 원심적 읽기와 심미적 읽기를 복합적으로 수행하게 된다.

반응의 명료화 단계에서는 반응 형성 단계에서 독자가 텍스트와 상호작용하면서 막연하게 혹은 다양하게 경험한 문학적 감흥이나 반응을 여러 가지 방법으로 표현해보게 함으로써 보다 명료화하는 단계이다. 독자 스스로의 문학 반응을 말이나 글 등 여러 가지 매체로 표현하되, 그것을 다른 독자에게 발표하고 설명하는 활동을 한다. 이러한 다른 독자와의 상호작용을 함으로써 스스로의 문학 경험에 대해 성찰하는 기회를 갖게 한다. 문학작품에 대한 개인의 반응은 그 질적 수준 면에서 차이가 있다. 여러 독자의 반응을 서로 조회하고 토의하는 과정에서 스스로의 반응을 보다 뚜렷하게 하거나 질적 깊이를 더할 수 있게 된다.

반응의 심화 단계에서는 학습자 스스로 반응의 질적 확장 및 그 결과를 활용하여 정리하거나 확대하는 활동을 한다. 문학 텍스트를 다시 읽으며 완성된 비평문을 작성하거나, 읽은 작품과 상호텍스트성을 지닌 다른 텍스트를 찾아 읽고 이야기하는 등의 활동을 통해 문학 반응의 내면화와 생활화에 한 걸음 더 나아가도록 하여야 한다. 여기서 상호텍스트성 혹은 텍스트 상호성을 지닌 문학작품이란 같은 주제의 다른 텍스트, 같은 작가의 다른 텍스트, 장면의 유사성이 보이는 다른 텍스트, 소재 유사성이 있는 다른 텍스트 등을 말한다. 어떤 식으로든 연관 및 영향 관계를 지을 수 있는 다른 텍스트를 생산하거나 수용하면서 반응의 질적 깊이와 넓이를 확장하는 활동을 할 것을 권장한다.

### 나. 반응 중심 시 감상 교수-학습 모형

이 모형은 반응 중심 문학 교수-학습 모형을 근간으로 하여 변형한 것으로 초등학교 시 감상 교수-학습 모형으로 구체화한 모형이다. 이 모형은 초등 현장에서 시 감상의 단위 시간에 이루어지는 수업에서 아동과 시 텍스트의 상호작용이 이루어지는 여러 가지 시 낭독 활동을 중심으로 설계한 모형이다. 단위 시간 동안 학습자는 교재에 제시되는 시를 단계마다 여러 번 읽으며 시 텍스트와 상호작용을 하고 그것을 표현하며 공유하는 활동을 하면서 시 텍스트를 깊이 있게 만나고 교류하며 시적 체험을 얻게 된다.

초등학교 현장에서 시 감상 수업을 할 때, 여러 번 반복하여 시를 다양한 방법으로 낭독하며 진행하는 것이 좋다. 처음에 한 번만 시 텍스트를 읽는 것이 아니라, 텍스트와 만나기 위해서 낭독하고, 내 느낌을 살펴보기 위해서 다시 낭독하고, 장면을 더 잘 상상하고 음미하기 위해서 낭독하는 등 여러 번의 낭독 과정을 거치면서 더 깊이 있게 시 텍스트와 자신의 반응을 살펴볼 수 있게 된다. 이때 교사는 학습자가 시를 잘 음미하도록 안내하면서 지루하지 않고 재미있는 다양한 방법으로 시를 낭독하도록 안내할 필요가 있다.

다음 <표 7-2>에서 보듯 독자 중심 활동은 교사의 안내에 따른 학습자의 심미적 독서 자세 갖기에서 시작해서 점차 시와 만난 첫 느낌을 표현하거나 말하거나 친구의 반응을 듣거나 질문한 후에 시를 다시 읽어보고 다시 음미하는 과정을 거친다. 이후 시에 대한 반응을 감상문으로 쓰거나 다른 작품으로 표현하기도 한다.

한편, 독자는 소리 내어 읽기, 자세히 읽기, 옮겨 쓰기 등의 과정에서 운율을 느끼거나 장면을 상상하거나 감각하면서 텍스트를 탐색하고 반응한다. 특별히 비유적 표현이 사용된 부분을 찾아보며 그 의미를 해석해보기도 하고, 시적 화자의 목소리나 정서가 무엇일지 상상하기도 한다. 이어 시의 전체적 구조와 메시지를 음미하며 관련된 다른 문학 작품-상호텍스트-를 감상하거나 창작하기도 한다.

**<표 7-2> 반응 중심 시 감상 교수-학습 모형**

| 단계 | 감상 활동 | |
|---|---|---|
| | 독자 중심 활동 | 텍스트 중심 활동 |
| 반응의 형성<br>(독자와 텍스트의 상호작용) | ◦ 심미적 독서 자세 | ▪ 소리내어 읽기<br>▪ 자세히 읽기, 옮겨쓰기<br>▪ 운율 느끼기<br>▪ 장면 상상하기 |
| | ※ 여러 가지 방법으로 낭독하기 | |
| 반응의 명료화 | ◦ 반응 표현하기<br>◦ 느낌 말하기 | ▪ 비유적 표현 알아보기<br>▪ 시적 화자 상상하기 |
| | ※ 여러 가지 방법으로 낭독하기 | |

| | | |
|---|---|---|
| **반응의 공유<br>(독자와 독자의 상호작용)** | ○ 질문하기<br>○ 토의하기<br>○ 새로이 느끼기 | ■ 시의 구조 정리 |
| | ※낭독하기 극화하기 | |
| **반응의 심화<br>(텍스트와 텍스트의 관련)** | ○ 시 감상문 쓰기<br>○ 감상 토의하기<br>○ 관련 작품 감상하기 | |
| | ※시 감상문 쓰기 · 시 창작하기 | |

반응 중심 시 감상 교수-학습 모형은 반응 중심 문학 교수-학습 모형을 근간으로 하되 독자의 반응이 일어나고 표현되는 과정을 더 구체적으로 제시하며 활동을 하도록 한 점이 특징이다. 위 표에서 독자 중심 활동과 텍스트 중심 활동은 여러 가지 방법의 낭독하기 활동으로 통합되었다. 이때 활용할 여러 가지 낭독 방법은 다음 항에서 자세히 제시한다.

### 다. 반응의 모델링으로서 직접 교수 모형

초등 국어과 교수-학습의 여러 영역에서 직접 교수의 원리는 유용하게 활용되고 있다. 국어 교수-학습에서 언어가 갖는 추상성 때문이다. 국어 교수-학습에서 교사의 역할이 대부분 활동에 대한 지시와 확인에 할애되는 것은 추상적인 언어를 통한 구체적인 사고와 문제 해결의 과정을 보여주는 것이 매우 어렵기 때문이다. 직접 교수의 원리는 언어 학습에서 기능이나 활동에 대해 구체적인 과정적 사고를 드러내어 보이며, 사고의 방법을 지도한다는 점에서 유용하다.

초등학교에서의 문학 수업에서도 언어로 전달하지 못하는 것이 많다. 특히 문학적 감동을 말로 전하기는 매우 어렵다. 문학 교수-학습은 학습자가 작품을 이해하거나 설명하도록 하는 것이 아니라 체험토록 하는 것이 중요하다. 문학작품을 대상화하여 바라보는 것이 아니라 '문학작품을 읽는' 경험을 하도록 하는 일이다. 하지만 문학을 체험하는 것이 무엇인지 구체적으로 설명하기란 더 어렵다.

이러한 맥락에서 초등 시 감상 교수-학습 모형으로 직접 교수의 원리를 주목할 필요가 있다. 초등학생이 언어로 전달되는 교수-학습 활동이나 방법을 잘 이해하지 못하여 학습의 동기나 흥미를 불러일으키지 못할 때 직접 교수의 원리를 활용하는 것이 필요하기 때문이다. 이를테면 단위 시간의 교수-학습 목표가 '시를 읽고 인상적인 부분을 찾아 이야기해 봅시다.'라는 차시에서 학습자는 '시'가 무엇인지 잘 모르거나, '인상적인 부분'이라는 말이 무엇을 의미하는 것인지 이해하지 못할 때가 많다. 그래서 흔히 시의 학습에서 누군가가 인상적인 부분을 의성의태어 중심으로 설명하고 이야기하면 '인상적인' 부분이란 의성어나 의태어에 대한 표현이라고 착각하고 그 부분에 집중하는 독자가 되기도 한다.

초등 시 감상 교수-학습의 어려움은 바로 시나 시적 체험을 언어로 설명하여 그 의미를 정확하게 전달하기 어려워 학습자가 흥미를 갖고 학습에 참여하도록 적절한 안내를 하기가 어렵다는 점에 있다. 이때는 교사가 적절한 반응의 모델을 다양하게 제시하는 것이 필요하다. 특히 언어에 대한 설명보다는 시적 체험의 사례를 보여주는 것이 더 적절하다. 물론 학습자가 감상하여야 할 시가 아닌 다른 간단한 시를 활용한다.

시 감상 교수-학습의 도입 단계에서 보여줄 수 있는 모델링의 예를 들자면 오늘 학습할 목표나 활동의 내용에 대한 이해의 모델링이 있다. '시에서 인상적인 부분을 찾아 이야기해 보는' 것이 무엇을 의미하는지 구체적으로 보여주기 위하여 아주 간단하고 짧은 시를 함께 읽는다. 그 시에 대해 여러 사람이 인상적이라고 생각한 반응 내용을 모델로 보여준다. 이때는 학습자가 특별한 학습을 하지 않아도 이해할 수 있을 정도의 쉽고 간단한 시와 그에 대한 다양한 반응을 골고루 모델로 제시할 필요가 있다. 이를테면, 시적 표현이나 부분적 이미지에 대한 반응에서부터 시의 전반적인 이미지나 교훈 혹은 시적 화자의 삶의 자세, 독자의 개인적 삶과 관련 짓는 반응 등 다양한 반응을 모델로 보는 활동을 한다. 이를 통해 '인상적인 부분'이란 독자마다 다를 수 있고, 시적 표현, 독자의 경험 등 다양한 이유로 독자가 시에 대해 인상적인 감동을 느낄 수 있음을 알게 한다.

시 감상 교수-학습의 전개 단계에서 보여줄 수 있는 교사의 모델링은 시를 읽고 상호작용하는 여러 독자와 동등한 한 사람으로서 작품에 대한 이해, 해석, 내면화의 사례를 보여줄 수 있다. 이때 특히 주의하여야 할 것은 교사는 학습자와 동등한 독자로서 참여하고 모델을 보여주어야 한다는 점이다. 시에 대한 이해나 해석, 내면화 과정을 교사가 권위적 혹은 획일적으로 제시하여서는 곤란하다.

시 감상 교수-학습의 시공간을 확장하여 일상생활에서 교사가 갖는 문학 태도나 문학에 대한 자세도 학습자에게 모델링이 된다. 학습자는 교사의 문학적 취향이나 태도를 일상생활에서 느끼고 본받을 수 있다. 교사의 책꽂이에 꽂힌 시집, 교사가 시를 읽고 내면화하거나 그것을 대화로 표현하는 등의 태도는 모두 학습자에게 모델링이 된다. 매우 구체적인 작품과 그에 대한 태도를 직접 보여줄 수 있다는 점에서 직접 교수의 장점이 드러난다.

## 2. 시 감상 교수-학습 활동

### 가. 시 감상 교수-학습에서 활동의 의미와 의의

문학 교수·학습은 텍스트 분석 중심에서 점차 독자의 행위나 생산 활동 중심으로 그 강조점이 옮겨져 왔다. 시 감상 교수·학습에서 문학 텍스트의 구조적 장치들을 낱낱이 분석하여 텍스트 속에 숨겨진 미적 가치를 찾아내는 방식은 매우 추상적 또는 기계적 분석 활동으로 치우쳐 실제로 시의 감상에 크게 기여하지 못한 면이 있다. 독자로 하여금 시의 즐거움을 체험하고 향유하게 하여야 한다는 반성에서 독자 반응 중심의 문학교육의 중요성을 강조하게 되었다.

수용미학 이론이 크게 부각되면서 잉가르덴(R. Ingarden)의 '미확정성의 자리'와 이저(W. Iser)의 '빈자리' 개념이 시사하듯이, 문학 독서 과정에서 독자의 능동적 역할을 강조하는 이론이 우리나라 문학교육에도 큰 영향을 주었다. 시 감상 교육은 교사로부터의 일방적 정보전달이나 설명이 아니라 텍스트와 학생 독자 사이의 상호작용 및 의사소통을 강조해야 하며, 시 교육의 중심이 텍스트가 아니라 독자라는 점을 분명히 하지 않을 수 없다.

로젠블렛은 텍스트의 심미적 읽기를 위해서 독자의 심미적 체험 활동을 강조하였다. 그는 어린이들이 먼저 텍스트를 인지적, 원심적(정보추출적)으로 이해하고 난 후에 심미적으로 반응하게 된다는 생각은 거부되어야 하며, 심미적 자세 즉 이해하고, 인지적 정의적으로, 지시적이거나 감정적인, 외연적이거나 내포적인 의미를 생산하는 것은 모두 혼합되어 있다고 보고 있다.

학생들은 시를 들을 수 있고, 설명적 "목소리"의 톤을 느낄 수 있고, 인물과 행동을 환기하고, 사건을 느끼며 바라보는데, 이런 것은 분석하거나 그것에 이름을 붙임으로써 이루어지는 것이 아니라는 것이다. 교사는 어린 독자들이 반복하고, 회상하고, 음미하고, 경험하도록 도와주어야 한다. 이때 무엇을 보았고, 들었고, 느꼈는지에 대한 초점을 계속 맞추면서 다양한 비언어적 표현과 반응 활동: 그리기, 그림, 행동놀이(Playacting), 춤 등을 할 수 있는 기회를 성공적으로 제시하여야 하며 이러한 재미있는 활동(interesting activity) 속에서 원심적 읽기가 자연스럽게 포함된다고 설명한다(Rosenblatt, 1982:18~20). 레싱(Lessing), 아나 크뢰거 등 독일 문학교육자들 또한 행위 및 생산 지향적인 문학 교육 방법을 제시하였다(김정용, 2011:157~164). 세계적인 흐름에 따라 우리나라의 문학 교육 현장에서도 독자 중심의 활동이 문학 교수·학습의 방법으로 다양하게 구안되어 활용되고 있다.

이러한 활동 중심의 문학교육 방법이 갖는 의의는 다음과 같다(김규선·진선희, 2004:5~37). 첫째, 학습자의 심미적 읽기를 더 잘 격려할 수 있고, 문학 텍스트를 통한 경험을 깊게 해 줄 수 있다. 둘째, 심미적 읽기 과정을 방해하지 않는 원심적 읽기를 할 수 있도록 안내할 수 있다. 셋째, 학생들은 다양한 언어적 · 비언어적 표현과 반응 활동을 통하여 더 즐겁게 문학 학습에 참여할 수 있다. 심미적 읽기는 본질적으로 즐거움을 추구하며 개개인의 흥미로운 경험을 떠올리는 것을 추구하기 때문이다. 넷째, 문학 교수 · 학습에서 활동을 중심으로 한 텍스트 읽기는 독자들의 다양한 반응을 자유롭게 도출할 수 있도록 해준다.

활동을 강조하는 수업에서 독자의 문학 텍스트에 대한 반응은 설명이나 분석으로 표현되지 않고 다양한 언어적 비언어적 형태로 표현된다. 그리기, 행동놀이(Play Acting), 춤 등의 비언어적 형태와 더불어 지껄이고 대화하는 등의 언어적 형태로 표현된다. 그러므로 활동 중심의 문학 교수 · 학습은 학습자의 반응을 형성하고 표현하는데 적절한 분위기와 기회를 제공해 줄 수 있다. 그렇지만 자칫 지나치게 활동에만 매몰되어 문학 텍스트를 잊거나 제대로 상호작용하지 못하는 경우가 있다. 이때는 활동으로 인하여 오히려 문학의 체험이 제대로 이루어지지 못하는 문학 교수 · 학습이 될 수 있으므로 교사의 주의가 필요하다.

시 감상 교수-학습에서 활동은 그 의미가 더욱 크다. 시를 학습하는 데에서 설명의 힘보다는 학습자의 활동을 통한 시와의 만남과 그 경험이 더 중요하기 때문이다. 학습자가 진정으로 시를 즐기며 누리기 위해서는 교사의 설명이나 안내보다는 스스로 경험하고 활동하도록 하는 일이 필요하다.

학습자가 시를 진정으로 만나는 성공적인 시 감상 교수-학습 활동을 위한 몇 가지 전제를 살펴본다. 우선, 계획된 슬라이드나 종이에 적힌 시 텍스트를 보기 전에 시를 소리로 만날 수 있도록 하는 것이 좋다. 이때는 교사의 목소리로 시의 의미, 언어, 리듬과 호흡 등 시적 특징을 고려하여 읽어주어야 한다. 속삭임이나 환호 등 교사의 목소리를 도구로 하여 시의 분위기를 전해 준다. 두 번째는 시에 대해 간략하게 소개하는 것이다. 시의 제목이나 작가를 소개하되 지나치게 길게 소개함으로써 시를 즐기는 체험에 몰입하지 못하게 방해해서는 곤란하다. 학습자가 시에 대한 선입견을 가지지 않고 느끼고 즐기도록 할 필요가 있다. 세 번째는 학급의 학습자가 함께 시를 읽을 경우 시를 지나치게 박자에 맞춰 읽도록 강요하지 말고 언어가 제공하는 리듬을 자연스럽게 느끼며 읽도록 한다. 시어의 가락과 리듬을 음미하며 읽도록 한다. 네 번째는 일반 산문을 읽을 때와 달리 보다 천천히 청자가 낱말의 가락과 향취를 골고루 감상할 수 있을 정도의 속도로 읽어주어 시의 장면과 내용을 상상할 수 있는 시간을 주어야 한다. 다섯 번째는 한 차시의 수업에서 여러 번 시를 읽어주거나 함께 읽는다. 이는 아직 미숙한 독자인 학습자는 한두 번의 시 읽기로 시 감상에 충분히 몰입할 수 없기 때문이다. 일반적으로 반응을 표현하는 활동을 하면서도 시를 잊지 않도록 자주 시를 다시 읽게 한다. 여섯 번째, 시를 곰곰이 음미하도록 하고, 시의 내용이나 형식을 길게 분석하지 않으며, 시와 상호작용한 결과를 드러내는 활동은 너무 길거나 지루하지 않도록 유의한다. 흔히 시를 읽은 평을 짝에게 간단히 말하거나, 간단하게 스케치하는 등 시에서 너무 멀어지지 않는 활동을 하는 것이 좋다.

### 나. 시 감상 교수-학습의 활동 사례

시 감상 교육에서 가르쳐야 할 요소들에 집중하는 일은 이 '시의 즐거움'을 학습하는 일을 방해하곤 한다. 즉, 교사나 학생이 시의 구성 요소라고 알려진 리듬, 이미지, 비유 등의 요소의 기억과 학습에 집중하기 시작하면 시를 온전한 작품으로 학습하는 데에 실패하기 쉽다. 물론 그 요소들을 학습하지 말아야 한다는 뜻은 아니다. 학습하되 한 편의 온전한 시를 음미하고 즐기는 가운데 '저절로' 학습되도록 하여야 한다. 교사는 한 편의 시를 읽고 이야기를 나누는 중에 학습자들이 저절로 비유적 의미를 곰곰이 생각해 볼 수 있는 기회를 주고, 리듬이 몸으로 느껴지도록 활동을 조직해야 한다. 그리고 그것은 주어진 학습 목표나 텍스트의 특성에 따라 자연스럽게 대화와 활동을 통해서 이루어야 한다.

#### 1) 낭독으로 시를 체험하기

낭독은 시를 소리내어 읽는 것을 의미한다. 시를 온전히 감상한 후에 독자의 감동을 실어 표현하는 낭송과 달리, 시 교육에서 주로 낭독이 활용된다. 학습자가 시를 감상해나가는 과정에서 여러 차례 낭독하는 일은 시 감상에 크게 도움이 된다. 시의 개략적 의미 파악을 위한 낭독, 그리고 이어서 시의 장면을 상상하기 위한 낭독, 시어가 주는 리듬을 느끼기 위한 낭독, 시가 전해 주는 그림이나 색깔을 느끼기 위한 낭독, 시와 비슷한 경험이 있는지 상상하며 낭독 등 여러 차례 시를 반복적으로 읽는 과정에서 시의 구석구석 미세한 떨림까지 느낄 수 있는 기회를 가지게 된다. 시 감상 교수-학습에서 유용하게 활용될 수 있는 낭독 지도 활동은 크게 시 읽어 주기와 합창독으로 나누어 살펴볼 수 있다.

한편, 초등학교에서 이루어지는 시 읽기 활동 가운데 학습자에게 시의 내용을 이해하고 시의 즐거움을 느낄 수 있는 접근 과정으로써 시를 잘 읽어보는 활동을 할 때 교사가 안내할 내용을 정리하면 다음과 같다.

- **소리와 리듬의 재미를 느끼며 읽도록 한다.**

  시에 리듬이 있는지 생각해보기 위해서 손가락이나 타악기로 한 글자마다 한 번씩 두드리며 읽게 할 수 있다. 그렇게 하면 시에 음악이 들어있다는 것을 잘 느낄 수 있다.

- **시는 말로 그려놓은 그림이라는 점을 일러주고, 머릿속으로 그림을 그리거나 상상하며 시를 읽도록 한다.**

  시에는 재미있는 장면이 들어있다. 장면을 잘 상상하기 위해서 시를 읽으며 떠오르는 모습을 그림으로 그리며 읽거나, 친구와 가족과 함께 시의 장면을 흉내내며 읽어보면 재미를 느끼며 시를 이해할 수 있다.

- **시에는 세계를 새롭게 보는 신선한 생각이 들어있음을 느낄 수 있도록 한다.**

  생각이나 마음의 재미를 느끼며 읽는 기회를 주어야 한다. 시는 독자가 쉽게 생각하지 못했던 마음과 눈으로 세계를 보고 그것을 시로 표현하였기에 독자에게 세상을 더 새롭고 생생하게 느낄 수 있게 해준다. 학습자에게 그 새로움을 충분히 느낄 수 있는 시간을 제공해야 한다.

- **시에 나오는 장면을 보면서 독자 스스로에게 어떤 마음이 드는지 살펴보며 시를 읽도록 한다.**

  시만 읽는 것이 아니라 스스로의 마음도 읽어야 한다. 시에 나오는 장면은 독자의 삶의 한 장면과 닮아있거나 조금 다르기도 하다. 시를 읽을 때 독자가 살면서 경험한 것 가운데 어떤 것이 떠오르는지 자신의 마음을 잘 살펴보며 읽도록 한다.

### 가) 시 읽어주기

교사나 학생이 다른 학생들에게 시를 읽어주는 활동이다. 시는 사람들이 문자 언어를 사용하기 훨씬 전부터 의사소통의 수단이었다. 대부분의 시는 음악적 사운드, 리듬, 언어로 인하여 소리내어 읽을 때 가장 잘 즐길 수 있는 특성을 가진 장르다. 학습자가 시를 경험하고 즐길 수 있도록 하기 위해 새로운 시를 제시할 때 문자 텍스트 형태로 제시하기 이전에 소리내어 읽어주는 것이 더 좋다.

특히 교사가 직접 소리내어 읽어주는 것은 낭독이나 낭송의 모델로서도 매우 좋다. 교사가 시를 즐기는 모습을 학습자가 보는 것은 매우 중요하기 때문이다. 시를 즐기는 다양한 모습을 아직 보지 못한 초등 학습자에게 성인 교사가 시를 즐기는 다양한 모습을 보여줄 수 있는 방법 가운데 소리내어 읽어주는 것은 가장 쉽고도 효과적인 방법이다. 실제로 교사는 시의 분위기를 말로 설명하여 전하기보다 낭독이나 낭송을 통하여 시의 분위기를 학습자와 공유하는 방법을 자유자재로 활용할 수 있어야 한다.

교사의 시 낭독이나 낭송을 듣는 학습자에게 내용을 상상하며 듣도록 지도하는 것이 필요하다. 우선 시를 들으며 '장면을 상상한다.'는 것이 구체적으로 어떤 것인지를 가볍게 경험하도록 안내하는 활동을 할 필요가 있다. 초등 학습자는 '상상'하는 것이 무엇인지 알지 못하는 경우가 많기 때문이다. 다음은 장면 상상하기 연습의 지도 사례이다.

교사: 시의 장면이나 분위기를 잘 상상하면서 듣기 바랍니다. 아, 상상하는 것이 어떤 것이냐고요? 그러면 장면을 상상하는 연습을 미리 해보고 시를 들을까요?
교사: 상상연습을 위해서 눈을 감고 선생님이 들려주는 말을 듣기 바랍니다.
선생님이 들려주는 말을 듣고 장면이 머리속에 떠오르면 손을 들어보세요.
교사: 마당
학생: (마당이 떠오르면 손을 든다)
교사: 마당에 엄마닭이 걸어다닙니다.
학생: (엄마닭이 걸어다니는 마당이 떠오르면 손을 든다.)
교사: 그 엄마닭 뒤로 병아리 다섯 마리가 따라갑니다.
학생: (마당에서 엄마닭을 따라가는 병아리 다섯 마리가 머리 속에 떠오르면 손을 든다.)
교사: 지금 들려드리는 시 낭송을 들을 때에도 지금 한 것처럼 시어가 말하는 장면을 머릿속으로 그림을 그리듯이 떠올리면서 듣기 바랍니다.
교사: (시를 읽어줌)

### 나) 합창독(choral reading)으로 시 읽기

구성원 전체가 합창을 하듯이 시를 읽는다. 행별로 혼자 읽기와 함께 읽기, 높은 소리와 낮은 소리로 읽기, 부드러운 소리와 무거운 소리로 읽기 등 시에 어울리도록 읽으며 화음에 맞추어 읽는다.

합창독으로 시 읽기는 주로 시 교수-학습의 과정에서 시에 대해 탐색하는 방법으로 활용된다. 학습자는 합창독을 하면서 시어의 어감이나 리듬, 시의 장면을 자세하게 탐색하고 상상하며 음미할 수 있는 기회를 갖게 된다.

여기에는 응답 낭독, 돌림 시 읽기, 울림의 효과 넣어 시 읽기, 점층적 시 읽기(Building up) 등 다양한 방법이 있다. 시 교수-학습에서 합창독은 학습자에게 시의 가락이나 짜임 및 장면과 분위를 즐기도록 안내하는 역할을 한다. 설명이 아닌 퍼포먼스로 재미있게 참여할 수 있게 한다는 장점이 있다.

(1) 응답 낭독

수업 참여자를 몇 개의 모둠으로 나누어 시의 행 혹은 연 단위로 나누어 읽는 것을 말한다. 서로 묻고 답하거나 부르고 응답하는 형식으로 번갈아 읽으면서 시의 가락이나 짜임새를 느끼고 즐길 수 있다.

예를 들어 다음의 시 <콩새야 팥새야>는 응답 낭독을 하기에 적합하다. 두 모둠으로 나누어 서로 묻고 응답하고 다 함께 낭독하는 부분을 정해서 읽게 한다.

| | |
|---|---|
| **콩새야 팥새야**<br>**무엇 먹고 사느냐.** | 묻는 모둠 읽기 |
| **콩밭에서 먹자 쿵**<br>**팥밭에서 먹자 쿵** | 답하는 모둠이 읽기 |
| **구구구 구구구**<br>**그렁저렁 살지야** | 다 함께 읽기 |
| **콩새야 팥새야**<br>**무엇 먹고 사느냐** | 묻는 모둠이 읽기 |
| **콩을 물고 콩콩콩**<br>**팥을 물고 콩콩콩** | 답하는 모둠이 읽기 |

| 구구구 구구구<br>요롱조롱 살지야<br>김태오<콩새야 팥새야> | 다함께 읽기 |
|---|---|

(2) 돌림 시 읽기

돌림 노래를 부르는 것처럼 여러 모둠이 시작과 끝을 다르게 하여 시를 읽는다. 대체로 리듬감이나 이미지 중심의 시를 읽을 때 자주 활용하게 된다. 시에 리듬감이 있어서 노래처럼 부를 수 있다는 것을 체험하도록 하는 활동이다. 시의 가락과 리듬을 즐기며 장면을 음미하는 활동에 알맞다.

| <1부> | <2부> | <3부> |
|---|---|---|
| 나비나비 범나비 | | |
| 배추밭에 흰나비 | 나비나비 범나비 | |
| 장다리밭에 노랑나비 | 배추밭에 흰나비 | 나비나비 범나비 |
| | 장다리밭에 노랑나비 | 배추밭에 흰나비 |
| 팔랑팔랑 잘도 난다. | | |
| 팔랑팔랑 춤을 춘다. | 팔랑팔랑 잘도 난다. | |
| | 팔랑팔랑 춤을 춘다. | 팔랑팔랑 잘도 난다. |
| | | 팔랑팔랑 춤을 춘다. |
| <나비노래> 전래동요 | | |

이와 유사한 시 낭독 방법으로 시차를 두어 읽어 울림의 효과를 내는 방법이 있다. 이 활동은 같은 시어가 약간의 시차를 두고 반복해서 들리는 효과를 가져와 시의 이미지나 분위기를 느끼고 상상하게 하는 활동으로 알맞다.

(3) 점층적 시 읽기

시 읽기에 참여하는 인원을 점차 늘려가거나 줄여가며 합창독을 하는 것인데, 시에서 행이나 연이 바뀌어 진행될 때마다 새로운 목소리를 더 첨가하거나 삭제하여 소리의 크기가 달라지도록 하는 방법이다. 시의 내용이나 길이 등 특성에 따라 점점 더 강한 소리를 내거나 점점 더 약하고 조용한 소리를 내는 등의 활동으로 구성된다.

| | | | |
|---|---|---|---|
| **꼬부랑 늙은이가** | 1명 | 9명 | 학급 인원수에 따라 적절하게 조절하여 점점 크게 혹은 점점 작게 읽어보며 그 느낌을 비교해본다. |
| **꼬부랑지팡이를 짚고** | 2명 | 8명 | |
| **꼬부랑 개를 데리고** | 3명 | 7명 | |
| **꼬부랑 길로 가다가** | 4명 | 6명 | |
| **꼬부랑 나무에 올라** | 5명 | 5명 | |
| **꼬부랑 똥을 싸니** | 6명 | 4명 | |
| **꼬부랑 개가** | 7명 | 3명 | |
| **꼬부랑 똥을 먹으니** | 8명 | 2명 | |
| **꼬부랑 지팡이로** | 9명 | 1명 | |
| **꼬부랑 개를 때리니**<br>**꼬부랑 깽**<br>**꼬부랑 깽** | 다같이 | 다같이 | |
| **전래동요 <꼬부랑 늙은이>** | | | |

(4) 시의 음절을 바꾸어 낭독하기

시의 본문을 한 음절로 바꾸어 읽기나 의성의태어로 바꾸어 낭독하기도 합창독에서 자주 쓰이는 방법이다. 여러 모둠으로 나누어 시의 본문을 그대로 읽는 모둠과 한 음절로 바꾸어 읽는 모둠이 화음을 이루듯이 합창독을 할 수 있다.

| | |
|---|---|
| 눈<br>눈<br>눈<br>받아먹자 입으로<br><br>아<br>아<br>아<br>코로 자꾸 떨어진다<br><br>호<br>호<br>호<br>이게 코지 입이냐<br>윤석중, 〈눈 받아 먹기〉 | 눈<br>눈<br>눈<br>눈눈눈눈 눈눈눈<br><br>아<br>아<br>아<br>아아 아아 아아아아<br><br>호<br>호<br>호<br>호호 호호 호호호 |

(5) 의성의태어로 바꾸어 낭독하기

시의 본문 전체를 의성어나 의태어로 바꾸어 읽으면서 시의 장면이나 분위기를 재미있게 체험해보는 방법이다. 시를 글자가 전하는 의미 해석 중심으로 읽기보다는 시어의 느낌과 분위기를 중심으로 읽도록 하는 방법 가운데 하나이다.

| <시읽기1> | <시읽기2> | <시 읽기3> | <시읽기4> |
|---|---|---|---|
| 까치가<br>울었다<br>산울림<br><br>아무도<br>못들은<br>산울림<br><br>까치가<br>울었다<br>산울림<br><br>제혼자<br>들었다<br>산울림<br><br>윤동주<산울림> | 깍깍깍<br>깍깍깍<br>산울림<br><br>깍깍깍<br>깍깍깍<br>산울림<br><br>깍깍깍<br>깍깍깍<br>산울림<br><br>깍깍깍<br>깍깍깍<br>산울림 | 까치가<br>깍깍깍<br>깍깍깍<br><br>깍깍깍<br>깍깍깍<br>산울림<br><br>까치가<br>깍깍깍<br>깍깍깍<br><br>제혼자<br>깍깍깍<br>깍깍깍 | 세 가지 시 읽기를 따로 따로 해보고 나서, 동시에 세 가지를 해보며 효과음이 들리는 듯한 분위기를 느낀다. |

(6) 몸짓하며 시 낭독하기

시의 리듬에 대한 교사의 설명보다는 경험으로 학습자들이 시의 리듬을 이해한다. 즉 시의 음악성을 들숨과 날숨으로, 손발이나 몸의 흔들림으로 체험하는 것이 필요하다. 본래 시의 가장 중요한 요건인 시의 운율은 문자로 기록된 텍스트 형태에서는 즐기기가 쉽지 않다. 교사는 학습자들이 시의 리듬과 박자를 발견하도록 안내하여야 하며, 그것을 소리나 입과 몸으로 즐기도록 도와주어야 한다.

이를 위해서 시의 리듬과 내용에 알맞은 몸짓을 하거나 음향효과를 첨가하면서 시를 읽게 할 수 있다. 학습자는 시의 내용이나 리듬에 맞추어 흉내내기, 손뼉 치기, 발 구르기, 악기나 책상 두드리기, 몸 흔들기 등의 움직임을 곁들이면서 시를 읽는 활동을 함으로써 시의 리듬을 몸으로 체험한다.

### 2) 시 감상 토의

시 감상 교수-학습 과정에서 가장 중요한 것 중의 하나는 토의 활동이다. 여러 사람이 같은 시를 읽으며 자신의 느낌이나 경험과 관련된 이야기나 다양한 관점을 서로 공유하는 과정으로서의 토의 활동은 반드시 필요하고 중요하다.

일반적으로 수업에서 초반부에 시를 처음으로 대할 때는 학습자가 시의 장면을 다양하게 깊이 있게 떠올리고 경험하고 그것을 스스로 정리할 수 있는 개인적 시간이나 기회를 갖도록 할 필요가 있다. 물론 개인적 시간을 준다고 해서 반드시 개인에게 시를 맡겨두고 읽어보라고 하는 것은 아니다. 개개인이 시에 몰입하여 시를 읽고 상상하고 시적 경험 세계에 들어가도록 활동을 하는 것이 중요하다. 토의 활동을 하기 전에 여러 차례에 걸쳐 시를 소리 내어 읽어보는 과정에서 개인적 상상이나 정서적 몰입이 이루어지도록 개개인의 시간을 고려하는 활동을 해볼 기회를 제공하라는 뜻이다.

시를 읽고 토의하는 활동은 크게 두 가지 형태로 진행할 수 있다. 하나는 시의 장면이나 표면적 내용 파악을 위해서 토의하는 활동이다. 교사는 학생들이 장면을 설명으로 이해하는 것이 아니라 시를 읽고 상상함으로써 이해한다는 것을 명심하고 여러 차례 읽기 기회를 준다. 같은 시를 읽고 장면을 상상하여 그린 후에 서로 비교하면서 이야기를 나누면 서로 상상 장면의 미세한 차이를 경험할 수 있다. 그때 독자는 시적 상상의 질을 더욱 깊게 할 수 있다. 이때는 전체 활동은 물론 소집단이나 짝 활동도 가능하다.

이때 질문할 수 있는 내용은 '시를 읽고 떠오른 장면은 무엇입니까?', '시에 등장하는 인물이나 사물의 마음이 어떠한 것 같습니까?', '이 시에서 가장 재미있는 것은 무엇입니까?' 등 매우 확산적이고 열린 질문을 하는 것이 좋다. 그리하여 학습자가 자신이 느끼거나 생각한 것을 자유롭게 이야기할 수 있도록 하고, 그 발표 내용에 대하여 비판적 태도보다는 공감적 태도를 취하며 다른 학습자가 그 내용을 귀담아듣도록 할 필요가 있다. 그리고 발표한 친구의 입장에서 왜 그렇게 생각하였을지, 시의 어떤 부분을 읽으며 그렇게 생각하였을지 파악하며 듣도록 한다.

이러한 시의 기본적인 내용이나 인상적 느낌을 나누는 토의 과정은 여러 사람이 시의 각 부분이나 전체를 골고루 읽고 파악하도록 하는 데에 도움이 된다. 어린 학습자들은 시의 일부분을 중심으로 시를 이해하거나, 시의 전체적인 인상에만 초점을 두거나 해서 전체와 부분을 골고루 읽고 상상하지 못하는 경우가 많기 때문에 다른 사람이 시를 읽고 바라본 관점이 무엇이고 어떻게 보았는지를 서로서로 나누며 공유하는 것이 자신의 상상력을 높이고 시를 새롭게 다시 읽게 하는 기능을 하기도 한다.

또 다른 하나는 시의 전반적인 이해를 바탕으로 시가 준 감동을 나누는 일이다. 같은 시를 읽은 독자라도 독자 개개인의 삶의 상황맥락을 바탕으로 상상력을 발휘하여 감동을 받기 때문에 결코 같은 감동이나 내면화 과정에 이를 수 없다. 그래서 여러 사람이 한 편의 시를 읽고 서로 자신의 감동이나 내면적 성찰 과정을 토의로 통해 나누게 되면 시를 더욱 깊이 있게 읽어내고 자신과 주변의 삶과 시적 체험의 확장을 이루게 된다.

전자의 경우는 대체로 시를 읽어가며 가볍게 이루어지지만 후자의 경우 개개인이 시에 대한 감동을 충분히 정리하여 기록한 이후에 토의 활동이 이루어지는 것이 좋다. 자신의 시적 체험이나 감상과 사유를 서로에게 발표하는 형식으로 토의가 이루어지고, 이후 서로에게 질문이나 대화를 하도록 한다.

### 3) 시 낭송

시 교육에서 낭송 지도가 중요한 것은 독자가 한 편의 시와 상호작용하는 가장 첫 번째 방법이 시를 소리 내어 읽는 일이며, 한 편의 시와 함께 체험한 정서적 · 인지적 감동을 표현하는 최종적이고 창조적 방법 또한 시를 소리 내어 읽거나 읊조리는 일이기 때문이다. 사전적 의미로는 시를 '소리 내어 읽는 것'을 낭독(朗讀)이라고 하고, 시를 '소리 내어 읊조리거나 암송하는 것'을 낭송(朗誦)이라고 구분하기도 한다. 시 교육의 현장에서는 흔히 이 두 가지를 구분하지 않고 혼용하기도 하며, 낭독은 낭송으로 나아가는 시 감상의 과정에 필수적인 활동으로, 시를 온전히 감상하고 개인의 감동을 표현하는 읽기를 낭송이라는 용어로 구분하기도 한다.

시는 문자 언어를 눈으로 읽는 것보다 소리로 향유하는 것이 더 본질적이다. 시어의 의미뿐만 아니라 시어를 발음할 때 나는 입술의 떨림과 소리의 음색과 어조, 톤 등도 모두 시적 장치를 담고 있기 때문이다. 시를 향유한다는 것은 단순한 언어적 의미의 소통을 넘어 감성과 정서를 포함하는 소통이기 때문이다.

특히 초등학교 시 교육에서 낭송 지도는 매우 중요하다. 이들은 유치원에서 음성 언어 중심의 가벼운 시 교육을 받아왔을 뿐 아니라, 초등학교에 입학하여 이제 갓 입문기를 지난 학습자라는 점에서 문자 언어의 처리 능력이 자동화되지 못하였거나, 그 능력이 낮은 단계이다. 한 편의 시를 문자로 읽는 과정에서 문자 언어의 사전적 의미 처리 과정에만 몰입하게 되고,

한 편의 시 텍스트가 가진 다양한 요소들과 전체적으로 상호작용하지 못하면 결국 시의 참 즐거움을 느끼지 못할 수밖에 없다. 그러하기에 초등학교 시 교육에서는 가급적 학습자가 시 텍스트를 처음 만나는 순간은 문자가 아닌 소리로 만날 수 있도록 하는 것이 좋다. 그리고 시를 한 번의 낭송으로 들려주고 끝낼 것이 아니라 학습자 스스로 여러 번 낭독하도록 하는 일이 필요하다.

시의 낭송은 한 편의 시 감상이 완성되어 독자의 창조적 시 감상으로서 표현 단계에 걸맞게 이루어진다. 이때는 낭독자가 시에서 느낀 정서와 감정을 충분히 반영하여 새로운 독자에게 들려주는 시 읽기여야 한다. 그래서 시를 읽으며 상상한 장면, 그 시를 읽으며 깨달은 감정이나 정서, 시를 읽으며 생각한 메시지 등이 함께 청자에게 잘 전달되도록 자유롭게 '표현하는 낭송'을 위한 교사의 조언이 필요하다.

시 감상 교수-학습에서 한 편의 시를 온전히 감상하고 자신의 시 감상 내용을 창의적으로 표현하는 시 낭송 활동을 할 때 교사가 안내할 내용을 정리하면 다음과 같다.

- **시에 담긴 마음을 잘 느낄 수 있는 목소리와 억양**
  시에는 사람들을 감동시키는 마음이나 생각, 기분이 담겨 있다. 그 마음이나 기분에 어울리는 목소리로 시를 낭독하는 것이 좋다.

- **듣는 이가 시의 장면을 상상할 수 있도록 천천히**
  시를 읽거나 들을 때는 말을 듣거나 보면서 머릿속으로 그림을 그리거나 상상할 수 있어야 한다. 조금 천천히 읽어서 시의 장면을 마음속으로 잘 그려볼 수 있도록 낭독해야 한다.

- **재미있는 표현이나 시어가 생생하게 들리도록 정확한 발음으로**
  시를 읽을 때 발음을 정확하게 하여 시어가 주는 느낌을 잘 살려야 한다. 그렇지 않으면 시를 읽을 때 입술에 느껴지는 말의 재미를 느끼지 못하게 된다.

- **시에 담긴 음악이 느껴지도록 리듬감을 살려**
  시인은 여러 가지 시어를 반복하거나 글자 수를 맞추어 리듬이 느껴지도록 시를 쓴다. 겉으로 드러나지는 않지만 시를 읽을 때 자연스럽게 느껴지는 리듬이 있다. 이것을 잘 살려 읽으면 시의 맛을 더 잘 알 수 있다.

### 4) 극화 활동

교실에서 시를 읽고 극화하는 활동은 목적에 따라 크게 두 가지 유형이 있다. 첫 번째는 시를 더 자세히 읽고 시의 장면과 내용을 잘 상상하며 음미하기 위하여 극화하는 경우이다. 대부분의 초등 학습자는 시의 표면적 의미를 자세히 읽는 데에도 어려움을 느낀다. 시의 장면을 상상하거나 비유적 혹은 상징적 의미를 발견하는 시 읽기는 깊은 몰입을 전제로 한다. 그런데 초등학생이 문자로만 시를 읽으며 몰입할 수 있는 시간은 그리 길지 않은 경우가 많다. 특히 초등 학습자의 읽기 능력은 글자를 소리로 변환하는 데에 더 집중되어 있어서 의미화에 어려움을 느낄 수 있다. 이런 학습자에게는 시의 내용을 극화하는 과정에서 문맥적 상황이나 장면을 구성하고 내용을 이해하도록 할 수 있다. 극화 활동은 단순히 문자만으로 시를 읽는 것이 아니라 몸짓과 대사와 표정 등을 동원하기 때문에 초등 학습자의 몰입도를 높일 수 있고 더 쉽게 장면을 상상하도록 돕는다.

예시 1) 시 속 역할 마임으로 표현하기

북청 사자 춤을 춘다.
오색 빛깔 털옷 입고
커다란 머리 흔들대고
왕방울 눈 부릅뜨고
북과 퉁소 장단에 맞춰
가지가지 춤을 추네.

북청 사자 춤을 춘다.
앞에 갔다 뒤로 갔다.
옆걸음도 쳐서 가고
드러누워 턱을 긁고
고개 돌려 등도 핥고
갖은 재주 피워 보내.

북청사자 춤을 춘다.
엉금엉금 걸어오다

앞발 번쩍 들고 나와
공중 높이 일어서서
왕방울 눈 부릅뜨고
빨간 혀를 날름대네. - 임석재, <북청사자춤>

학생1: 내가 <북청사자춤>을 천천히 읽을 테니 너희들은 시의 장면에 알맞은 동작을 해봐.

학생2-4: (학생1의 낭독을 들으며 저마다 동작을 취한다.)

학생2: 우리가 역할을 정하는 것이 좋겠어. 시에는 춤을 추는 북청사자가 있고, 장단을 연주하는 악대가 있을 것 같거든. 역할을 나누어 해보는 것이 어떨까?

학생3-4: 그래, 그게 좋겠다. 다시 해보자.

학생3: (학생2를 향해) 그런데 탈이 있으면 더 좋겠어. 탈을 쓴 동작을 넣을까?

학생1-4: <북청사작춤>을 낭독하며 마임으로 장면을 표현한다.

예시2) 시의 장면을 몸짓으로 표현하며 소리내어 읽기

시의 장면을 몸짓으로 표현하며 소리내어 읽도록 안내하는 중요한 목적도 학습자가 단순하게 글자만을 읽고 지나가지 않도록 하기 위해서이다. 초등 학습자가 시의 장면을 구체적으로 상상하고 구성하도록 자신의 몸짓과 목소리로 표현하게 한다.

교사: 시를 읽을 때 장면을 잘 상상하기 위해서 시 속의 사물이나 사람이 되어 몸짓을 해보는 것도 재미있습니다. 시에 등장하는 사물이나 사람이 되어 그 마음이나 장면을 몸으로 표현하며 시를 읽어보면 더 잘 상상할 수 있습니다. 선생님이 보여주는 시를 읽으며 어떤 몸짓을 할지 연습해보면서 읽어볼까요?

학생들: 각자 시를 읽으며 작은 몸짓으로 표현해본다.

꼬마병정들이 흰말을 타고(말달리는 모습 흉내낸다)
두두둑 두두둑 내려옵니다(두두둑두둑 소리내며 말을 탄다)
꼬마병정들이 큰 북을 치며(꼬마병정이 큰 북 치는 모습 흉내낸다)

두두둑 두두둑 몰려 옵니다.(입으로 말발굽 소리 흉내내며 달린다.)

- 문삼석, <소나기>

학생: (개인별로 시를 읽으며 몸짓으로 표현하는 연습을 한다)

교사: 이제 다 같이 시를 읽으며 몸짓을 해볼까요?

학생: (합창독하며 자신이 생각한 몸짓을 해보기.)

교사: ○○이는 왜 그런 몸짓을 했지요?

학생(○○이): 시의 내용이 큰 북을 친다고 해서 북을 치는 몸짓을 했습니다.

교사: 그런데 북을 치는 사람은 누구이지요?

학생: 꼬마병정

학생: 소나기입니다.

교사: 그렇지요. 꼬마병정은 바로 소나기입니다. 시인이 소나기를 꼬마병정이 무엇을 하는 것 같다고 말하고 있나요?

학생: 말을 타고 북을 치며 달리는 것 같다고 합니다.

교사: 시인이 왜 그렇게 표현했을지 곰곰이 생각하며 다시 시를 읽으며 몸짓을 해봅시다.

학생: (다 같이 시를 읽으며 몸짓을 한다.)

학생1: 시인은 소나기도 소리를 크게 내면서 오니까 그렇게 생각한 것 같아요.

학생2: 소나기도 한꺼번에 많이 오니까 그게 시인에게는 여러 병정이 말 타고 한꺼번에 달리는 모습과 비슷하다고 생각했어요.

여기서는 학습자들이 먼저 시의 장면을 몸짓으로 표현하며 장면을 상상하게 한 후에 시의 표현이나 장면에 대해 이야기를 나누는 것이 중요하다.

극화 활동의 두 번째 유형은 한 편의 시를 깊이 있게 감상하고 난 후에 독자의 감상을 극으로 표현하는 활동이다. 시에 대한 이해와 반응을 결합하여 한 편의 극으로 새롭게 탄생시키는 활동이다. 이때는 시의 표면적 내용이 독자의 반응에 따라 해석된 형태로 바뀔 수 있다. 시로부터 새롭게 상호텍스트성을 지닌 새로운 텍스트로서 극이 탄생한다.

이때는 시의 내용 이해보다는 새롭게 연출하는 극의 효과를 위해서 대사와 몸짓과 표정 등의 극적 표현에 더 집중한다. 배경 장면의 미술적 효과를 극대화하여 만들고, 복장이나 표정 및 몸짓의 효과를 고려하여 다양한 복식이나 장치를 준비하여 활용한다. 또 참여자들의 합의에 따라 시에서 받은 감동을 극으로 표현하는 방법을 고민하고 적절하고 창의적인 표현을 위해 노력한다.

### 5) 매체 융합적 표현 활동

시를 읽고 창의적이고 다양한 표현 활동을 할 수 있다. 대체로 시적 감흥을 단순하고 빠르게 표현하는 활동과 본격적인 매체 융합적 표현 활동으로 나누어 볼 수 있다. 시화는 앞에서도 제시한 시를 읽으며 단순하고 빠르게 그림으로 표현하기와 감동을 본격적인 그림으로 표현하는 활동으로 나누어 볼 수 있다. 그 외 만화로 표현하기, 사진으로 표현하기, 시 그림책 만들기 등의 활동은 본격적 매체 융합적 표현 활동이다.

#### 가) 시의 장면을 그림으로 표현하며 시 읊조리기

초등 학습자들이 한 편의 시를 읽을 때 흔히 범하게 되는 문제는 글자를 소리로 바꾸어 읽기만 하는 일이다. 이런 경우에는 학습자가 장면이나 심상을 제대로 구성해내지 못하게 된다. 교사는 학습자가 조금 더 천천히 시를 읽어나가거나 천천히 시를 베껴 쓰면서 시를 음미하고 상상한 내용을 그 옆에 간단한 그림으로 표현하도록 안내할 필요가 있다.

교사가 미리 분석적으로 질문하거나 설명을 하지 않고도 학습자 스스로 시의 장면을 전체적 혹은 부분적으로 상상하여 표현하였다. 이 점은 정보추출적 읽기와 심미적 읽기가 각각이 아니라 함께 이루어질 수 있음을 의미한다. 이 활동은 시 감상을 위한 도구이다. 그러므로 지나치게 그림의 정확성에 주안점을 두는 것은 바람직하지 않다. 또한 개개인이 표현한 그림을 다른 학습자에게 발표하게 하여 학습자 간에 시를 통한 정서나 감정을 교류할 수 있도록 하는 것이 바람직하다.

#### 나) 한 편의 시에 대한 감상을 그림으로 표현하기

앞의 (1)과 달리 시에서 느낀 감흥을 상호텍스트성을 가진 그림으로 표현하는 활동이다. 시의 문맥적 표현에만 주의하는 것이 아니라, 독자 자신의 경험과 시에서 느낀 정서나 감흥을 그림으로 표현한다는 점에서 창조적 활동이다. 시를 읽으며 떠오른 다양한 장면, 시에서 느껴지는 정서, 독자가 경험한 시적 체험의 여러 가지 면을 그림으로 표현하도록 한다.

### 다) 만화로 표현하기

시를 읽고 상상한 장면과 상황을 몇 컷의 만화로 표현하는 활동이다. 대체로 감상하고 있는 시의 서사성이 강한 경우에는 이야기 줄거리를 중심으로 등장인물의 마음을 표현하거나 독자의 마음을 함께 표현한 여러 컷의 만화를 그리는 경우가 많다. 때로는 독자의 마음을 중심으로 독자의 경험과 시에서 느껴지는 정서를 표현하기도 한다. 시의 내용이 아닌 형식을 중심으로 만화를 그리는 활동도 있다. 여러 개의 연으로 이루어진 시는 각각의 연별로 한 컷씩 장면을 상상하여 표현할 수도 있다. 때로는 독자가 이해하고 상상한 인상적인 부분을 더 자세하게 여러 컷으로 표현할 수도 있다.

한 편의 시를 감상한 후 개인별로 만화를 그리기도 하고, 때에 따라서는 여러 사람이 한 모둠이 되어 협력하여 표현하는 활동을 할 수 있다. 어떠한 경우라도 만화라는 완성된 작품을 창조하는 활동이므로, 독자 자신의 시적 감흥에 대한 스스로의 관찰과 표현 능력이 요구된다.

### 라) 사진으로 표현하기

사진으로 표현하는 활동은 사실 복합매체의 활용이다. 어떠한 자료이든 시적 감흥을 표현하기 위해서 활용될 수 있기 때문이다. 시의 장면이나 독자의 마음을 사진으로 표현하기 위해 다양한 것을 찍을 수 있다. 사물이나 생물, 색종이, 판지, 모래, 자갈, 찰흙 등의 재료를 사용하여 손으로 만든 것, 잡지나 장난감 등 여러 가지로 시적 체험을 드러내는 장면을 만들어서 찍을 수 있다.

독자 자신의 시적 체험과 닮은 여러 가지 실제 삶의 장면을 사진으로 찍어서 표현할 수 있다. 가까운 사람의 얼굴이나 모습, 슬프거나 기쁜 마음, 감사와 신기한 마음, 우정과 사랑 등을 표현하는 다양한 삶의 장면을 사진에 담을 수 있다.

사진으로 찍기가 어렵다면, 인터넷에 있는 다양한 사진 이미지를 활용할 수 있다. 자신의 시 감상에 어울리는 사진 이미지를 내려받아서 시와 사진으로 꾸미는 활동이다. 자신의 감상을 다른 이에게 발표할 때 왜 이런 이미지를 활용하였는지 설명하도록 격려한다.

### 마) 시그림책 만들기

시를 감상하고 난 후 시적 체험을 여러 장면에 담아 그림책으로 만드는 활동이다. 실제로 출간된 여러 시 그림책의 모형을 살펴보고, 독자 자신의 시 감상을 그림책의 형태로 구성한다. 시와 시에 대한 감상을 몇 개의 그림으로 표현할지 그림책의 면을 어떻게 구성하고 어떤 글과 그림을 제작할지 토의하면서 개인별 혹은 모둠별로 함께 시 그림책을 만들고 소개하며 토의하는 활동을 할 수 있다.

## 3. 시 감상 평가

### 가. 시 감상 평가의 목표와 내용

문학교육의 목표에 비추어 시 감상 교육의 목표는 변환하면 시에 대한 지식 및 수용과 생산 활동을 통해 삶에 대한 총체적 이해 및 심미적 정서를 함양하는 것이다. 시 감상 평가의 목표는 학습자의 시 감상 활동을 통한 삶에 대한 총체적 이해 정도 및 심미적 정서 함양의 정도를 파악하는 것으로 설정할 수 있다. 이를 위해서 각 시 단원별 교육과정 성취기준의 성취 정도로 그 능력을 평가할 수 있겠으나 그 내용은 그리 간단하지 않다.

시 감상 능력은 단순한 지식의 이해 능력과 다르다. 시 감상 능력을 무엇으로 보느냐에 따라서 평가 결과는 달라질 수밖에 없다. 사실 그동안 관행처럼 시행되어온 시에 대한 지식 및 기능 위주의 객관식 평가는 시 감상 능력을 제대로 평가하지 못한다는 지적이 많다. 단순한 문학 지식의 기억을 문학 능력으로 보아서는 곤란하기 때문이다. 오히려 시 감상 능력은 시를 통한 '미적 감수성의 세련과 인간 삶의 총체성을 문학의 방식으로 이해하고 내면화할 수 있는 능력(김창원, 2011:260)이기 때문에 다분히 시적 체험의 양과 질에 대한 평가에 초점을 맞추어야 한다.

문학 영역 평가에서는 지식이나 분절적 기능 위주의 객관식 평가가 지양되고 '문학 체험' 혹은 '문학 경험'을 평가 내용으로 보아야 한다는 점은 어느 정도 학계의 일치된 합의를 이루고 있는 부분이다. 이에 대한 김창원(2011)의 견해를 인용하면 다음과 같다.

> 지식 · 수행(기능) · 태도와 함께 경험을 문학 교육의 기본 영역으로 설정한 김대행(2002)의 주장, 문학 능력은 체험 속에서 길러진다는 견해(우한용 2009:30), 나아가 문학 행위 자체를 경험

으로 보는 입장 등에서 얼마든지 끌어올 수 있다.…(중략)… 문학 교육에서 경험 요소에 주목해야 하는 이유는 20세기 후반의 문학 교육을 지배한 지식중심주의와 (순수)문학주의, 의사소통 기능적 접근이 지니는 한계를 경험 요소로 보완할 수 있기 때문이다. 지식과 경험의 전일성, 심미 체험을 통한 정서의 고양, 언어 활동과 문학의 통합 등이 바탕이 될 때 문학 교육의 총체성을 확보할 수 있다. 교육을 개인의 능력이나 사회적 요구와 같은 기능적 관점이 아니라 생태적이고 상생적(相生的)인 관점에서 바라보고자 하는 시도(최현섭, 1994; 박인기, 2003)도 문학 경험에 대한 관심을 촉구한다(김창원, 2011:273~274).

그렇다면 시적 경험은 무엇이고 문학 경험 혹은 시적 체험을 평가의 내용으로 한다는 것은 무엇을 의미하는가? 학습자의 문학 경험 혹은 문학 체험이란 학습자가 문학 텍스트를 수용하거나 생산하면서 겪는 인지적 · 정서적 · 심미적 경험의 총체를 의미한다. 문학 체험을 평가 내용으로 한다는 것은 학습자가 문학 텍스트와 상호작용하면서 겪는 인지적 · 정서적 · 심미적 체험의 양과 질을 평가한다는 의미이다. 그리고 문학 경험의 요소들이 총체적으로 혹은 위계적으로 문학 교육 내용으로 제시되고 그에 따라 평가가 이루어져야 함을 의미한다.

### 나. 시 감상 평가의 방법

일반적으로 문학 교육 평가의 지향점(구인환 외 :2007, 300)은 첫째, 한 개인에게 내재되어 있는 잠재 가능성으로서 문학 수용 및 생산 역량, 개발될 수 있는 문학적 감수성, 문학에 대한 태도, 사물과 세계에 대한 문학적 인식의 습관 등을 현실적 지식 요소보다 더욱 중시하는 평가관에 입각해야 한다. 둘째, 문학교육의 평가에서 평가의 자료와 대상 평가에 투입되는 시간 개념 등을 가급적 확대하여 보도록 해야 한다. 셋째, 평가의 과정이 계속적이고 종합적인 것이 되어야 한다.

여기서는 이러한 지향점에 바탕을 둔 시 감상 평가의 개괄적인 방향을 몇 가지로 정리한다. 첫째, 시 감상 영역의 평가는 교수 · 학습의 맥락 속에서 평가 및 피드백이 이루어지는 것이 실제적이고 효율적이다. 학습자의 시적 체험이 이루어지는 교수 · 학습 상황에서의 활동 과정 및 결과물을 평가하는 것이 바람직하다. 이는 수업이 곧 평가 과정이고 피드백 과정이 된다는 점에서 학습자 개개인에게 실질적인 도움을 줄 수 있는 평가가 될 수 있다. 그렇지만 자칫 차시 단위의 수업 내에서 지나치게 미시적 지식이나 기능에만 초점을 두어서는 곤란하다. 그러한 지식이나 기능이 문학을 해석하고 향유하고 내면화하는 데에 기여하는 정도를 함께 평가하는 것이 필요하다.

둘째, 시 감상의 평가는 지속적이고 종합적인 경험을 평가하는 것이 바람직하다. 시 감상 경험에 대한 태도나 내면화의 정도는 한순간의 평가로 판단해 내기는 어렵다. 비교적 긴 시간 속에서 시를 향유하며 스스로의 삶으로 내면화하는 과정을 평가하는 것이 바람직하다. 이를 위해서는 문학 감상 포트폴리오, 반응 일지 쓰기 등의 방법이 활용될 수 있다.

셋째, 시 감상의 평가는 학습자의 시에 대한 지식이나 미시적 기능보다도 시에 대한 태도 및 문학 환경 등 정의적인 면과 시적 체험의 내면화 및 생활화 등을 더 중요하게 고려하여야 한다. 시적체험의 내면화나 생활화의 정도에 대한 평가는 단순히 수업 시간 내에만 판단하기 어려운 면이다. 교수 · 학습과 일상생활을 연계하여 활동하는 과정과 결과를 평가할 필요가 있다. 이를 위해서는 평가의 주체를 다양화할 필요가 있다. 특히 학습자 스스로 자신의 시적 경험이나 능력을 평가할 수 있는 다양한 방법을 활용할 필요가 있다. 문학의 내면화나 생활화의 정도를 평가할 수 있는 체크리스트 등을 활용하여 스스로 문학 경험 및 능력을 점검할 수 있도록 할 필요가 있다.

2015개정 국어과 교육과정에서는 학년군별 성취기준과 함께 평가 방법 및 유의점도 제시하고 있다.

**<표 7-3> 2015개정 교육과정 국어과 문학 영역 평가 방법 및 유의점**

| 학년군 | 평가 방법 및 유의점 |
|---|---|
| 1-2 | ① 허용적인 분위기 속에서 시나 노래, 이야기를 감상하고, 느낀 점과 생각을 자유롭게 표현하도록 하고 이를 관찰하여 평가한다.<br>② 시나 노래, 이야기를 교과 외 시간에도 흥미를 갖고 즐겨 접하도록 독려하고 이를 누적적으로 기록하여 평가한다.<br>③ 작품에 대한 학습자의 반응에 대해 옳고 그름을 평가하기보다는 다른 학습자들과 반응을 공유하는 과정을 통해 자신의 생각과 느낌을 스스로 점검해 보는 기회를 제공한다. |

| | |
|---|---|
| **3-4** | ① 인물, 사건, 배경을 통해 작품 이해하기에 대한 평가는 작품을 읽고 난 후 느낀 점이나 생각을 학습자끼리 공유하는 과정에서 이들 요소를 중심으로 작품을 이해하고 있는지 자연스럽게 확인하도록 한다.<br>② 문학적 지식을 단편적으로 확인하기보다는 작품을 감상하는 가운데 문학 지식을 적절하게 활용할 수 있는지를 평가하는 데 중점을 둔다.<br>③ 교수 · 학습에서 다룬 지식이나 내용을 직접적으로 확인하기보다는 작품을 감상한 결과를 다양한 방법으로 표현하는 과정에 중점을 두어 평가한다.<br>④ 교과서에 수록된 작품에 국한하지 않고 학습 주제와 연관된 다양한 작품을 적절하게 활용하여 평가한다.<br>⑤ 독후 활동으로서 생각과 느낌을 표현하는 능력을 평가할 때에는, 작품에 대한 수렴적인 이해보다는 발산적인 감상 능력에 중점을 두도록 한다. |
| **5-6** | ① 평가를 위한 별도의 시간을 할애하거나 활동을 계획하기보다는 수업 및 학교생활에서 학습자의 수행과 태도의 변화 과정을 직접적 · 누적적으로 기록하여 평가한다.<br>② 개념적 지식에 대한 이해는 가급적 배제하고 문학을 즐겨 감상하는 능력에 중점을 두어 평가한다.<br>③ 수업에서 다룬 내용이라고 하더라도 단편적인 정보에 초점을 맞추지 말고 작품 전체에 대해 추론적, 비판적, 창의적 사고를 발휘할 수 있도록 평가 도구를 구성한다.<br>④ 형성 평가에서는 학습 목표에 초점을 맞추더라도 총괄평가에서는 작품에 대한 전체적인 감상 능력과 창작 능력을 측정하도록 한다.<br>⑤ 교과서에 수록된 작품에 국한하지 않고 같은 또래 학습자들의 다양한 작품을 활용하여 평가한다.<br>⑥ 비유적으로 표현하는 능력을 평가할 때에는 참신성과 개성은 물론 공감의 폭을 중요하게 고려한다.<br>⑦ 이야기나 극의 형식으로 표현한 것을 평가할 때에는 완성도보다는 학습자가 즐겁게 참여하고 적극적으로 표현하려는 태도에 관심을 갖는다. |

각 학년군별 문학 영역의 평가 방법 및 유의점은 성취기준의 중점 내용과 밀접하게 관련되는 내용이다. 1~2학년군 성취기준에서 학습자가 문학에 대한 흥미와 관심을 갖도록 하는 것을 강조하고 평가 방법 또한 그에 따라 즐겁게 향유하고 표현하고 소통하는 정도를 평가하도록 하고 있다. 3~4학년 문학 영역의 평가에서 강조하고 있는 것은 문학적 지식을 단편적으로 확인하는 것이 아니라, 여러 가지 문학 활동 속에서 학습자의 문학 지식 및 능력을 평가한다는 점이다. 이를테면 작품을 읽고 느낌이나 생각을 공유하는 과정에서, 감상의 결과를 표현하는 과정에서, 여러 문학 작품에 대한 대화나 활동 과정에서 학습자의 표현을 보며 문학 능력을 평가한다는 점이다. 5~6학년군 평가 방법 및 유의점에서도 평가를 위한 별도의 상황을

마련하기보다는 자연스러운 교수-학습 상황에서 평가가 이루어지는 것을 권장하고 있다. 특히 개념적 지식보다는 문학 활동에 적극적으로 참여하고 창의적 사고를 발휘하도록 하여 문학 능력을 측정하여야 함을 강조한다.

이상의 논의에 따르면 시 감상 교육의 평가는 다양한 감상 활동에의 참여 태도, 토의 및 대화의 내용, 활동 결과물 등을 바탕으로 교사의 관찰과 학습자의 자기 평가, 포트폴리오 방법 등을 활용하는 것이 알맞다. 무엇보다 시적 지식에 대한 평가보다는 시를 즐기며 시 감상 활동에 참여하는 적극적 태도를 높이 평가한다. 그와 더불어 교과서 수록 작품 외에도 다양한 시를 활용하여 즐겁게 향유하는 태도를 중심으로 평가한다.

## 다. 시 감상 평가 활동 사례

### 1) 시 감상 독후감 쓰기

■ 평가 준거

- 시의 장면을 잘 파악하고 즐겁게 상상하였는가?
- 시의 인상적인 면을 향유하며 자신의 정서를 표현하였는가?
- 시의 감상에서 자신의 삶 속 경험과 연관 지어 바라보는가?

■ 평가 방법

- 시를 읽고 감상하는 과정에 즐겁게 참여하는지 관찰한다.
- 시 감상 독후감을 작성하게 하되 개인적 삶과 정서를 표현할 수 있도록 허용적 분위기를 만든다.
- 시적 경험을 내면화하고 자신의 삶과 관련지어 해석하고 적용할 수 있도록 안내한다.

### 2) 시 감상 포트폴리오

■ 평가 관점

- 시 감상에 얼마나 흥미와 열정을 가지고 참여하였는가?
- 시를 읽고 자신의 생각이나 느낌을 잘 표현하였는가?
- 시를 읽고 자신의 경험을 확장하여 창의적인 표현 활동을 하였는가?

■ 평가 방법

- 일정한 기간을 정해 시 감상 교수 · 학습 활동 결과물을 포트폴리오로 정리하게 한다.
- 포트폴리오 제작 시 주요한 활동 계획이나 정리의 주안점을 스스로 설계하도록 미리 평가 관점을 제시한다. 혹은 교사와 함께 설계할 수도 있다.
- 일정한 기간(4주에서 8주) 지난 후에 결과물을 소개하고 자신의 시 감상 활동에 대해 반성하도록 한다.
- 교사 평가, 동료 평가, 자기 평가를 모두 활용할 수 있다.

## 확장 및 응용

1. 초등 시 감상 교수-학습에서 활용되는 활동들을 직접 체험해보고 장단점을 말해봅시다.

2. 초등 시 감상 활동을 적용하여 한 편의 시를 감상하도록 교수-학습 활동을 설계해봅시다.

3. 초등 시 감상에서 태도를 평가하는 다양한 사례를 찾아보고, 실제적 시 감상 평가의 방법을 구안해봅시다.

# 8장
# 시 창작교육, 어떻게 할까

시는
신(神)의 말이다.
- 투르게네프 -

이 장에서는 시 창작을 위한 교수-학습과 평가 방법을 다루고자 한다. 문학작품을 창작하는 사람들을 작가라고 하지만, 시를 전문적으로 창작하는 사람들은 특별히 시인이라고 부른다. 시인은 인간의 삶과 세상의 이치를 압축된 언어로 그려나가는 시인의 능력은 동서고금을 막론하고 존경을 받을만한 놀라운 능력이었다. 시의 내용과 형식은 다양하게 변주되고 있지만, 세계를 모방하고 재현하며, 새롭게 발견하고 결합하는 시인의 상상력은 교육적인 대상으로서 가치가 높다.

초등학교에서 이루어지는 시 창작 교육은 시 창작을 위한 입문교육이다. 따라서 본격적인 시를 쓰는 활동에 앞서 시적 상상력을 증진시키는 방향으로 진행되어야 한다. 시적인 표현을 창작하기에 앞서, 무엇인가 보고, 듣고, 만지고, 냄새 맡고, 맛보면서 섬세하고 예민하게 감각하는 활동이 중요하다. 이를 통해 대상을 깊이있게 사유하는 힘을 길러주는 일이 초등 시 창작 교육의 본질이라고 할 수 있다. 따라서 시 창작을 위한 교수-학습 모형과 교수-학습 활동 및 평가는 학생들의 다양한 체험을 이끌 수 있는 내용으로 제시하였다.

## 1. 시 창작 수업의 원리

### 가. 시 즐기며 알아가기

시를 감상하거나 창작하거나 어떤 교육을 하더라도 시를 즐기도록 하는 것이 우선이다. 시를 이해한다는 것은 바로 시를 즐긴다는 말로 바뀌어야 한다. 시 장르의 특성이나 효용을 '말'로 설명하고 지식으로 아는 것이 아니라, 실제로 시가 주는 즐거움, 시를 읽는 즐거움, 시를 쓰는 즐거움 속에서 체득하도록 하는 것이 중요하다.

이를 위해서는 어린이가 즐거워할 만한 좋은 시를 다양한 경로를 통하여 읽고 느낌을 표현할 기회를 줄 필요가 있다. 시를 많이 읽고 즐거움을 느껴보는 것은 가장 좋은 시 창작교육이다. 또 좋은 시를 창작한 기쁨은 시 감상 교육의 밑거름이다. 시 감상과 창작은 구별되는 두 가지 교육이 아니라 하나의 삶이다. 또 시를 즐기기 위해서는 다양한 삶의 맥락에 처한 개개인의 삶을 비추어볼 수 있는 적합한 시를 읽을 수 있는 자유로움을 전제로 한다.

시의 즐거움을 배가하는 것은 같은 시를 읽은 사람들끼리 상상하거나 느낀 것을 다양한 방법으로 표현하고 대화하며 소통할 기회이다. 같은 시를 읽은 이들과 서로 비슷하거나 다르기도 한 느낌과 생각을 공유하고 이해하는 소통의 즐거움을 느끼도록 해야 한다. 이는 시의 즐거움을 크게 할 뿐만 아니라 시를 즐기는 방법을 다양화한다.

### 나. 시 경험하며 알아가기

시를 읽는 것이 삶의 경험이고 시를 쓰는 것도 삶의 경험이다. 경험은 지식으로 이해하고 축적하는 것이 아니다. 시를 경험하지 않고 알아가는 것은 시를 언어로만 기억하거나 분절적 지식으로 이해하는 일이다. 시는 몸과 마음으로, 감각과 이성과 영성으로 온전히 느끼고 헤아리며 성찰할 것을 요구한다. 같은 시라도 독자가 누구냐에 따라서 그 시를 읽는 경험은 다르다. 같은 곳을 여행하더라도 누가 여행하느냐에 따라 그 경험의 질과 깊이가 다른 것처럼. 시는 경험하며 알아가게 되고 시를 통해 경험을 표현하게 된다. 시의 독자, 혹은 시인의 경험은 다른 이들과 소통하면서 질적으로 깊이를 갖게 된다. 이후에 또 다른 시를 경험할 때 그 경험의 깊이를 더해갈 수 있게 된다. 이를 위해 시를 소리와 리듬으로 감각하고, 시의 그림을 상상하고, 시에 담긴 새로운 생각이나 눈빛을 느끼며, 시를 보고 있는 자기 자신의 마음을 들여다보는 등의 섬세한 통찰이 필요하다.

### 다. 시로 표현하고픈 욕구 충족하기

시를 많이 읽고 그 즐거움을 알게 되면 자연스럽게 시를 쓰고 싶은 욕구가 생긴다. 이때의 시 창작은 감동이나 마음을 시로 표현하지 않으면 불편을 느끼게 되기에 '실존적 목적의 시 쓰기'이다. 아동의 시 창작 지도는 즐거움과 경험을 통한 실존적 목적의 시 쓰기로 이루어져야 한다.

교사는 시 창작 행위를 지고한 예술적 신비성이나 전문성의 영역 안에 가두지 말아야 한다. 상상력을 동원한 형상화로써 시 창작은 다른 문학 장르와 연계성을 가지며 유연하게 지도되어야 한다. 어떤 감동이라도 시로 표현할 수 있으며, 시의 감동은 다른 장르로 표현될 수 있어야 한다. 또한, 완성되지 않은 창작일지라도 새로운 시각, 표현력, 비유능력 등은 모두 창작의 범주에 포괄하여야 한다. 창작 교사는 결과만이 아니라 창작 주체와 창작 결과를 모두 인식하고 주목해야 한다.

## 2. 시 창작 교수-학습의 과정

시 창작 과정은 자기 생각이나 느낌을 표현하는 글쓰기이다. 시는 순간에 떠오른 단상이나 느낌을 적기에 좋은 짧은 형식으로 구성된다. 전문 시인들에게 시적 형식은 매우 중요한 창작의 준거가 되지만, 본질적으로 글쓴이의 진성성과 자유로운 상상을 표현한다는 데 있다. 초등학교의 시 창작 교실에서도 이러한 표현의 자유를 만끽하는 자유를 누릴 수 있는 기회를 주는데 주력해야 한다.

시 창작 지도를 접근하는 방식은 시제(詩題)를 하나 주고 한 편의 시를 쓰도록 하는 과거시험 형식이나 백일장식을 선택할 수도 있다. 그러나 교실에서 여러 학생과 함께 시를 창작하는 활동은 학생 개인의 글쓰기 활동이 아니다. 시를 창작하는 과정을 교수-학습적으로 변용하여 과정적으로 접근할 필요가 있다. 시상을 떠올리고 그것을 시로 완성해 가는 과정은 역동적인 의미 구성 행위로서 순환적이다. 무엇인가 체험하면서 글이 떠오르기도 하고, 친구나 한 말에서 멋진 표현이 만들어지기도 한다. 또한, 동료들과 함께 읽으면서 퇴고하여 더 좋은 시를 창작할 수도 있다. 따라서 시 창작 교수-학습 과정을 시적 대상을 만나는 체험으로부터 시를 출판하여 소통하는 과정으로 제시하였다.

## 가. 체험하기(만나기): 시적 대상, 객관적 상관물

시 창작을 위해서는 글감이 되는 대상이나 사건을 떠올려야 한다. 체험하기는 시 창작을 준비하는 단계에서 학생들의 배경지식을 활성화하여 다양한 쓸거리를 떠올리는 활동이다. 여기서 말하는 체험이란 직접적인 체험만을 의미하지 않는다. 책을 읽는다든가, 영화나 애니메이션, 동영상을 본 소감이나 다른 사람의 이야기를 들은 경험도 모두 체험이다. 따라서 직접적인 체험만을 강조하기 보다는 다양한 체험의 층위에 대해 사유해 볼 수 있는 기회를 주는 것이 중요하다.

### 1) 감각적 만남

대상을 감각적으로 만난다는 의미는 대상에 대한 이미지를 갖는 것이다. 흔히 이미지를 정신적인 것으로 생각하여, 상상력의 소산으로 보는 시각이 지배적이다. 그러나 이미지는 상상력의 소산이라기보다는 신체를 통한 감각의 소산이다(권혁웅, 2010: 528~560). 신체를 통하여 각인된 감각은 통합적으로 인식된다. 다만 개별 신체가 다르기 때문에 추상적인 관념으로 환원되지 않는 독자적인 것이다. 따라서 학습자에게 신체적인 감각을 예민하게 자극하여, 감각하는 힘을 길러주는 과정이 바로 감각적 만남이라고 할 수 있다.

학습자에게 대상에 대한 감각적 만남을 제시하기 위해서는 기본적으로 시각, 청각, 미각, 후각, 촉각의 오감을 활용한 체험을 제공할 필요가 있다. 이 때 다양한 대상을 활용할 수 있는데, 가능하면 직접적인 체험의 기회를 갖도록 하는 것이 좋다. 정완영의 <봄 오는 소리>를 활용하여 시인 혹은 시적 화자의 체험을 온몸으로 느껴보는 활동도 가능하다.

별빛도 소곤소곤
상추씨도 소곤소곤

물오른 살구나무
꽃가지도 소곤소곤

밤새 내
내 귀가 가려워
잠이 오지 않습니다. - 정완영, <봄 오는 소리>

정완영의 <봄 오는 소리>를 활용하여 시인 혹은 시적 화자의 체험을 온몸으로 느껴보는 활동도 가능하다. <봄 오는 소리>에서는 별빛, 상추씨, 살구나무 꽃가지 등이 등장한다. 별빛이나 상추씨, 살구나무 꽃가지는 소리를 낼 수 있는 대상이 아니다. 하지만 시인은 그들이 내는 '소곤소곤'하는 소리에 귀가 가려워 잠이 오지 않는다고 말한다. 이들이 내는 소리가 시끌벅적하고 요란한 소리였다면 '귀가 가려워' 잠이 오지 않는다고 표현하지는 않았을 것이다. 아마도 작게 속삭이듯 말하는 소리 때문에 귀가 가려워진 듯하다. 이 시의 감상을 위해서 별빛을 한참 동안 보고 오게 하거나, 작은 상추씨를 교실에서 보여주고 만져 볼 수도 있다. 운동장이나 가까운 뒷산에 가서 살구나무의 가지를 만져보고 올 수도 있다.

이러한 체험을 한 후, 말할 수 없는 대상들에게 '소곤소곤'이라는 표현을 붙일 수 있었던 의미를 생각해 볼 수 있다. <봄 오는 소리>의 시적 화자는 누구보다 예민한 귀를 가진 사람이다. 봄이 아주 조심스럽게 우리 곁으로 오는 모습, 나른하게 귀를 간지럽히듯이 우리 곁에 오는 것을 '소곤소곤'이라고 표현했다. 누구나 쓰는 일상적인 말로 소리없이 찾아오는 봄의 변화를 탁월하게 표현했음을 학생들이 인식한다면, 시를 사람에게 감각이 얼마나 중요한 것인지 이해할 수 있을 것이다. 이와 같이 감각적 만남에서는 대상에 대한 체험 뿐만 아니라 그것을 시적으로 표현한 시도 함께 다루는 것이 좋다.

### 2) 관계적 만남

시적 대상에게 '관계적 만남'은 대상과의 관계를 생각해 보는 것이다. 그 대상이 사물이어도 좋고 사람이도 좋고 개념이나 관념이어도 좋다. 대상과 나와의 관계가 긍정적인지, 부정적인지, 느낌은 어떠한지, 무엇을 바라는지 등을 생각해 본다. 이는 자신이 특별히 좋아하는 대상이나 거북스러운 대상을 떠올려 보면 쉽게 떠올릴 수 있다.

'관계적 만남'은 표현하려고 하는 대상과 창작자와의 '거리', 대상과 대상 간의 '거리'를 인식하는 것이다. 김개미의 '병원에서'를 보며, 관계적 만남이 시에 드러나는 양상을 살펴보자.

어떤 아이가
한쪽 얼굴에 붕대를 감고 있었다.
얼굴이 불룩하도록.

수술을 했나?
많이 다쳤나?
궁금함도 잠시
걱정도 잠시.

그 아이 무릎에 있는
인형을 보고 말았다.
마트에 갈 때마다
멈춰 서서 한참 바라보던 인형이
그 아이 무릎에 앉아 있었다.

나도 다쳐 볼까?

많이는 말고
얼굴은 말고.
다리나 팔 같은 데
잘 안 보이는 데.

이런 생각을 하는 내가 무서워서

오줌도 안 마려운데 화장실에 갔다. - 김개미, <병원에서>

김개미의 '병원에서'의 화자는 인형을 좋아하는 아이이다. 이 아이는 병원에서 얼굴을 다친 아이를 우연히 보게 된다. 얼굴에 붕대를 감은 아이를 보면서 어딜 다친것인지, 많이 아픈 것인지 동정심과 연민이 일어났다. 그런데 다친 아이의 무릎 위에 있는 인형을 보자, 아이의 생각은 인형으로 빨려 들어가며, 다친 아이에 대한 부러움으로 바뀐다. 그러나 곧 그런 생각을 하는 자신이 무서워서 화장실로 몸을 숨겼다. 아마 다친 아이에 대한 겸연쩍음도 아이의 발걸음을 화장실로 옮기게 했을 것이다.

이 시에는 '다친 아이-나', '아이의 인형-나', '마트의 인형-나'라는 관계들이 등장한다. 이는 시적 화자인 나를 중심으로 이루어진 대상과의 관계들이다. 먼저 다친 아이와 나의 거리는 걱정과 연민으로 가까워지는 것 같았다. 그러나 인형을 가지고 있는 자와 가지지 못한 자로 다시 멀어진다. 왜냐하면, 다친 아이가 가진 인형은 마트에서 바라보기만 했던 그 인형이었기 때문이다. 따라서 시적 상황에서 대상과의 관계는 다음과 같이 가깝고 먼 사이로 표현할 수 있다. '다친 아이-다친 아이를 걱정하는 나'는 가까운 거리로, '다친 아이의 인형-마트의 인형'은 같은 제품을 가리키므로 거리가 거의 없다. 반면, '인형을 가진 다친 아이-인형이 없는 나'는 매우 먼 거리로 설명할 수 있다. 이렇게 대상을 인식할 때 어떤 지점에서는 매우 가깝게 표현할 수도 있지만, 또 어떤 지점에서는 멀게도 표현할 수 있다. 이렇게 대상과 대상, 시인과 대상의 거리를 떠올리며 인식하는 것을 관계적 만남이라고 할 수 있다.

### 3) 성찰적 만남 —자기 표현

앞서 살펴본 감각적 만남과 관계적 만남은 일상생활에서 마주친 대상들을 상상하여 표현하는 것이라면, 성찰적 만남은 창작자가 자기 자신에 대한 생각이나 느낌을 표현하는 것이다. 사람들은 자기 자신을 관찰하는 기회를 쉽게 얻지 못한다. 타인에 대해 평가하고 판단하는 경우는 많지만, 자기 자신의 행동이나 느낌에 대해 메타적으로 살피는 데 익숙하지 않은 것이다.

성찰적 만남은 자기 자신을 대상으로 삼아 감각적이거나 관계적으로 인식하는 것이다. 나의 가치관이나 모습이나 관념에 대한 평가 등 다양한 부분에서 이루어질 수 있다. 다음은 자신의 변화를 적은 동시이다.

혼자서도 버스 타기도
겁나지 않는다. 이제는.

표시 번호 잘 보고 타고
선 다음에 차례대로 내리고
서두르지 않으면 된다.
그까짓 것.

밤 골목길
혼자서 가도
무섭지 않다, 이제는.

사람은 죄다 나쁜 건 아니다.
꾐에 빠지지 않고,
정신 똑바로 차리면 된다.
그까짓 것.

사나운 개 내달아
컹컹 짖어대도
무서울 것 없다, 이제는.

마주 보지 말고,
뛰지 말고,
천천히 걸으면 된다.
그까짓 것.

선생님이 가르쳐 주신 대로
어머니 아버지가 이르신 대로
그대로만 하면된다, 모든 일.

자랑스런 열두 살.
자신있는 열두 살. - 어효선, <그까짓 것>

어효선의 '그까짓 것'은 12살이 된 자신의 모습을 표현하고 있다. 과거의 자신과 다른 것들을 구체적으로 설명하면서 '이제는', '그까짓 것'을 반복해서 표현하고 있다. 이렇게 나에 대해서 말해야 할 때에는 자연스럽게 '성찰적 만남'이 이루어진다.

### 나. 떠올리고 상상하기

학습자가 겪은 모든 일은 시적 대상이 될 수 있다. 개인의 삶은 단위 사건들의 축적으로 이루어진다. 단위 사건은 체험 주체의 의식적 주목이 없으면 흩어져 사라져 버리는 즉 의미 없는 사건으로 환원돼 버릴 수 있다. 사건에 대한 느낌이나 감정은 휘발성이 커서, 쉽게 잊혀지만, 당시 후각이나 미각, 촉각 등 감각적으로 체험된 사건은 감각적으로 소환될 수 있다.

하나의 사건은 여러 사건들과 면밀히 관계되어 있기 마련이다. 예를 들어 '가족'에 관해 어떠한 정서를 형성하고 있는 학습자의 경우 그 정서를 형성해온 과정에서 긍정적인 경험과 부정적 경험 혹은 중립적 경험 모두가 통일되어 형성하고 있는 정서가 된다. 이처럼 '떠올리기'는 통시적 체험 중심의 시 창작 교수·학습 장면에서 창작 주체인 학습자로 하여금 여러 경험들을 떠올리게 한 뒤 그 중에 자신에게 의미 있는 기억을 선택하게 하는 과정이다.

떠올리고 상상하기 과정에서는 짝과의 대화를 적극적으로 활용하는 것이 좋다. 자신에게 일어났던 일을 자연스러운 일상대화처럼 나누다 보면, 당시의 생각이나 느낌이 자연스럽게 올라올 때가 많다. 짝의 경험을 듣는 것도 도움이 된다. 다른 사람에게 일어난 일을 들으며, 타인의 감정에 이입할 수 있고, 장면을 상상할 수도 있다. 자신이 겪은 사건은 결국 '나' 또는 '타인'과의 문제로 환원된다. 결국 '사건'에 대한 '나'의 해석이고 사건은 '내'가 겪거나 '나'에게 의미 있는 사건이기 때문이다. 그렇다면 '반추' 과정에서는 '나'의 감정과 사고에 대해 '사실적'으로 바라보는 것이 필요하다. 즉 '사실적' 사고력이 이때 힘을 발휘하는 것이고 그 사고력을 정교하게 하는 과정이 이루어져야 그 다음 과정인 반성적 사고로 연결될 수 있는 것이다. 이런 경험이 자연스럽게 시의 내용이 될 수 있다.

### 다. 표현하기

시로 표현하는 과정은 학습자의 시적 체험을 작품으로서 객관화 하는 것이다. 시적 체험 중심 시 창작 교육에서의 표현 단계는 그 동안의 시적 체험 과정을 통해 질서화한 인지, 정서, 공감의 내용을 외적으로 형상화 하는 단계이다. 이때 외적 형상화는 '소통' 이라는 의미에서의 중요성을 지닌다.

여기서 우리는 '표현'을 좀 더 엄밀하게 규정할 필요가 있다. 일반적으로 '표현'이란 "생각이나 느낌 따위를 언어나 몸짓 따위의 형상으로 드러내어 나타냄"으로 정의할 수 있다. 그러나 문학에서의 개념은 다르다. 이 때의 '표현'이란, "사물이나 정신의 내적인 본질을 객관화하여 드러내는 것"으로, "주관적 감정을 객관화하는 표출(Ausdruck)과 내적 표상이 지각되는 형태를 통일적인 형식 법칙을 가진 작품으로 나타내는 묘사(Darstellung)라는 두 가지 계기가 포함된다."(국학자료원, 2006) '생각' 이나 '느낌'을 언어로 드러내는 사전적 의미의 소극적인 '표현'과는 달리, 문학에 있어서의 그것은 창작자의 내면을 적극적으로 표출하거나 묘사하는 행위라는 것이다. '표현'으로서의 글쓰기에서 중요한 것은 그 대상과 그것이 외화되는 언어의 표출방식이다. '대상' 이라 함은 글쓴이가 독자에게 제시하는 '세계'이고, '표출방식'은 그 세계를 이미지화하는 언어적 형식이다. 결국 시 창작 교육의 성패는 학습자로 하여금 무엇(대상)을 담아내며, 또한 어떤 방법으로 언어화할 것인가에 달려 있다 해도 과언이 아니다.

표현을 통한 소통이란 자기 자신과 타인 모두를 대상으로 한다. 소통이 전제하지 않는 작품은 이해되지 않은 형태로 남는 것이고 그것은 자기 자신에게도 그리고 타인에게도 확장적인 영향을 주지 못한다. 이미 시적 체험의 과정이 자기 내면의 질서를 확립하는 과정이었기에 창작 주체인 학습자는 이 시적 체험의 결과물로 인해 그 소통의 결과를 확인하게 된다. 아울러 그 작품은 독자와의 소통을 가능하게 한다. 시적 체험의 과정을 거쳐 창작된 작품은 그 자체로 문학적이기 때문에 하나의 예술 작품으로서의 의의를 느끼는 학습자가 창작의 기쁨과 즐거움을 누릴 수 있는 과정이기도 하다.

시 창작 교육이 학습자에 내재된 예술적 잠재력을 끌어올림과 동시에 학습자의 심미성을 고양시킨다는 목적성은 특이하게도 '자기주도학습'의 함의와 일맥상통하는 부분이 있다. 심미성이란 철저히 개인에게 국한된 것으로, 학습자 스스로의 노력에 따라 개안되기 때문이다.

시 창작 수업에 참여하는 학습자는 다양한 사고를 하게 된다. 첫 번째는 어떤 전략과 정보처리를 사용할 인지를 계획하는 단계(계획)고, 자신의 이해 정도 및 상태를 스스로 체크하는 단계(점검)로 이어지며, 자신의 학습 행동을 교정하고 잘못 이해된 부분을 반성함으로써 추수학습을 향상시키는 단계(조절)로, 마지막에 각각의 단계에서 계속적인 모니터링을 수행하는 전략적 단계(성찰)로 마무리된(주형미 외, 2013)다.

이 과정은 시를 완성해 가는 과정과 유사하다. 우선, 구조의 순환성이다. 계획과 점검, 조절, 성찰의 과정은 끝나면 폐쇄되는 닫힌 구조가 아니라 학습자가 계속해서 반복해야 하는 나선형의 순환구조다. 시 창작 과정도 이와 동일하다. 한 편의 완성된 시로써 끝나는 것이 아니라, 그것은 다른 시를 준비하기 위한 매개 과정이 된다. 둘째, 메타 인지의 네 과정은 시 창작 교육의 일반적인 과정, 곧 도입, 전개, 정리, 평가와 각각의 상동성을 갖는다. 예컨대, 메타인지의 '계획'와 시창작 교육의 '도입'은 전체 이미지의 얼개를 그린다는 점에서 전략을 짜고 정보처리 과정을 상정하는 것이 필수적이다. 또한, 자신의 이해 정도 및 상태를 스스로 체크하는 단계인 '점검'은 학습자의 체험을 떠올려 시적 구조를 만드는 '전개'와 맞물린다. '메타인지'를 '시 창작 교육'의 구조와 연관시키면 [표 8-1]과 같다.

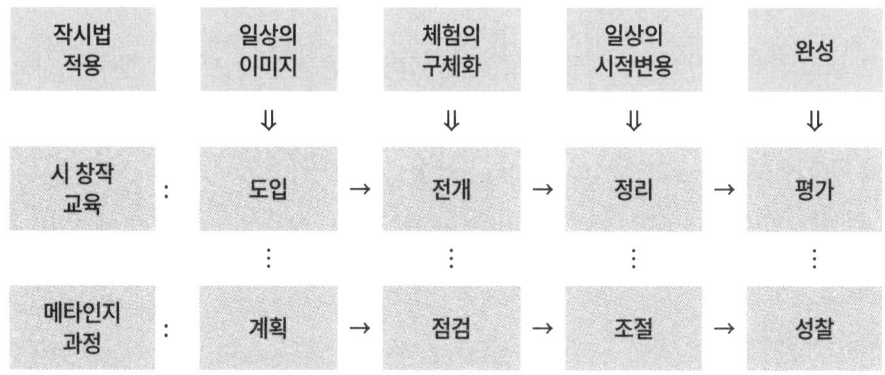


[그림 8-1] 메타인지와 시 창작의 과정

### 라. 출판하기(소통하기)

시 창작 교수-학습의 마무리는 출판하기를 통해 완성된다. 출판하기는 창작한 작품을 여러 사람에게 소개하는 활동이다.

먼저 모둠 안에서 시를 읽고 감상하는 활동을 할 수 있다. 자신이 쓴 시를 친구들에게 낭송해 주고, 친구들의 생각이나 느낌을 나눌 수 있다. 이러한 시 낭송과 감상회는 학급차원이나 학년차원에서도 이루어질 수 있다. 시화를 만들어서 학급에 게시하는 방법도 있다. 손글씨로 또박또박 써 내려간 시와 간단한 그림을 곁들인 시화는 학급의 분위기를 한 층 감성적으로 바꿀 수 있다. 컴퓨터를 활용하여 만든 문서를 게시할 수도 있다. 다양한 어플리케이션을 활용하면 자신이 찍은 사진을 추가할 수 있고, 그림이나 그래픽을 넣을 수도 있다.

최근에는 학급누리집이나 블로그, 학교 누리집 등을 활용하여 작품을 소개하고 함께 읽을 수도 있다. 친구가 쓴 시를 읽고 댓글로 자신의 감상을 쓰게 한다면, 시에 대한 다양한 감상을 나눌 수 있다.

## 3. 시 창작 교수-학습 활동

### 가. 시 읽기를 통한 시 창작 지도

시를 읽고 감상을 한 후 시를 창작하는 활동이다. 마음을 울리는 시를 만나면, 나도 모르게 여러 번 다시 읽고 음미하게 되는 경우가 많다. 이러한 감동을 새로운 시로 표현하면, 기존의 시의 내용과 형식을 빌려 자신의 생각을 표현할 수 있다.

먼저, 원래 있던 시의 내용을 바꾸어 써 보는 활동이다. 제목 바꾸어 쓰기, 어휘 바꾸어 쓰기, 상황 바꾸어 쓰기, 행과 연 순서 바꾸어 쓰기, 응답시 쓰기, 내용 바꾸기, 형식 바꾸기 등을 활용할 수 있다.

**<사례> '소'를 읽고 바꾸어 쓰기**

| | |
|---|---|
| 소<br><br>아무리 배가 고파도<br>느릿느릿 먹는 소.<br>비가 쏟아질 때도<br>느릿느릿 걷는 소.<br><br>기쁜 일이 있어도<br>한참 있다 웃는 소.<br><br>슬픈 일이 있어도<br>한참 있다 우는 소.<br>(2009개정 2-1 읽기 교과서 64쪽) | 소<br><br>아무리 걷고 싶어도<br>가만히 있는 꽃.<br>바람이 불때도<br>가만가만 있는 꽃.<br><br>물을 뿌려 주어도<br>늦게 늦게 방긋 웃는 꽃.<br><br>다른 꽃들이 와도<br>늦게 늦게 웃는 꽃<br>(한OO 학생작품) |

다음으로는 새로운 시어를 첨가하여 시의 의미를 확장하거나 리듬감을 살리거나 분위기를 바꾸어 보는 활동이다. 꾸미는 말 넣어 쓰기, 리듬감 살려 쓰기, 행과 연 추가하기 등을 할 수 있다.

**<사례> '두껍아, 두껍아'를 읽고 바꾸어 쓰기**

| | |
|---|---|
| 두껍아 두껍아,<br>흙집 지어라.<br>헌집은 무너지고<br>새 집은 튼튼하고,<br>토끼가 살아도 따안딴<br>굼벵이가 살아도 따안딴.<br><br>(2009개정 2-1 읽기 교과서, 65쪽) | 두껍아 두껍아<br>헌집을 줄게<br>어서어서 나와라<br>안 나오면 끝이다.<br>그 집 다 팡팡<br>쿵쿵 터진다.<br>우하하 로켓 발사! 땡!<br>집 날아가겠네.<br>새 집 지어라.<br>(권OO 학생 작품 ) |

### 나. 체험 확장을 통한 시 창작지도

체험을 확장하여 시를 창작하는 활동은 일상생활의 경험이나 간접 체험한 일들을 시로 창작하는 활동이다. 먼저 경험 유추 활동은 다양한 일상 경험을 떠올려 시로 완성하는 창작이다. 다양한 일상을 떠올리 때에는 먼저 일기와 같이 자유롭게 생각과 느낌을 적어보도록 한다. 이것을 기본 자료로 하여 더 짧은 글로 써 보거나, 반복적으로 말하고 싶은 어휘들을 찾아 반복적으로 표현하면서 시로 구성할 수 있다. 먼저 대상에 대한 이미지를 마인드맵으로 구성해 보는 것도 좋다. 다음 그림은 손동연의 <풀이래요>를 읽고 시어로 등장한 강아지풀, 도깨비 바늘, 들판 중에서 하나를 선택하여 떠오르는 생각을 적은 내용이다(방승범, 2019).

**<사례> '풀이래요'를 읽고 생각 떠올리기**

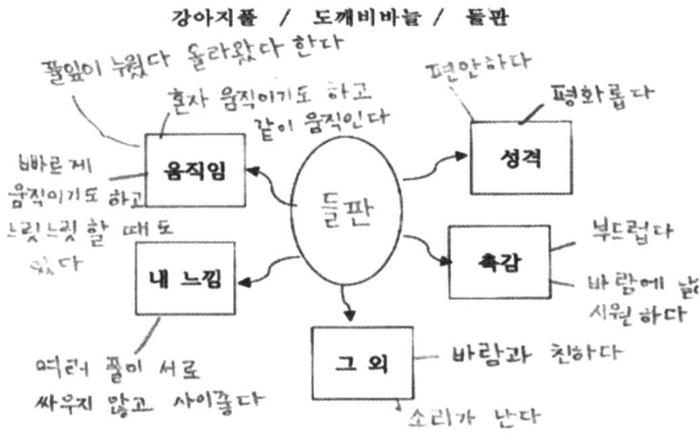


다음으로 읽고, 보고, 듣은 이야기를 바탕으로 시를 창작하는 것이다. 이야기를 읽거나 영화나 드라마를 본 후 주인공의 마음을 상상하거나 장면을 떠올리며 글을 쓸 수 있다. "내가 만약 ~라면"이라고 상상하면, 평소에 가지고 있었던 생각이 확장되면서 다양한 사건을 만들 수 있다. 가장 재미있는 장면을 묘사해 보거나, 인물의 대상을 적어보는 등 자유로운 쓰기 활동을 통해 시를 창작하면 쉽게 접근할 수 있다. 그러나 중요한 것은 이야기의 등장인물이 느꼈을 감정을 가슴 깊이 생각해 보고, 왜 그렇게 생각했을지 혹은 그런 마음을 가졌을지 고민해 보도록 유도하는 것이 좋다.

### 다. 표현 기법의 이해와 적용을 통한 시 창작 지도

초등 문학교육과정에서 표현 기법은 감각적 표현과 비유적 표현이 있다. 감각적 표현이란 사물에 대한 느낌을 생생하게 표현한 것을 말한다. 눈으로 보고, 귀로 듣고, 입으로 맛보고,

코로 냄새를 맡고, 손이나 피부의 감촉을 통해 느꼈던 감정을 표현하는 것이다. 감각적 표현은 이미지를 표현하는 방법을 지도하는 것인데, 주로 3~4학년에서 집중적으로 다루는 시의 속성이다. 비유적 표현을 지도할 때에도 기존의 시를 활용하는 것도 좋다. 예컨대 색깔을 바꾸어 본다든지, 감각을 바꾸어 표현하는 등의 활동이 가능하다.[31)]

**• 색채를 제재로 한 시 쓰기**

**흰색**

흰색은 귀염둥이 토끼
흰색은 엄마 앞치마
흰색은 부서지는 파도
흰색은 치과에서 빼온 웃는 이빨

**노랑색**

노란색은 강아지처럼 달려가는 느낌
노란색은 개학식 날 만난 친구 느낌
노란색은 개나리꽃 활짝 핀 느낌

**• 감각을 제재로 한 시 쓰기**

**팝콘**

팝콘은 크림색 금조각이지요
팝콘은 바삭바삭 오독오독한 맛이지요.
팝콘은 버터 향기 맛이지요
팝콘은 물방울 튕긴 맛이지요.

**얼음**

얼음은 하얀 북극곰의 손바닥이지요.
얼음은 맑고 투명한 보석이지요.
얼음은 입안에 얼얼한 톡 쏘는 맛이지요.
얼음은 맑은 공기 냄새가 나지요.

비유적 표현은 말하고자 하는 것을 그대로 표현하지 않고, 무엇인가에 빗대어 표현하는 것이다. 비유를 하려면 원래 말하고자 하는 대상과 빗대어 표현하고자 하는 대상이 필요하다. 전자를 원관념이라고 하고 후자를 보조관념이라고 한다. 원관념과 보조관념은 유사성이 있어야 한다. 두 사물이 서로 비슷한 점이 있다는 것은 서로 다른 것이라는 점을 전제로 한다. 은유와 직유의 표현에서는 다른 점 가운데 유사성을 찾아내는 감각이 중요하다. 은유는 "내 마음은 호수요"와 같이 'A는 B이다'의 형식이다. 반면 직유는 '~처럼', '~같이'를 사용하여 원관념과 보조관념을 연결한다. 남진원의 <물 빗자루>는 개울물을 물빗자루에 빗대어 표현하고 있다. 박덕희의 <분수>는 분수의 솟구치는 모습을 의인화하여 표현했다(방승범, 2019). 의인법도

31) 김숙자(2011), 『현대아동시창작교육』, 박문사, 150-151.

비유적 표현 중의 하나이다. 무생물을 살아있는 생물로 상상한다든가 동물을 사람으로 혹은 사람을 동물로 빗대어 표현하려고 하면, 다양한 비유적 표현이 생산된다. 학생들에게 두 작품에 활용된 물의 이미지와 표현을 보고 대상에 대한 속성을 파악하도록 유도하여 창작으로 이끌 수 있다.

**물 빗자루**

우리 집 앞쪽으로 흐르는
방터골 작은 개울물

가만히
옆에 앉아 있으면
때 묻었던 마음

한 개
두 개
세 개 ····

물 빗자루로
잘 잘 잘
씻어내린다.

새 길 나듯
마음 길
환해진다.

- 남진원, 〈물빗자루〉

**분수**

손에 손잡고 위로 위로

숨 한번 참고 다시 위로 위로

엉덩방아 찧어도 어깨 부딪혀도

빨주노초파남보 무지개 꽃 피운

한 그루

물나무!

- 박덕희, <분수>

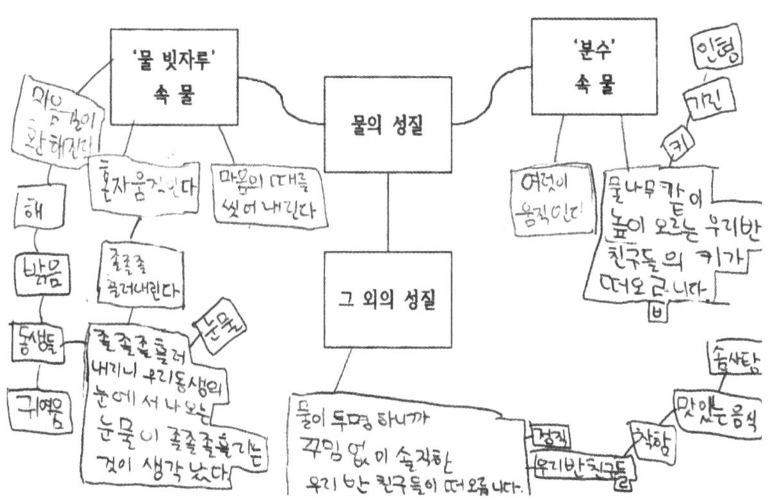


## 4. 시 창작 교수-학습 평가

시 창작 교수-학습에서 이루어지는 평가는 작품의 질을 엄격하게 재단하여 수준별로 제시하기 보다는 시 창작 활동에 참여하는 태도와 표현의 진성성과 참신성을 찾아 칭찬하고 의욕을 붇돋아 주는 방향으로 진행되어야 한다. 학생들에게 자신의 쓴 시가 다른 사람에게 감동을 줄 수 있다는 확신과 믿음을 주는 것이 무엇보다 창작의 의욕을 고취시킬 수 있는 방안이 될 수 있다. 따라서 시 창작 교육의 평가는 다음과 같은 세 가지 사항이 전제되어야 한다. 첫째, 시 창작에 대한 학습자의 두려움을 벗을 수 있도록 해야 하며, 둘째로 자신의 감정을 섬세하게 파악하도록 해야 하고, 셋째로 학습자가 다양한 시어를 선택하고 도전해 볼 수 있는 기회를 주어야 한다.

## 확장 및 응용

1. 시 창작의 원리와 평가의 방향의 공통점을 찾아보자.

2. 남진원의 「물빛자루」나 박덕희의 「분수」을 활용하여 다양한 방법으로 시를 창작하여 발표해 보자.

# 9장
# 시 교육, 외국에서는 어떻게 하나

시는
인류의 모국어이다.
- 허먼 -

이 장에서는 외국의 초등학교에서 이루어지고 있는 시 교육의 특성을 살펴보고자 한다. 세계 여러 나라의 초등교육에서 시는 교수-학습을 위한 다양한 제재로 활용되고 있다. 시가 창작되고 수용되는 맥락은 나라와 문화에 따라 다르다. 따라서 다양한 가치관과 표현방식으로 형상화된다. 그러나 다채로운 사상과 이념이나 문학적인 경향 속에서도 인간이라면 이해 가능한 삶과 정서를 압축된 언어로 그려나가고 있다는 공통점이 있다.

프랑스나 미국은 우리나라 현대시의 모습을 형성하는 데 깊은 영향을 준 나라이다. 미국이나 프랑스 모두 넓은 국토를 자랑하며, 자국 내에서 이루어지는 시 교육의 양상도 다양할 수 있다. 따라서 주로 국가주도의 교육과정에서 명시된 교육 내용을 중심으로 특성을 살펴보고자 하였으며, 구체적인 교수-학습활동은 교과서를 참조하였다. 자국민이 아닌 타자의 시선에서 외국의 교육현장을 보는 일은 섣부른 평가와 판단일 수 있으나, 국내 초등 시 교육 현장에 주는 타산지석으로서 의의를 두고자 한다.

# 1. 미국의 초등 시 교육

## 가. 미국의 초등 시 교육 내용

미국은 주정부의 실정에 따라 다양한 교육정책과 제도를 실행하고 있으며, 사립학교와 공립학교마다 특색있는 학교교육과정을 운영하고 있다. 미국 초등 교육 현장을 단순화하여 이해하는 일은 경계해야 할 일이다. 그러나 연방정부 차원에서 미국 교육의 질을 담보하고자 하는 노력은 지속적으로 진행되어 왔다. 최근 이루어진 미국연방정부 차원의 교육 정책 및 교육과정과 관련하여 미국 초등학교 시 교육의 특성을 살펴보고자 한다.

2000년대 초기부터 미국교육 현장의 현안으로 떠오른 'No Child Left Behind(낙제방지법)' 정책은 미국 초등교육에서 집중적으로 해결해야 할 쟁점을 부각시켰다. 학생들간의 학력 격차가 심각해 지고 있다는 판단하에 뒤처지는 학생들이 없도록 하겠다는 취지이다. 이 과정에서 기초학력에 대한 초등학교의 관심이 높아졌으며, 자연스럽게 '글을 읽고 쓰는 능력'을 갖추기 위한 학교의 자구책이 마련되었다. 그러나 이러한 정책에도 불구하고, 미국학생들은 국제 학력 평가(PISA, Programme for International Student Assessment)에서 아시아뿐만 아니라 유럽국가들에 비하여 현저히 떨어지는 결과를 나았다. 'No Child Left Behind(낙제방지법)' 정책이 학교에서 가르칠 내용이나 수준을 제시하기 보다는 단위학교의 학력 상승에 관심을 가지게 하여 불필요한 경쟁을 불러일으켰다는 부정적인 지적을 받으면서 정책의 효과성을 의심받은 상황이 벌어진 것이다.

이러한 문제점을 해결하고자 2011년부터 등장한 것이 'Common Core State Standards'(CCSS, 공통핵심학력기준)이다. 'Common Core State Standards'(CCSS, 공통핵심학력기준)은 비판적 사고력(Critical Thinking), 창의력(Creativity), 협력(Collaboration), 소통(Communication)을 기본 개념을 삼고, 각 학년에서 반드시 학습해야 하는 기준을 제시하고 있다. CCSS의 시 교육과 관련된 성취기준은 읽기 영역의 '문학(Literature)'로 분리되어 제시된다. 유치원부터 초등학교 5학년까지 6년동안(국내의 초등학교 기간) 배워야 할 성취기준은 핵심아이디어와 세부사항(key ideas and details), 작품과 구조(craft and structure), 지식과 아이디어의 통합(integration of Knowledge and ideas), 제재의 수준과 범위(range of Reading and level of text complexity)로 구분되어 총 10개의 성취기준으로 구성되어 있다. 초등 저학년에서 활용되는 그림책의 경우 시그림책이나 이야기시의 성격을 갖는 도서가 많다. <표 9-1>에서는 문학교육과 관련된 성취기준을 제시하였다.

**<표 9-1> 미국 초등학교 문학 교육 관련 성취기준**

| 학년 | 핵심 아이디어 (key Ideas and details) | | | 지식과 아이디어의 통합 (integration of Knowledge and ideas) | |
|---|---|---|---|---|---|
| 유치원 | 텍스트에서 모르는 단어에 관해 묻고 답한다. | 일반적인 유형의 텍스트(예: 이야기, 시)를 인식한다. | 교사의 안내와 도움을 받아, 이야기의 작가와 삽화가의 이름을 말하고, 각각 역할을 말한다. | 교사의 안내와 도움을 받아, 그림책에 나타난 글과 그림의 관계를 설명한다. | 교사의 안내와 도움을 받아, 친숙한 이야기 에 등장하는 인물의 경험과 모험을 비교·대조한다. |
| 1학년 | 감정을 나타내거나 감각에 호소하는 이야기나 시에서 단어와 구절을 식별할 수 있다. | 이야기책과 정보책의 주요한 차이점을 설명하며, 다양한 종류의 텍스트들을 폭넓게 읽는다. | 텍스트에서 누가 다양한 지점에서 이야기를 하고 있는지 확인한다. | 이야기의 그림이나 내용을 활용하여 인물, 사건, 배경을 설명한다. | 이야기 등장인물의 경험과 모험을 비교·대조한다. |
| 2학년 | 이야기, 시, 노래에서 단어와 구(예: 규칙적인 박자, 자음운, 운율, 반복 대사)가 리듬과 의미를 어떻게 구성하는지 설명한다. | 이야기의 전체적인 구조를 설명하며, 이야기가 어떻게 시작되고 마무리되는지 설명한다. | 인물의 관점이 다름을 알고, 대사를 소리 내어 읽을 때 인물에 알맞은 목소리로 읽을 수 있다. | 인물, 사건, 배경을 이해하고 표현하기 위해서 책이나 디지털 매체에서 그림이나 글 정보를 찾아 활용한다. | 같은 이야기의 다양한 버전을 읽고 비교한다. |
| 3학년 | 비문학적인 언어와 문학적인 언어에 따라서 달라지는 의미를 확인한다. | 장, 장면, 스탠자*를 사용하여 활용하여 텍스트가 성공적으로 구성된 부분을 설명한다. | 서술자나 인물의 관점과 그들 자신의 관점을 구별한다. | 텍스트의 특정 그림이 내용에 어떻게 기여하는지 설명한다. | 같은 작가가 창작한 유사한 인물에 주의하며 이야기의 주제, 배경, 구조를 비교·대조한다. |
| 4학년 | 신화의 주인공(예, 헤라클레스)에서 발견되는 의미를 포함하여 텍스트에서 사용되는 단어나 구의 의미를 확인한다. | 텍스트를 쓰거나 말할 때 시의 구조적 요소(시, 리듬, 박자 등)와 드라마(등장인물, 설정, 설명, 대화, 무대 방향등)를 참조하여. 시, 드라마, 산문의 주요한 차이점을 설명한다. | 1인칭과 3인칭 서술의 차이를 포함하여 서로 다른 이야기가 서술되는 관점을 비교하고 대조한다. | 이야기 혹은 드라마나 영상물 사이의 관계를 이해하고, 각 버전이 반영하는 특별한 묘사 방법을 확인하다. | 유사한 주제나 화제를 이야기, 신화, 다른 문화에서 생산된 고전문학의 사건을 비교·대조한다. |

| 5학년 | 은유나 직유와 같은 비유적 언어를 포함하여, 텍스트에서 사용되는 단어와 구절의 의미를 확인한다. | 이야기, 드라마, 시의 전체적인 구조가 탄생하기 위해 어떤 장(chapter), 장면 또는 스탠자가 조화를 이루는지 설명한다. | 서술자나 화자의 관점이 사건이 묘사되는 방식에 어떤 영향을 미치는지 기술한다. | 시각 및 멀티미디어 요소를 분석하여 의미, 어조, 아름다움에 기여하는 바를 분석한다.(소설, 신화, 시, 그래픽 소설이나 영상물 등) | 같은 장르 안에서 창작된 이야기의 주제나 화제를 비교·대조한다. |
|---|---|---|---|---|---|

*스탠자(Stanza): 4행 이상 각운이 있는 시구

미국의 초등학교에서 이루어지는 문학교육은 기초 문식성 신장을 위한 활동으로 구성된다. 따라서 유치원과 초등학교에서 이루어지는 시교육 역시 단어나 구절을 인식하고 교사의 도움을 받아 읽고 내용을 설명하는 성취기준이 주를 이룬다.

미국의 초등학교 문학교육의 핵심 아이디어(key Ideas and details)는 단어의 의미 발견, 문학 장르별 특성, 화자와 서술자의 세 영역이다. 이 중에서도 단어의 의미 발견에 해당하는 교육활동이 시 작품과 관련이 있다. 그러나 은유나 직유를 활용한 표현뿐만 아니라 서사문학에서도 은유적으로 활용되는 단어나 구를 탐구하도록 하고 있다. 문학 장르별 특성은 작품을 폭넓게 체험하도록 진행되는데, 주로 작품을 형성하는 구조적 요소(리듬, 박자 등)에 대해 강조하고 있다. 마지막으로 화자와 서술자에 대한 학습도 초등학교 1학년부터 시작되는데 실제 작가나 삽화가를 인식하고 이후 고학년으로 갈수록 텍스트 안에 가상적으로 존재하는 화자나 서술자의 개념을 이해하는 방식으로 진행된다.

지식과 아이디어의 통합(integration of Knowledge and ideas) 영역에서는 작품을 감상하거나 창작하는 차원에서 배운 지식을 활용하는 방법을 다룬다. 특히 글과 그림의 상호작용이나 미디어 자료 등 활용하여 아름다움을 창조하는 방법을 제시하고 있다. 또한, 한 작가가 쓴 유사한 캐릭터를 분석하거나 다양한 작품을 비교·대조하는 활동은 국내의 교육현장에 주는 시사점이 크다.

국내 초등 시교육의 내용과 비교하여 보았을 때, 미국 교육과정에 제시된 교육 내용의 수준이 상대적으로 높다는 점도 주목할 만하다. 시 교육의 내용으로 운율과 리듬을 중요시하고 있으며, 초등 저학년부터 이에 대한 학습을 다룬다. 또한 초등학생이지만 장르와 관련된 용어(terms)를 활용하여 작품을 해석하도록 유도하고 있다.

## 나. 미국 초등 시 제재의 특성

미국의 초등학교에는 교과서뿐만 아니라 문식성 수준에 맞는 읽기거리가 풍부 한 편이다. 누구나 쉽게 구해 읽을 수 있는 책을 페이퍼백(paperback)이나 트레이드북(trade books)이라고 하는데, 5불 이내로 저렴하고, 일선 학교에서도 살 수 있다. 19세기부터 서구권에서 유행했던 10센트 소설(dime novels)나 소책자(pamhplet)의 전통이 그대로 학교에 스며든 경우로 보인다. 우리나라에 있었던 문고판 도서(mass-market paperback)를 상상하면 쉽게 이해할 수 있다. 미국의 초등학교 학교도서관에도 이러한 페이퍼백 도서를 다량으로 확보하고 있으며, 교사들도 쉽게 활용할 수 있다. CCSS에서는 교육과정에서 활용할 수 있는 작품 목록을 문학과 비문학(정보책)으로 나누어 제시하고 있다. 다음은 초등학교 과정에 제시된 문학작품 목록이다.

<표 9-2> 미국 초등학교 문학 작품 제재 예시 목록

| 학년 | 작품 |
|---|---|
| 유치원* | ▪ Over in the Meadow by John Langstaff (traditional) (c1800)*<br>▪ A Boy, a Dog, and a Frog by Mercer Mayer (1967)<br>▪ Pancakes for Breakfast by Tomie DePaola (1978)<br>▪ A Story, A Story by Gail E. Haley (1970)*<br>▪ Kitten's First Full Moon by Kevin Henkes (2004)* |
| 1학년* | ▪ "Mix a Pancake" by Christina G. Rossetti (1893)**<br>▪ Mr. Popper's Penguins by Richard Atwater (1938)*<br>▪ Little Bear by Else Holmelund Minarik, illustrated by Maurice Sendak (1957)**<br>▪ Frog and Toad Together by Arnold Lobel (1971)**<br>▪ Hi! Fly Guy by Tedd Arnold (2006) |
| 2~3학년 | ▪ "Who Has Seen the Wind?" by Christina G. Rossetti (1893)<br>▪ Charlotte's Web by E. B. White (1952)*<br>▪ Sarah, Plain and Tall by Patricia MacLachlan (1985)<br>▪ Tops and Bottoms by Janet Stevens (1995)<br>▪ Poppleton in Winter by Cynthia Rylant, illustrated by Mark Teague (2001) |
| 4~5학년 | ▪ Alice's Adventures in Wonderland by Lewis Carroll (1865)<br>▪ "Casey at the Bat" by Ernest Lawrence Thayer (1888)<br>▪ The Black Stallion by Walter Farley (1941)<br>▪ "Zlateh the Goat" by Isaac Bashevis Singer (1984)<br>▪ Where the Mountain Meets the Moon by Grace Lin (2009) |

* 소리내어 읽어주기(Read-aloud)

** 따라 읽기(Read-along)

CCSS에는 제시하고 있는 초등학교에서 활용할 만한 문학 작품 예시 목록에는 주로 최근 작품보다는 100여년의 미국 근대 아동문학사에서 주목해야 할만한 작품을 제시하고 있다. 또한 단순히 책의 어휘 수준이나 철자의 복잡성에 따라 학년성을 부여하기보다는 소리내어 읽어주기(Read-aloud)나 따라 읽기(Read-along)에 적합한 작품을 유치원과 초등저학년에 배치한 부분도 주목된다.

국내의 교과서와는 다른 미국 교과서 텍스트 제시 방법중 작가를 중점적으로 다루는 경우를 살펴보고자 한다. 다음은 Hoarcourt와 Macmillan McGrow-Hill 출판사의 교과서에 제시된 작가 소개 장면이다.

<표 9-3> 미국 교과서의 작가 제시 사례

| 1~3학년용 교과서( Hoarcourt 출판사) | 1~3학년용 교과서(Macmillan McGrow-Hill 출판사) |
|---|---|
| 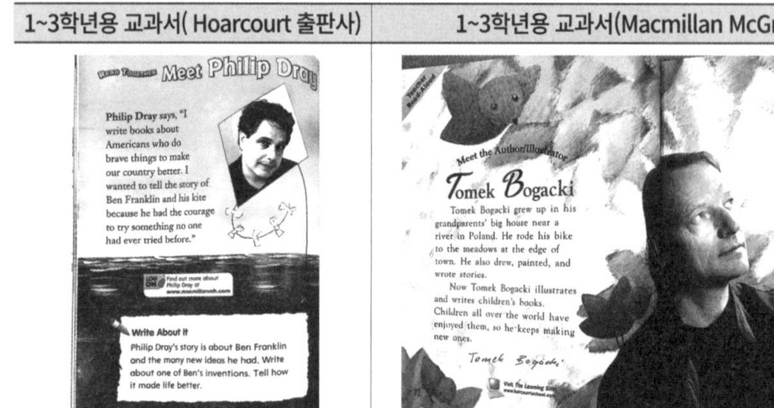 | |

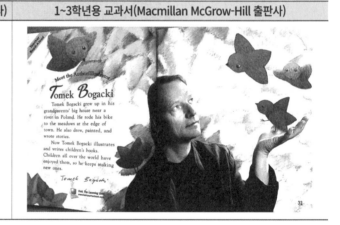

<표 9-3>의 왼쪽에 제시된 사례는 이야기를 읽기 전에 학생들에게 작가와 작품에 대한 정보를 제공하는 것이다. 반면 오른쪽에 있는 사례는 그림책의 내용이 소개된 후에 이야기의 뒤에 제시된 정보이다. 다음은 <표 9-3>에 제시된 Hoarcourt 출판사에 제시된 교과서의 내용 일부를 번역한 것이다.

① Philip Dray가 말했습니다. "저는 미국을 발전시킨 사람들에 관한 책을 씁니다. 저는 Ben Franklin과 그의 연에 관해 이야기하고 싶었습니다. 왜냐하면, 그는 누구도 도전해 보지 않았던 일을 할 수 있도록 용기를 주기 때문입니다."

② Philip Dray에 대해 더 많은 정보를 알고 싶다면 www.macmillanmh.com에 접속해 보세요

③ Tomek Bogacki는 할머니, 할아버지와 함께 폴란드에 있는 강가에서 자랐습니다. 그는 강가의 풀밭에서 자전거를 타기도 하고, 그림도 그렸으며 이야기로 썼습니다.

①은 Philip Dray가 말한 내용을 그대로 옮겨 적은 것이다. 평소 자신이 관심 있는 소재(미국을 발전시킨 사람들)와 소개된 작품의 주요 소재(Ben Franklin과 그의 연), 이 이야기를 쓴 이유(Ben Franklin의 도전 정신을 알리고 싶어서)를 적고 있다. 아동을 위한 문장으로 쉽게 정리되었지만, 텍스트 구성에 대한 작가의 의도가 그대로 드러나 있는 것이다. 이 정도면 작품에 대한 안내가 충분할 것 같은데,②를 제시하여 작가에 대해 궁금한 점을 해결하도록 안내하고 있다. ③은 Tomek Bogackik라는 작가가 어디서, 무엇을 하며 자랐는지 설명하고, 현재 전세계 어린이들에게 사랑받는 그림책 작가라는 사실을 소개하고 있다. 또한, 그가 지속해서 그림책을 만들고 있다고 덧붙임으로써, 학생들이 그의 책에 관심을 두도록 유도하고 있다. 특히 Tomek Bogackik를 소개하는 글은 교사가 직접 소리를 내 읽어주는 코너이므로 교실 상황에서는 교사의 안내가 추가될 것으로 예상된다.

<표 9-3>에서 보는 바와 같이 작품과 관련된 파라텍스트는 학습자의 수준에 맞게 제시될 수 있다. 교과서에 제시된 텍스트에 단순히 작가 혹은 시인의 이름을 제시한다고 하여 텍스트를 생산한 작가의 의도가 드러날 수는 없다. 따라서 더 적극적으로 텍스트 소통 활동에 작가성을 부여하는 방안이 필요하며, <표 9-3>의 사례들이 대안이 될 수 있을 것이다.

### (1) 유치원~1학년용 제재

미국의 유치원생이나 초등저학년 학생들에게 가장 유명한 작가가 닥터 수스라는 것을 부인하는 사람을 드물 것이다. 영국의 동시문학연구가 스타일(Morage Style)도 닥터 수스의 『그리고 나는 멀버리 거리에서 그것을 보았다고 생각해(*And to Think I Saw on Mulberry Street*, 1937)』를 현대 동시의 모습을 보여주는 전형이라고 말한 바 있다(Style 2012)[32]. 닥터 수스의 동시는 주로 주인공이 등장하는 산문시의 형태로 구성된다.영미권 어린 아이들에게 인기가 높을 뿐만 아니라 전문가들에게 호평을 받고 있는 닥터 수스의 작품 몇 편을 살펴보자.

『그리고 나는 멀버리 거리에서 그것을 보았다고 생각해(And to Think I Saw on Mulberry

32) 국내에 닥터 수스의 동시집은 '동화'를 표제로 달고 있으나, 그의 텍스트는 동시의 장르적 성격에 부합하는 면이 우세하다.

Street, 1937)』는 닥터 수스가 글과 그림을 모두 창작했다. 이 이야기에는 메사추세츠 주 스프링필드 지역의 멀버리 거리가 주로 등장한다. 주인공 마르코(Marco)는 멀버리 거리에서 이상한 것들을 보았다고 아버지에게 말한다. 그러나 아버지는 마르코의 말을 곧이듣지 않고, 허풍떨면 못쓴다고 타이른다. 하지만 마르코는 아버지의 대답을 예상이나 한 듯이 자기가 본 장면을 이야기한다. 마크코가 본 장면은 평범한 마차가 얼룩말, 사슴, 코끼리가 모는 요술마차로 변해가는 모습이다. 책의 페이지마다 변화무쌍한 장면이 연출된다. 마지막 페이지에서, 마르코는 아버지는 이런 이야기는 믿지 않을 거라면, 자신은 그저 평범한 마차와 마부를 보았다고 말한다.

닥터 수스의 작품은 과감하고 노골적인 내용이 주를 이룬다. 『호튼은 누구의 소리를 들었다!(Horton Hears a Who! (1954)』, 『모자 쓴 고양이(*The Cat in the Hat* ,1957)』, 『그린치는 어떻게 크리스마스를 훔쳤을까!(How the Grinch Stole Christmas!, 1957)』, 『녹색 달걀과 햄(*Green Eggs and Ham*, 1960)』, 『로랙스(The Lorax, 1971)』등이다. 대부분의 책은 『그리고 나는 멀버리 거리에서 그것을 보았다고 생각해(*And to Think I Saw on Mulberry Street*, 1937)』처럼 아동의 일상적인 생활에 대한 짧은 일화들이다. 아동의 일상이 물활론적인 상상력으로 가득 차 있는 것처럼 이야기의 내용도 평범한 일상 속에서 일어나는 환상적인 무용담들로 가득 차 있다.

닥터 수스의 시 그림책은 일견 어휘(sight words)를 주로 사용하며, 등장인물들의 이름도 일견 어휘와 같은 각운을 가지고 있다. 다음은 『거북이 여틀(*Yertle the Turtle*, 1950)』의 일부분이다. 진하게 표시된 부분이 강하게 읽히는 곳이다.

> 그리고 오늘 그 위대한 여틀,
> 그 경이로운 진흙탕의 대왕. 이것이 그가 볼 수 있는 모든 것.
>
> And today the Great Yertle, that Marvelous he
> Is King of the Mud. That is all he can see.

위의 내용은 'Yertle'이라는 주인공을 소개하는 부분이다. 'Yertle'은 'Turtel'과 같은 각운으로 만들어진 것을 알 수 있다. 또한 굵게 표시된 부분은 닥터 수스가 주로 사용한 약약강격(anapestic terameter)의 율격을 보여준다. 이것은 고전적인 영시에서 자주 사용되는 것으로 '약한 음절 2개+강한 음절 1개'의 형식으로 3음보의 율격을 만들어 낸다(Birch, 2009).

닥터 수스의 동시는 크게 소리 내어 읽어야 리듬감과 말맛을 느낄 수 있다. 그런데 신기하게도 그림에서도 리듬감이 보인다. 길게 늘어진 이상한 생물체들이 빠르게 혹은 유연하고 느리게 움직이는 모습은 시의 리듬을 그림으로 옮겨 놓은 듯하다. 글과 그림이 협응하며 재미를 더하고 있다. 그림이 글의 그림자처럼 보이는 것이 아니라, 글이 그림을 향해 손짓하고 있다. 예를 들어 『모자 쓴 고양이(The Cat in the Hat ,1957)』에는 '그것들(things)'이라는 정체불명의 캐릭터가 등장한다. '그것들(things)'은 사물에 대한 구체적인 어휘를 익히지 못한 어린아이들이 물체를 가리킬 때 가장 많이 쓰는 대명사이다. 그러나 그림이 없었다면 그것을 상상하기는 어려웠을 것이다. [그림 9-1]의 (다)에서 '그것들(things)'의 모습을 확인할 수 있다.

닥터 수스의 동시에는 새롭게 창조된 인물들이 등장하는데, 그린치(Grinch), 로렉스(Lorax), 호튼(Horton) 등이 대표적이다. 그린치(Grinch)와 호튼(Horton)처럼 고양이나 코끼리를 닮은 인물들도 있지만, 로렉스(Lorax, The Lorax 1971)와 같은 나무 요정도 있고, 정체불명의 캐릭터도 등장한다. 그린치(Grinch)의 팔은 고무줄처럼 굽어 있지만, 털모양을 굵은 선으로 그려 넣어 강한 인상을 준다. 이것은 시어가 보여주는 강약의 리듬을 함께 표현하기에 적합하다. 엽기적이면서 발랄한 주인공들의 모습은 [그림 9-1]과 같다.

(가) 그린치(Grinch)

(나) 로렉스(lorax)

(다) 그것들(things)

(라)호튼(Horton)

**[그림 9-1] 닥터 수스 동시집에 등장하는 인물들**

닥터 수스의 캐릭터들은 사회적인 질서나 관습적인 틀에 얽매이지 않는 자유를 지녔으며, 이 자유는 방종에 가깝다. 또한, 새로우면서도 다양한 의미로 해석되는 시어와 언어 유희 사이를 오가며 독자에게 재미를 준다. 이렇게 닥터 수스가 창안한 인물들은 모두 퀴어(Cure)적이다. 어려 보이지도 않고 늙어 보이지도 않으며, 부자처럼 보이지도 않고 가난해 보이지도 않는다. 남성인지 여성인지도 알 수 없다. 닥터 수스의 시 그림책을 어른의 관점에서 읽는다면 지극히 가볍고 엉뚱하며 무익해 보이는 일화들일 것이다. 그런데도 단순하게 운을 맞추는 리듬감 넘치는 글이나, 낯선 인물과 과감한 그림은 어린이의 관심을 끌어들이기에 충분하다.

이러한 닥터 수스의 업적을 기려 언어유희가 뛰어난 작품에 수여하는 '가이젤 상(Theodor Seuss Geisl Award)'이 있다. 이 상은 닥터 수스의 본명인 'Theodor Seuss Geisl Award' 라고 이름을 붙이고 '가이젤상'이라고 부른다. 그러나 최근에는 그의 필명으로 '닥터수스상'이라는 말을 더 자주 사용한다. 이 상을 받은 작품들은 주로 기초문식성 단계에 있는 아이들을 위한 제재로 활용된다. [그림 9-2]에 제시된 『Hi! Fly Guy by Tedd Arnold』(2006)도 가이젤상을 받은 작품이다.

[그림 9-2] 유치원~1학년 권장 도서 『Hi! Fly Guy by Tedd Arnold』

### (2) 2~3학년용 제재

2~3학년에서 다루는 대표적인 시 제재는 크리스티나 로제티의 <누가 바람을 보았는가?(Who Has Seen the Wind?)>이다. 크리스티나 조지나 로세티(Christina Georgina Rossetti, 1830~1894)는 어린이를 위한 시를 쓴 영국 시인이다. 그의 시는 대부분 낭만적인 분위기와 정서를 형상화하고 있다. CCSS에 언급된 <누가 바람을 보았는 가?(Who Has Seen the Wind?)> 이외에도 <도깨비 시장(Goblin Market)>과 <기억해 주세요(Remembe)>가 유명하다.

로세티가 시인으로 인정받게 된 시가 <도깨비 시장(Goblin Market)>이다. 이 시는 표면적으로는 도깨비의 악행을 묘사하고 있지만 빅토리아 시대의 여성과 성역할에 대한 상징적 의미를 보여준다는 평가를 받았다. 그러나 어린이를 위한 시를 쓰는 데도 주력하였으며, <누가 바람을 보았는 가?(Who Has Seen the Wind?)>는 1893년 발행된 『Sing-Song』에 실려 있다. 'Who Has Seen the Wind'를 살펴보자.

**Who has seen the wind?**

Who has seen the wind?
Neither I nor You:
But when the leaves hang trembling
The wind is passing through

Who has seen the wind?
Neither you nor I:
But when the trees bow down their heads
The wind is passing by

**Rossetti, <Who Has Seen the Wind?>**

**누가 바람을 보았는가?**

누가 바람을 보았는가?
나도 아니고 당신도 아니다:
하지만 잎사귀가 흔들릴 때
바람이 지나가는 중이다.

누가 바람을 보았는가?
당신도 아니고 나도 아니다:
하지만 나무가 고개를 숙일 때
바람이 스쳐 가는 중이다.

<누가 바람을 보았는 가?(Who Has Seen the Wind?)>는 바람이라는 흔한 소재를 노래하고 있다. 사람을 볼 수 없는 바람이지만, 사람보다는 먼저 나뭇잎들이 바람이 통과(passing through)하는 것을 느끼고, 나무가 머리를 숙이며 바람이 지나고 있음(passing by)을 느낀다고 말한다. 작품을 통해 느껴지는 정서는 허전하고 쓸쓸하다. 당신이나 나나 바람을 본 적은 없지만, 잎사귀가 흔들릴 때나 나무가 고개를 숙일 때 바람을 느낀다. 우리가 살아가는 동안 겪게 되는 많을 일들을 떠올려보자. 산들바람같이 소소한 일들이 생기기도 하고, 나무가 휘어질 만큼 폭풍같은 고난이 찾아올 때도 있다. 그러나 산들바람이나 폭풍우도 모두 지나가는 세상의 순리임을 말하고 있다. 시어가 쉽고 단순하여 3~4학년 어린이들이 쉽게 읽을 수 있는 작품이다. 권태응의 동시 <감자꽃>이 저절로 연상되는 시다. '자주 꽃 핀 건 자주 감자/파 보나마나 자주 감자//하얀 꽃 핀 건 하얀 감자/파 보나 마나 하얀 감자'라고 노래하는 <감자꽃>에서 보이는 그 자연의 이치가 로세티의 시에서도 보인다.

로세티는 영국과 미국에 잘 알려진 크리스마스 캐롤 작사가로도 유명하다. Gustav Holst가 작곡한 <황량한 겨울에(In the Bleak Midwinter)>와 Darke와 다른 작곡가들이 작곡한 <크리스마스에 사랑이 내려왔다(Love Come Down at Christmas)>이다. <황량한 겨울에(In the Bleak Midwinter)>는 그가 죽은 후 영어권 세계에 널리 알려지게 되었는데, 처음에는 Gustav Holst에 의해, 나중에는 Harold Darke에 의해 크리스마스 캐롤로 작곡되었다. 그의 시 <크리스마스에 사랑이 내려왔다(Love Come Down at Christmas)> (1885) 또한 캐롤로 널리 편곡되었다. 한편 J.K. 롤링의 소설 『쿠쿠스 콜링(*The Cooku's Calling*)』의 제목도 로세티의 시

<애가(A Dirge)>의 한 구절에서 왔다고 하니, 영미 문화권에서 로세티의 영향력을 알 수 있다.

## (2) 4~5학년 용 제재

미국의 초등 고학년 학생들이 배우는 시 제재 중에서는 루이스 캐롤(Lewis Carroll)의 『이상한 나라의 앨리스(Alice's Adventures in Wonderland, 1865)』를 살펴보고자 한다. 『이상한 나라의 앨리스(Alice's Adventures in Wonderland, 1865)』는 영미 아동 문학의 모습을 새롭게 변화시키는 데 가장 큰 영향력을 미친 작품으로 평가된다(Style, 1998:1～2).

『이상한 나라의 앨리스(Alice's Adventures in Wonderland, 1865)』에는 다양한 말놀이(pun), 무의미시(nonsense poetry) 등의 언어 유희가 등장한다. 그 중 대표적인 구체시 <생쥐 이야기(The Mouse's Tale)>를 [그림 9-3]에 제시했다. 언뜻 보아도 생쥐의 꼬리처럼 시행을 배열했다. 시의 내용은 앨리스와 쥐의 대화이다. 두 인물은 'tale(이야기)'과 'tail(꼬리)'을 서로 잘못 알아듣고 있다.

병에 있는 물을 마시고 갑자기 작아진 앨리스는 자신이 흘린 눈물바다에서 허우적거린다. 이 때, 그녀를 구해준 것은 생쥐였다. 쥐는 자신의 이야기(tale)를 들려주겠다면서, 고양이가 강아지를 싫어하게 되었는지 설명한다. 쥐의 입장에서 고양이를 꼼짝못하게 하는 강아지에 관한 이야기는 흥미로운 가십거리이다. 하지만 앨리스는  쥐가 자신의 꼬리에 관해서 말하고 있다고 생각한다. 쥐의 목소리가 점점 작아지면서 희미해진다는 느낌을 [그림 9-3]과 같이 쥐 꼬리 모양으로 표현했다.

이 시에 공식적으로 붙여진 제목은 없었으나, 재미있는 표현 덕분에 'the mouse's tale'이나 'the mouse tail'이라고 불린다. 이 구체시의 모양은 여러 가지로 변형되어 출판되었다. [그림 9-3]은 판본에 따라 모양을 보여주는데, 굴곡이 다섯 번 있다는 것은 공통적이다. 이는 앨리스가 "잠시만, 난 지금 다섯 번째 굽은 곳까지 온 것 같아.("I beg your pardon," said Alice very humbly; "you had got to the fifth bend, I think?")"라는 말을 모양으로도 지키려는 의도로 보인다. 앨리스는 쥐의 말을 쥐의 꼬리 모양으로 상상하고 다섯 번째 굽은 곳까지 왔다는 의미이다.

1886년 Gutenberg판

1981년 Arion Press판

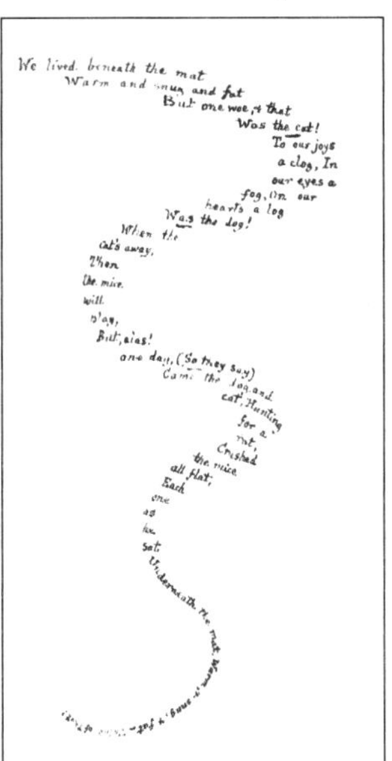


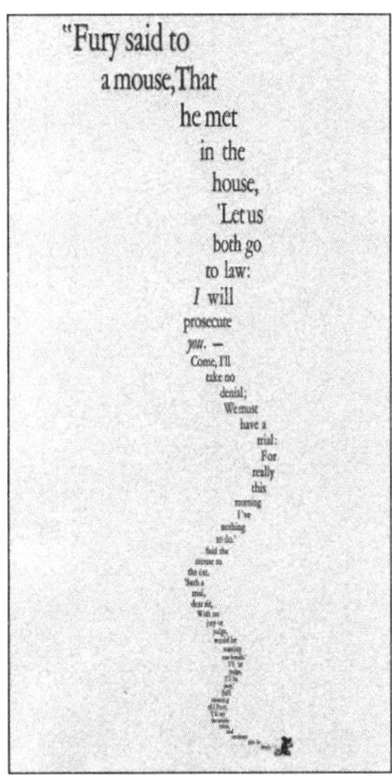


[그림 9-3] 이상한 나라의 앨리스의 '쥐 이야기'의 다양한 모양

## 2. 프랑스의 초등 시 교육

### 가. 프랑스의 초등 시 교육 내용

프랑스의 학제는 '초등학교 5년-중학교 4년-고등학교 3년'으로 우리나라와 차이가 있다. 초등학교 과정은 준비학년(CP, cours préparatoire)-초급 1학년(CE1, cours élémentaire 1èré année)-초급 2학년(CE2, cours élémentaire 2ème année)-중급 1학년(CM1, cours moyen 1èré année)-중급 2학년(CM 2, cours moyen 2ème année)로 총 5년간 실시된다. 준비 학년이 우리나라의 초등학교 1학년에 해당하는 연령대이므로 중급 2학년은 초등학교 5학년에 해당한다. 프랑스의 자국어 교육과정의 내용은 다음과 같다.

<표 9-2> 초등학교 프랑스어 교육과정의 교육 범주와 내용

| 학년군 | 사이클 | 교과 | 범주 | 교육 내용 |
|---|---|---|---|---|
| 1-2 | 기본학습 | 언어와 프랑스어 습득 | 말하기 | 1. 의사소통하기<br>2. 프랑스어로 말하기와 이해하기 |
| | | | 읽기 | 1. 낱말의 알파넷 조합 원칙 이해하기<br>2. 글과 구어의 차이점 알기<br>3. 단어 확인하는 방법 알기<br>4. 간접적인 방법을 통해 단어 확인하기<br>5. 직접적인 방법을 통한 단어 확인 학습하기<br>6. 읽기와 쓰기를 결합하기<br>7. 텍스트 이해하기 |
| | | | 쓰기 | 1. 지식의 동원과 텍스트의 조직하기<br>2. 단어의 활용<br>3. 철자법상의 문제<br>4. 텍스트의 편집 |
| | | | 문법 | 1. 언어에 대한 성찰적 태도를 발달시키기<br>2. 언어에 대해 방법론적인 학습 시도하기<br>3. 지식을 확고히 하고 그것을 실행에 옮기기 |
| 3~5학년 | 심화학습 | 인문교육 | 문학 - 말하기 | 1. 아동문학 텍스트 읽기<br>- 독서 교육과정 조직<br>- 이해와 해석 활동<br>- 규칙적인 자율 독서 활동의 권장<br>2. 읽은 텍스트 말하기<br>3. 문학 텍스트 쓰기 |
| | | | 문학 - 읽기 | |
| | | | 문학 - 쓰기 | |
| | | 언어와 프랑스어 습득 | 말하기 | 1. 문장<br>2. 텍스트와 관련된 문법적 현상<br>3. 어휘<br>4. 철자법 |
| | | | 읽기 | |
| | | | 읽기 | |
| | | | 문법 | |

기초 학습 단계에 있었던 '언어와 프랑스어 습득'은 심화 학습 단계에서도 지도되지만, 기초 학습 단계의 확대 형태로서 범교과 학습으로 이루어진다. 예를 들어 음악을 듣고 감상문을 쓴다든지 역사적 사건과 관련된 문학 텍스트를 찾아 읽고 토론하는 것과 같은 범교과 활동이 모두 '언어와 프랑스어의 습득 '시간에 이루어질 수 있는 활동들이다. 반면 인문교육의 차원에서 새롭게 시도되는 문학과 언어 학습은 중학교 과정에 가면 '프랑스어' 과목에서 지도된다.

프랑스에서 문학 교육은 교사들이 선택한 교과서와 교사가 자체 개발한 자료로 이루어진다. 교사들은 교과서를 처음부터 차례대로 수업하지 않고, 자신이 필요하다고 판단되는 부분을 선별하여 수업한다. 우리나라에서 수업 진도를 나간다는 개념은 1년 동안 배워야 할 분량을 학습하는 것을 의미한다. 그러나 프랑스 학교의 문학 수업에서 진도를 나간다는 의미는 학습자들이 문학 텍스트와 어느 정도 친근해 졌느냐는 것을 의미한다. 수업 진도의 기준이 교과서가 아니라 학습자가 성취해야 하는 능력이 되는 것이다. 따라서 대부분 교사들은 교과서에 의존하지 않고 자신이 직접 제재를 선택하고 활동 내용도 자체적으로 구성한다.

프랑스 시교육에서 가장 중요한 수업 방법은 낭송과 암송이다. 시는 그 의미도 중요하지만 말의 소리와 리듬도 매우 중요하다고 판단되고 있기 때문이다. 암송에 대한 신념은 알랭(Alain)의 다음과 같은 언급으로 더욱 탄탄해졌다.

> 시의 힘은, 그것을 읽을 때마다 우리에게 무엇을 가르쳐 주기 전에 먼저 그 음과 리듬으로 우리를 하나의 보편적인 인간으로 다듬어 준다는 데 있다. 그리고 이것은 아이에게도, 아니 특히 아이에게 좋은 것이다. 아이가 자신이 듣는 인간의 지저귐에 따라 자신의 본성을 가다듬지 않고서 어떻게 말을 배우겠는가? 그러니 아이에게 아름다운 지저귐을 조심스레 암송케 하라. 이렇게 해서 아이는 인간의 모습이 발견되는 감정(sentiment)에 도달하게 되고 인간의 모든 정념(passions)을 이해할 수 있게 되는 것이다."
>
> (Alain, 2007: 42)

알랭(Aain)의 본명은 'Emile-Auguste Chartier'인데, 그는 다양한 필명을 쓰기로 유명하다[33]. 그가 1932년에 쓴 『교육론(Propos sur l'éducation)』은 최근에 프랑스에서 다시 발간될 정도로 프랑스의 교육자들에게 꾸준히 참조가 되고 있다. 그는 시가 인간의 삶과 정서를 직관적으로 파악할 수 있도록 유도하는 지저귐이며 이것을 조심스럽게 암송하도록 지도하는 것은 아이들의 인간성이 발현되도록 돕는다고 말한다. 많은 교사를 비롯한 교육자들이 시를 암송하

33) 알랭(Alain)은 『행복론(Propos sur le bonheur)』이란 책으로 우리나라에 많이 알려진 프랑스의 철학자이다. 최근 우리나라에서 그의 『행복론』이 다시 번역되어 출판되기도 했다. 행복론 뿐만 아니라 그의 『교육론(Propos sur l'éducation)』도 프랑스에서 중요하게 다루어지고 있는 책이며, 프랑스 교육계의 기본 철학이 되고 있다.

거나 소설의 중요 부분을 외우도록 하고 있는 것은 알랭(Aain)의 이와 같은 의견에 동감하고 있기 때문이다.

프랑스 교육과정의 기초학습단계의 '말하기' 영역에서도 '암송'을 강조하고 있다. 이것은 시의 암송뿐만 아니라 산문의 구연까지 포함하는 내용이다. 특히 문학 텍스트에서 암송해야 할 부분과 크게 읽어야 할 부분을 찾아 읽기도 한다. 암송 활동은 유치원과정에서부터 시작하여 심화 학습 단계는 물론 이후 전개되는 중등 교육과정에서도 지속적으로 이루어지고 있다. 낭송하기와 관련된 다음과 같은 교육과정 설명은 내용이 있다.

> 기초 학습 단계의 학생들이 교사의 목소리를 통하여 배우게 되는 운문이나 산문 중에는 텍스트가 불러일으키는 흥미와 문학적 자질로 인해 암송할 만한 가치가 있는 것이 있다. 교사가 좋은 텍스트를 찾아 설명하고 난 후, 학습자들이 충분히 논의하도록 하고, 유치원에서와 마찬가지로 다함께 암송한다.
>
> -프랑스 자국어 교육과정 기초 단계의 '말하기' 영역 교육 내용(www.cndp.fr 참조)-

위의 진술로 볼 때, 프랑스 시교육에서 강조하는 암송은 감응을 바탕으로 이루어지는 활동이다. 암송하기가 무의미하고 소모적인 행위가 아니라, 텍스트를 의미를 음미하는 체험의 선상에 있다.

## 2. 프랑스 초등 시 제재와 특성

초등학교 1학년에 해당하는 준비학년 과정 CP(Cours préparatoire)에서는 공식적인 교재를 거의 쓰지 않고 있다. 따라서 본격적인 문식성 교육이 시작되는 시기는 초급 1학년(CE1, cours élémentaire 1re année)과정부터 중급 2학년 (CM 2, cours moyen 2ème année) 과정까지 4년 동안 진행되는 시 교육의 사례를 살펴보고자 한다.

## 가. 초등 2학년 제재

프랑스의 초등 2학년 대상 제재는 라퐁텐(Jean de la Fontaine, 1621-1695)의 우화시, 루이 아라공(Louis Aragon, 1897~1982)의 시, 코린 알보(Corinne Albaut, 1954~), 끌로드 알레(Claude Haller,1932~) 등으로 다양하다. 아래 제시한 두 편의 시는 교과서마다 자주 등장하며, 그 대중성을 알 수 있는 동시이다.

> 화가 난 마녀들이
> 빗자루 한 개를 두고 싸우고 있어.
>
> 이건 내거야, 첫 번째 마녀가 말했지.
> 절대 아니야, 그건 내거야!
> 두 번째 마녀도 말했어.
> 이 빗자루는 니게 아니라구,
> 이건 내가 제일 좋아하는 빗자루야!
> 그건 멧돼지 털로 만든 거야
> 그건 내 거라구!
>
> 빗자루는 많이 지쳐버렸어
> 그래서 바로 날아가 버렸지
>
> 이제 두 마녀는
> 거기서 계속 기다릴 수밖에!
>
> \- 코린 알보, <두 마녀(Les deux sorcières)>

<두 마녀(Les deux sorcières)>에서는 빗자루를 가지겠다며 서로 말타툼을 하는 마녀 두 사람이 등장한다. 아마도 그들이 갖고자하는 빗자루는 예사 빗자루가 아닌 것 같다. 심지어 멧돼지 털로 만들어진 요술 빗자루. 그런데 정작 빗자루는 마녀들의 싸움을 참다못해 혼자 날아가 버린다. 남겨진 두 마녀는 계속 기다릴 수밖에 없게 되었다. 시의 내용만 보아서는 뭐 이

런 시답지 않은 글이 있나 하겠으나, 프랑스 아이들은 이 시를 무척 좋아하는 것 같다. 시의 내용 속에서 '의미'있는 무엇은 너무도 쉽게 찾아내 진다. 그런데 아이들이 이 시를 읽는 낭송하는 장면을 보면, 아이들이 이 시를 좋아하는지 이유를 알 만하다.

「두 마녀(Les deux sorcières)」의 낭송 영상은 유투브(www. youtube.com)에서 쉽게 찾을 수 있다. 아주 어린 아이에서부터 어른들까지 이 시를 낭송하는 모습이 천차만별이다. 게다가 아이들의 손글씨에 음성을 덧붙인 영상, 합창독 장면 등도 흥미롭다. 프랑스 아이들에게 「두 마녀(Les deux sorcières)」가 얼마나 인기가 있는지 느끼게 될 것이다. 특히 아이들이 낭송하는 장면을 통해서 알 수 있는 것은 이들이 마녀의 목소리를 개성적으로 흉내 내면서 시를 즐긴다는 것이다.

이 시가 가진 매력은 마녀스러운 목소리, 화가 난 목소리, 험상궂은 목소리, 욕심많은 목소리, 싫증난 목소리 등을 숨기고 있다는 것이다. 마녀 두 사람이 싸우다가 결국 빗자루를 갖지 못했다는 내용으로 인해 고루한 교훈성에 빠질 위험도 있었지만, 행위의 주체가 마녀라는 점에 주목해야 한다. 아이들이 시에 대한 느낌이나 생각을 말할 때 '마녀는 어리석다, 마녀는 욕심이 많다' 등 '마녀는 ~하다' 로 마녀를 평가하게 된다. 따라서 자연스럽게 나 자신이 아닌 남의 일을 말하듯 자연스럽게 거리두기를 할 수 있다. 더 나아가 아이들이 '싸움'이나 '욕심' 혹은 '이기주의'에 대해 이야기할 때도 스스로 왜소화되지 않고 자기 생각을 쏟아놓을 수 있다. 자신의 행동을 교정해야 한다는 부채감을 조금 뒤로 물릴 수 있는 자유로움을 준다는 것이다.

다음으로, 끌로드 알레(Claude Haller)의 「태엽 감기(Remontoir)」를 살펴보자. 시의 제목인 'remontoir'는 태엽을 감을 때 쓰는 작은 꼭지를 말한다. 손목시계 옆에 달려있는 작은 톱니모양의 나사나 오르골을 돌리는 작은 돌림 나사를 'remontoir'라고 한다. 'remontoir'가 달린 오르골은 프랑스 아이들에게 오르골은 흔한 물건이면서도 갖고 싶어하는 장난감이기도 하다. 그런데 'remontoir'의 어근인 'remonter'는 상당히 많은 뜻을 가진 다의어이면서 동음이의어이다. 구체적인 뜻을 예를 들어 보면, '거슬러 올라가다', '원기를 되찾다', '다시 오르다', '다시 높아지다', '새롭게 갖추다', '(자신에게 필요한 것을) 되찾다' 등의 다양한 의미역으로 활용된다. 그런데, 아쉽게도 우리말에는 이런 의미를 담고 있는 어휘가 존재하지 않는다. 'remontoir'를 어떻게 이름 지어야 할까 고민 끝에 '태엽 감기'라고 했다. 원문을 살펴보자.

지붕 짓는 이는
지붕을 다시 쌓는다

시계 고치는 이는
추시계를 다시 만든다

운동선수 트레이너는
내려간 사기를 다시 올린다

마법사는
시간을 거슬러 올라간다

시인도
애써 사람들의 가슴을 새로 만들려 한다

행복으로 가는 작은 발걸음을 위해

- 끌로드 알레, <태엽 감기(Remontoir)>

<태엽 감기(Remontoir)> 는 프랑스어로 읽으면 말소리가 부드럽다. 그런데 우리말로 번역하려니 말맛을 살려 표현을 다듬지 못한 점이 있다. 될 수 있는 한 의미를 보태거나 빼지 않고 번역하고자 했지만, 결국 의역을 하여 제시했다. 화자는 태엽을 감는 나사를 보며 무엇인가 복원하거나 재충전하는 힘을 발견한 것 같다. 세상을 창조한 여신 가이아가 생명을 불어넣듯 시계수리공, 트레이너, 마법사도 세상의 흐름을 거스르며 재생 에너지를 불어 넣고 있다. 그리고 또 한 사람 시인도 사람들의 가슴을 새롭게 만들려고 하는데, 그 이유는 행복으로 가는 아주 작은 발걸음을 내딛기 위한 것이라고 말한다.

### 나. 초 3학년 제재의 특성

초등학교 3학년 학생들이 배우는 시에는 동물을 소재로 한 시가 많은 편이다. 동물을 객관적 상관물 삼아 탄생한 시들의 제목만 살피면, <대화(Conversation)>, <매미와 개미(La cigale et la fourmi)>, <황소처럼 커지고 싶은 개구리(La grenouille qui veut se faire aussi grosse que le boeuf)>, <동물원(ménagerie)>, <거북이(La tortue)>, <개미와 매미(La formi et la cicale)>, <교훈(Leçon de choses)>, <부엉이들(Les hiboux)>, <새의 초상화를 만드려고 (Pour faire le portrait d'un oiseau)>, <장례식에 가는 달팽이들의 노래(Chanson des escargots qui vont a l'enterrement )>, <벼룩(Fabliette de la puce)>, <여우와 염소(Le lenard et le bouc)> 등 있다. 시의 소재로 활용된 동물들의 면면을 살펴보면, 아이들이 흔하게 접할 수 있는 대상이나 호감가는 대상이 아니다. 고양이나 강아지, 사자나 호랑이가 아니라 개미, 개구리, 매미, 벼룩과 같은 곤충이나 부엉이, 새, 거북이, 염소나 여우와 같은 낯선 소재들이다. 이 중에서 라퐁텐의 우화시 <개미와 매미(La cigale et la fourmi)>와 라퐁텐(Jean de la Fontaine, 1621-1695) 우화시가 변주된 <개미와 매미(La formi et la cicale)>를 살펴보고자.

여름 내내
노래를 부르던
매미는
북풍이 왔을 때
빈털터리 신세가 되었네.
조그마한 파리나 먹을 거 한 조각도 없었네.
매미는 이웃집에 사는 개미에게
새로운 계절이 올 때까지
먹을 것을 좀 빌려달라고 애원했지.
"꼭 갚겠어요."
"8월 전에, 동물의 명예를 걸고 말이에요."
"원금에다 이자를 더해서요."
개미는 잘 빌려주지 않아.
그게 그녀의 작은 흠이지.

개미는 매미에게 말했어.
"더운 날씨에 당신은 뭘 했죠?"
"전 밤낮으로 노래를 불렀답니다. 당신을 불쾌하게 하지는 않았죠."
"노래를 부르셨나요? 대단히 기쁘네요. 그래요! 이제 춤을 추면되겠어요."

- 라퐁텐, <매미와 개미(La cigale et la fourmi)>

개미는
휘어진 허브 잎 위로
계속 올라갔어
그녀가 얼마나 힘든 일을 계획했는지
깨닫지 못했 지

그녀는 고집했어
마음 속에서 끓어오르는 목표를 향해
에베레스트산으로
몽블랑으로

올 라가야 할 이들은 도착했어
그녀만 쿵 떨어지고 말았지
매미가 그녀를 받았어
매미는 상냥하게 두 팔로 그녀를 안았지

아! 지금은 산에 오를 때가 아니에요
매미가 말했어
당신이 다치지 않 았으면 좋겠어요
이제 나와 함께 춤을 춰요
부헤 하니면 마띠쉬를

- 레이몽 크노, <개미와 매미(La Fourmi et La Cigale)>

라퐁텐의 우화시를 읽어 내려가다 보면 무엇인가 어색하다는 생각이 든다. 우리가 잘 알고 있는 개미와 베짱이 이야기와 사뭇 다르기 때문이다. 라퐁텐 우화시에서도 개미는 여전히 여름내내 일을 열심히 하여 풍족한 겨울을 지내고 있는 것으로 보인다. 그런데 노래를 불러야할 베짱이는 어디로 가고 매미가 등장한다. 매미도 베짱이처럼 여름 내 빈둥거리며 노래를 불렀던 모양이다. 그리고 지금 개미에게 찾아와 곡식을 빌려달라고 애원하고 있는 중이다. 매미는 '동물의 명예를 걸고, 원금에다 이자까지 더해서 갚겠다'며 채무관계를 맺고 싶어하지만, 개미는 호락호락하지 않다. 도리어 개미는 이젠 춤을 추면되겠다며 비아냥거린다. 'Vous chantiez ? J'en suis fort aise Eh bien Dansez maintenant'에는 비꼬는 말투가 숨어 있다. 본문에 해석된 것은 '춤을 추면되겠네요?'이지만 보다 엄밀히 말하면 '춤이나 춰 보시지!' 정도의 표현이다. 비루함을 무릅쓰고 곡식을 빌려달라고 하는 매미나 비꼬듯이 대꾸하는 개미의 말투가 우습기도 하지만 모두 현실감이 있다.

한편 레이몽 크노의 작품에서도 개미는 여전히 부지런히 움직이고 있고 매미는 허브 잎사귀 아래에서 여유를 부리고 있는 것 같다. 개미의 목표는 에베레스트나 몽블랑에 오른 것. 그런데 현재 허브 잎사귀조차 올라가지 못하고 '쿵' 떨어진다. 마침 떨어지는 개미를 포근하게 안아준 매미는 지금은 산에 오를 때가 아니라며 함께 춤을 추자고 말한다. 매미는 개미를 한껏 위로하고 있다. <La Fourmi et La Cigale(개미와 매미)>는 라퐁텐의 작품을 밑텍스트로 활용하고 있지만 맥락은 아주 다르다. 서로 상호텍스트성을 보여주는 시를 제시하는 양상은 국내 국어 교과서에 이방원의 <하여가>와 정몽주의 <단심가>를 함께 배치하여 학습효과를 추구하는 양상과 유사점이 있다.

### 다. 초등 4학년 제재

프랑스 초등 4학년은 본격적인 교과교육이 시작되는 지점이다. 따라서 제재의 수준도 상대적으로 높아진다. 대문호로 불리는 빅토 위고(Vitor Hugo, 1802~1885), 쥘 르나르(Jules Renard, 1804~1910), 장 콕도(Jean Cocteau, 1889-1963), 기욤 아폴리네르(Guillaume Apollinaire, 1880~1918)들의 시가 등장하는 시기도 4학년 과정이다.  4학년 과정에 수록된 시 중에서 메들렌 르 플로(Madeleine Le Floch)의 'vertige(현기증)'과 아폴리네르의 'cœur(심장)' 이다. 두 시 모두 구체시이므로 원문과 번역을 함께 제시한다.

[그림 9-4]는「현기증(vertige)」은 원문과 해석의 사례를 나타낸 것이다. 르 플로(Madeleine Le Floch)의 'vertige(현기증)'은 한 포기 데이지꽃처럼 보인다. 데이지꽃 안쪽의 수술에는 '한 송이 꽃(une fleur)'이라는 단어가 들어있는 것을 보면 꽃으로 보는 것이 맞을 것이다. 그런데 황당한 것은 시의 제목이 '현기증(vertige)'이라는 것. 불어 'vertige'는 '어지러움', '현기증', '고소공포', '아찔함' 등을 나타낸다. 그런데 때로는 비유적으로 정신적으로 혼미한 상태나 현혹된 상황 등을 가리키기도 한다. 이 시는 꽃 송이 안쪽에 있는 'une fleur'로 시작해서 동사인 'voulait'를 연결하며 자연스럽게 시계방향으로 읽어 가면서 번역한 내용이 뜻이 통한다. 문장부호나 행갈이가 확실하지 않지만, (A)와 같이 두 문장으로 뜻을 읽어낼 수 있다. 문장부호는 없었지만 뜻을 이해하기 쉽게 한국어 번역 문장에 문장부호를 추가했다.

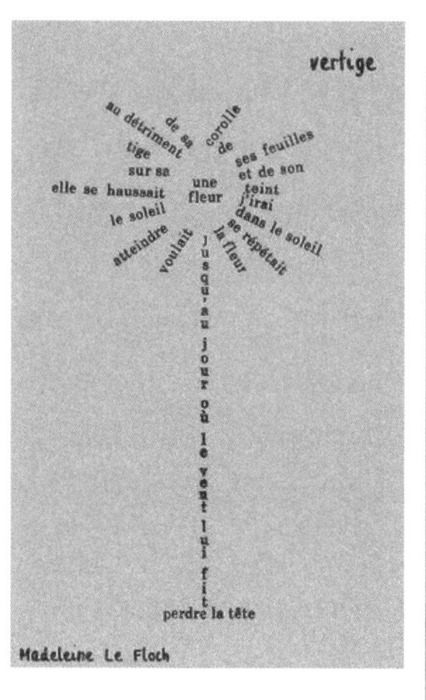


(A) une fleur voulait atteindre le soleil se haussaut sur sa tige au détriment de sa corolle de ses feuilles et de son teint
j'irais dans le soleil se répétait la fleur jusqu' au jour où le vent lui fit perdre la tête

꽃은 태양에 닿고 싶어 줄기와 잎, 곱게 물든 화관까지 시들게 했다.// 나는 태양 안에 들어갈 거야. 바람이 그의 머리를 날려버릴 때까지 반복하는 꽃들//

(B) une fleur voulait/une fleur le soleil/une fleur se haussaut/une fleur sur sa/une fleur tige/une fleur au détriment/une fleur de saune fleur corolle/une fleur de/une fleur ses feuilles/une fleur et de son/une fleur teint/ une fleur j'irais/une fleur dans le soleil/une fleur se répétait/ une fleur la fleur/ jusqu' au jour où le vent lui fit perdre la tête//

꽃을 원했다/태양의 꽃/꽃이 피고 있다/그녀를 위한 꽃/꽃의 줄기/시드는 꽃/그녀의 꽃/꽃의 화관/꽃에 대한/꽃 그녀의 잎/꽃 그리고 그것이 가진/곱게 물든 꽃/내가 가야할 꽃/햇볕에 피는 꽃 꽃은 반복했다/꽃송이 하나 바로 그 꽃/바람이 그의 머리를 날려버릴 때까지//

**[그림 9-4] '현기증(vertige)'의 내용**

이 시는 수술에 들어 있는 '한 송이 꽃(une fleur)'이라는 낱말은 꽃잎으로 보이는 낱말들과 각각 만나면서 (B)와 같이 또 다른 의미를 만들어 낸다. 이 밖에도 행의 순서는 또 뒤바꾸어 낭송할 수 있으니, 의미의 변주를 다 느끼기 위해서는 여러 편의 시로 재구성하여 읽어낼 수 있다.

| | |
|---|---|
| 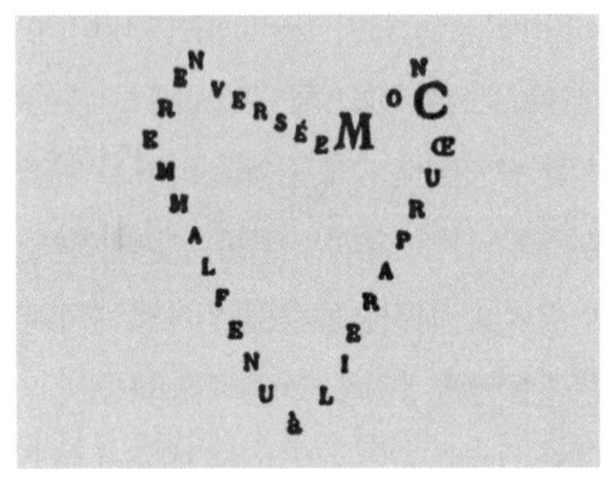 | Mon Cœur pareil à une flamme renversée<br>내 심장은 거꾸로 타는 불꽃 |

[그림 9-5] <coeur(심장)>의 내용

아폴리네르의 <coeur(심장)>는 대문자로 쓰인 'M'과 'C'에 집중하게 되므로 자연스럽게 'Mon(나의)'부터 읽어내려가게 된다. 이 시는 딱 한 문장으로 이루어져 있다. 시적 화자의 표현처럼 심장은 그야말로 거꾸로 타는 듯한 불꽃을 닮았다. 아폴리네르는 전통적인 시의 표현 형식에서 일탈하여 새로운 표현을 모색한 시인이다. 그가 처음 시도한 형식 파괴 구두점을 생략하는 것이었다. 그는 이미지와 문자의 양극단을 오가며 둘을 혼용하기도 하고 분열시키기도 하는 그림시(poésie visuelle) 혹은 상형시(idéogramme)를 썼다. 그가 처음 출간한 시집 제목이 『나 또한 화가이다(Et moi aussi je suis peintre!)』였다고 하니, 그의 이미지에 대한 열정이 어느 정도였는지 알 수 있다. 20세기 초반 아폴리네르의 활자 실험은 프랑스 시문학은 물론 세계 문단에도 큰 영향을 미쳤다. 아폴리네르의 구체시는 스펙트럼이 매우 넓어 시어의 배열이 상상할 수 없을 정도로 비틀어진 작품들도 많다. 그러나 위에 제시된 '심장'은 초등 4학년이 읽어내기 어렵지 않은 수준이다. 심장의 모양에서 거꾸로 타는 불꽃은 유추하는 일은 어렵지 않다. 그런데 거꾸로 타는 불꽃이 무엇을 의미하는지를 고민해 보면 그리 쉽게 답이 나오지는 않는다. 왜 거꾸로 타는 불꽃이라고 했을까? 현실에서 불꽃은 항상 위로 타오르지 아래로 타내려가지는 않는다. 아래로 타도록 하기 위해서는 철저한 장치와 도구가 필요하며 노력이 요구된다. 또한, 거꾸로 탄다는 의미는 시간이 거슬러 올라간다는 뜻도 포함한다. 어쩌면 저 심장의 주인은 현실에서 이룰 수 없는 일을 꿈꾸고 있을 수도 있고, 아름답고 잊지 못할 과거에서 헤어나지 못하고 있을 수도 있다.

초등 4학년 학생들이 배우는 시들도 대부분 아름다운 경치를 관조하고 윤리적인 사회가치나 가족 간의 사랑 등을 다루지 않고 있었다. 얌전하고 평화로운 서정성을 찾아가기 보다는 변덕스럽고 무책임하며 반항적인 전복성을 꿈꾸는 시들이 많았다. 현실의 굴레나 언어의 경계를 넘으려는 시도들은 아이들에게 과연 어떻게 다가가고 있을까? 구체적인 상황은 떠오르지 않지만, 적어도 자신 안에 숨겨진 참된 나를 발견하고 유연하게 사회를 바라보는 시선이 자라나고 있을 것이란 확신이 든다.

### 라. 초등 5학년 시 제재

프랑스의 초등 5학년 학생들이 배우는 교과서에는 이름만 들어도 알 수 있는 굵직굵직한 시인들이 등장한다. 쥘 쉬페르비엘(Jules Supervielle), 끌로드 호이(Claude Roy), 나짐 히크메트(Nazim Hikmet), 폴 엘뤼아르(Paul Eluard), 장 리슈팽(Jean Richepin), 라퐁텐(Jean de La Fontaine), 기욤 아폴리네르(Guillaume Apollinaire), 레이몽 크노(Raymond Queneau), 샤를 보들레르(Charles Baudelaire), 빅토르 위고(Victor Hugo), 자크 프레베르(Jacques Prévert) 등 거장 시인들의 작품이 등장하고 있었다.

먼저, 초등 저학년부터 고학년까지 꾸준히 실리고 있는 시인은 라퐁텐이었다. 고학년에는 어떤 시가 있나 했더니, 우리에게 잘 알려진 '농부와 그의 아이들(Le Laboureur et ses Enfants)'이다. 땅 속에 보물이 숨겨져 있다는 아버지의 거짓 유언으로 아이들이 큰 깨달음을 얻었다는 그 이야기. 그러나 다시 보니, 눈에 띄는 구절이 있었다.

다음으로 살펴볼 시는 폴 엘뤼아르(Paul Eluard, 1895~1952)의 <자유(Liberté)>이다. 폴 엘뤼아르는 초현실주의 시인으로서 제2차 세계대전 당시에는 레지스탕스 활동을 하며 전체주의에 대항했고, 평화와 사랑을 갈망하는 진보적인 시들을 발표했다. 아래에 소개하는 시는 초현실주의 화가 장 아르프(Jean Arp, 1887~1966)를 추모하기 위해 쓴 시이다.

학창 시절 공책 위에
책상과 나무 위에
모래 위에 눈 위에

나는 너의 이름을 쓴다

내가 읽은 모 든 책장 위에
모든 백지 위에
돌과 피와 종이와 재 위에
나는 너의 이름을 쓴다

황금빛 조각 위 에
병사들의 총칼 위에
제왕들의 왕관 위에
나는 너의 이름을 쓴다

밀림과 사막 위에
새둥우리
위에 금작화 나무 위에
내 어린 시절 메아리 위에
나는 너의 이름을 쓴다

밤의 경이 위에
일상의 흰 빵 위에
약혼 시절 위에
나는 너의 이름을 쓴다

[중략]

그 한마디 말의 힘으로
나는 내 일 생을 다시 시작한다
나는 태어났다 너를 알기 위해서

너의 이름을 부르기 위해서

자유여! - Paul Eluard, <자유(Liberté)>

오생근이 번역한 폴 엘뤼아르의 시선집 『이곳에 살기 위하여』(민음사, 1996)에 실려 있는 내용 중에서 교과서에 실린 부분만을 발췌하였다. 원텍스트는 1연과 같이 '~ 위에 나는 너의 이름을 쓴다'는 형식을 반복하는 내용으로 총 20연에 달한다. 그리고 22연이 '그 한마디~ 너의 이름을 부르기 위해서'이고 마지막 23연이 '자유여!'로 마무리된다. 언뜻 읽어 내려가도 김지하 시인의 <타는 목마름으로>가 떠오른다. 폴 엘뤼아르는 제1차 세계대전을 겪으며 전쟁을 혐오하게 되었고, 평화를 갈구하는 마음으로 초현실주의 시인이 되었다고 한다. 자유는 일상과 욕망과 희망 위에 존재하고, 그것은 모든 인식과 삶의 전제이다.

마지막으로 샤를 보들레르(Charles Baudelaire, 1821~1867)의 시를 살펴보려고 한다. 1821년 파리에서 태어난 보들레르는 46세의 짧은 인생을 살았지만, 그의 시집 『악(惡)의 꽃』과 함께 프랑스 시인을 대표하고 있다. 보들레르 『악(惡)의 꽃』(1857)은 '풍기문란'으로 프랑스 내무부 공안국으로부터 '공중도덕 훼손죄'로 기소되었다. 이후 1949년이 될 때까지 쉽게 읽거나 낭송할 수 없는 법적 구속 안에 있었다. 보들레르는 이 시집을 일컬어 '세상의 모든 악을 담아 놓은 시집'이라고 말했다고 한다. 이렇게 악으로 가득하다는 시선집 중에서 과연 어떤 시가 아이들에게 소개되고 있을까?

머리 속을 걸어 다닌다
제 방안 거닐 듯,
힘세고 온순하고 매혹적인 잘생긴 고양이.
야옹하고 우는 소리 들릴까말까,

그 울림 부드럽고 은근하지만;
차분할 때나 으르렁거릴 때나
그 목소리 언제나 풍요하고 그윽하다.
바로 그게 그의 매력, 그의 비밀.

내 마음 가장 어두운 밑바닥까지
구슬처럼 스미는 그 목소리,
조화로운 시구처럼 나를 채우고,
미약(媚藥)처럼 나를 즐겁게 한다.

그 목소리는 지독한 고통도 가라앉히고
갖가지 황홀을 간직하고 있어도
긴긴 사연을 말할 때도
한 마디의 말도 필요가 없다.

그렇다, 이 완벽한 악기, 내 마음 파고들어,
이보다 더 완전 하게
내 마음의 가장 잘 울리는 줄을
노래하게 할 활이 이밖에 없다.

네 목소리 밖엔, 신비한 고 양이여,
천사 같은 고양이, 신기한 고양이여,
네 속에선, 천사처럼,
모든 것이 미묘하고 조화롭구나!

- Charles Baudelaire, <고양이(Le chat)>

보들레르의 <고양이>는 주로 이장희 시인의 <봄은 고양이로다>와 함께 언급된다. 일부 고등학교 교과서에서는 학생들에게 두 작품을 함께 읽고 비교하면서 감상을 유도하기도 한다. 이장희 시인이 일본으로부터 유입된 프랑스 낭만주의와 상징주의에 심취해 있었다는 것은 잘 알려진 사실이다. 그런데 '이리 오너라 아름다운 고양이~'로 시작되는 보들레르의 <고양이>는 『악(惡)의 꽃』에 실린 두 편의 <고양이> 연작 중에 한 편이고, 나머지 한 편이 바로 위에 제시한 <고양이>이다.

초등학교 최고 학년인 초등 5학년은 초등학교를 마무리하고 중학교에 진학해야 한다. 프랑스 초등학생들은 중학교에 진학할 때 입학시험을 치른다. 격식을 갖춘 시험이라기보다는 학교 성적과 적성을 기준으로 인문계와 실업계 혹은 예술계 중학교로 나뉘어 진학하게 되는 것이다. 인문계든 실업계이든 무상교육이 실시되고, 깊이 있는 학문에 잠재력이 있는 학생은 인문계로, 기술개발이나 기능에 잠재력을 가진 학생들은 실업계로, 예술에 잠재력이 있는 학생들은 예술학교로 진학한다. 따라서 실업계나 예술계로 진학할 학생들에게는 진지한 시 교육이 이루어지는 마지막 기회일 수도 있다. 따라서 초등 5학년이 배우는 시들은 작품성을 자랑하는 고전들이다.

## 확장 및 응용

1. 미국의 초등 시교육의 특성과 우리나라 초등 시교육에 주는 시사점을 토론해 보자.

2. 프랑스의 초등 시교육의 특성과 우리나라 초등 시교육에 주는 시사점을 토론해 보자.

3. 미국과 프랑스의 제재 중에서 우리나라에서도 지도할 수 있는 시를 선택하고 교수-학습 활동을 구성해 보자.

# 10장
# 시 수업 어떻게 할까

내가 시를 만든 것이 아니다.
시가 나를 만든 것이다.
- 괴테 -

이 장에서는 시 수업을 위한 실제 교수-학습의 설계와 실행 내용을 안내하고자 한다. 시 작품을 감상하고 창작하는 수업은 기본적으로 다양한 시작품을 읽고 음미하는 활동과 함께 진행될 필요가 있다. 국어과 교육에서는 시를 활용하여 내용 파악하기, 단어의 의미 파악하기, 생각이나 느낌 발표하기 등 다양한 듣기, 말하기, 읽기, 쓰기, 문법 기능을 지도하고 있다. 따라서 자칫 시 작품을 언어 기능을 습득하는 도구로만 활용한다거나 시 작품 감상보다는 특정 시어에 주목하여 활동을 구안하는 경우도 자주 목격하게 된다. 그러나 시 수업에서 가장 중요한 것은 시 작품을 읽는 시간을 충분히 확보하고, 시와 관련하여 함께 이야기 나눌 기회를 가져야 하며, 결국 시가 표현하고자 하는 주제를 찾아 음미하며 공감하는 시간을 가져야 한다. 시를 체험하는 것은 단순히 글자를 해독하고 의미를 찾는 수행을 넘어선 자기 체험을 확장하고 감성을 기르는 이른바 자기 감각에 육박해 들어가는 생생함이 있어야 하기 때문이다.

시 수업도 다른 수업들과 마찬가지로 주의집중, 수업목표 제시, 선수학습 상기, 자극자료 제시, 학습안내, 성취수행 유도, 피드백 제공, 수행평가, 파지 및 전이 제고 등의 공학적 차원의 배려가 필요하다. 이 장에서는 '시적 체험'의 본질이 '체험의 과정'에 있으므로 수업의 과정에 집중하여 제시하도록 하였다. 따라서 엄격한 수업의 흐름을 쫓기보다는 수업의 설계-실행-평가 및 피드백의 일반적인 과정을 따라서 내용을 구안하였다.

## 1. 시 수업의 설계

시 수업은 다루는 텍스트나 교수학습 목표 및 학습자의 상황에 따라 다양하게 디자인될 수 있다. 따라서 해당 수업에서 가장 중점적으로 추구한 의도는 무엇인지, 학생들이 어떻게 성취해 나갔는지 그 과정에 주목해야 한다. 그러나 좋은 시 수업을 구성하기 전에 먼저 선취되어야 할 것들이 있다.

먼저, 좋은 시 수업을 위한 교사의 준비가 필요하다. 시 수업을 위해서는 교사가 시를 즐겨야 한다. 교사가 시를 읽고 감동하는 모습은 학생들에게 그대로 전염된다. 교사가 좋아하는 시나 시인에 관해 이야기하면서 먼저 학생들에게 다가갈 필요가 있다. 국어 시간에 시를 다루는 단원은 한 학기에 한 두 단원에 불과하다. 그 시간 동안 다양한 시를 접하게 하는 것은 불가능하다. 따라서 평소 학생들에게 시를 소개해 주고, 시를 재미있게 읽는 모습을 보여주는 것이 시에 대한 문식성을 길러 줄 수 있다. 저학년에는 재미있는 말놀이와 함께 놀이 형식으로 제시할 수 있고, 고학년으로 갈수록 정서적 울림이나 기발한 발견을 노래한 시를 소개할 수 있다. 또한, 누구나 알 수 있는 고전적인 작품을 소개하거나, 외국의 시를 읽어주는 것도 좋다.

교실 안에 시집을 비치해 두는 것도 잊지 말자. 교실에 다양한 학급문고를 비치해 두고 독서교육을 강조하는 교사들이 많다. 그러나 학급문고 대부분은 이야기책이 차지한다. 학급에 다양한 시집을 갖춰 두고 학생들이 언제나 쉽게 시집을 열어 볼 수 있도록 해야 한다. 최근에는 시그림책도 발간되어 어린이를 위한 새로운 시집형태를 볼 수 있다. 또한, 학교의 도서관에도 시집을 구비해 두고, 학생들이 다양한 시인을 접할 수 있도록 해야 한다. 시집은 볼륨감이 적어 휴대하기도 좋고, 짧은 시간에 한 수 읽어내기도 좋다. 사실 시 수업을 위한 준비는 문학을 생활화하는 차원의 활동이기도 하다.

수업은 학습자들이 수업목표를 효율적으로 달성할 수 있도록 돕는 활동이다. 수업은 즉흥적으로 이루어지기도 하지만, 교사의 수행과 학생의 활동이 섬세하게 기획된다. 학교수업을 통해서 가르쳐야 하는 수업 목표와 내용은 매우 방대하다. 구조적인 기획 없이 접근하는 것은 학교 교육과정에서 요구하는 다양한 측면의 목표를 달성하기 어렵다. 또한, 한 학급에는 다양한 학습자가 존재하며 그들의 개인차를 최대한 고려한 수업이 제공되어야 한다. 최근 다양하게 개발되고 있는 수업 자료나 매체들은 수업의 효율성과 수월성을 높이고 있다. 특히, 수업은 한정된 시간에 이루어지는 활동으로서 수업에서의 오류나 실패는 쉽게 되돌릴 수 없다. 수업 절차 변수의 다양한 흐름은 다음과 같다.

① 수업 목표 → 출발점 행도 진단 → 학습 지도 → 학습 성과 평가
② 계획 → 진단 → 지도 → 발전 → 평가
③ 전체적 접근 → 부분적 접근 → 통합적 접근
④ 문제 파악 → 문제 추구 → 문제 해결 → 적용 및 발전
⑤ 설명하기 → 시범 보이기 → 질문하기 → 활동하기

### 가. 교육 내용 확인하기

수업 설계를 위해서 가장 먼저 생각해야 할 것은 무엇을 가르칠 것인가이다. 초등학교에서 이루어지는 교육은 국가교육과정에 따라 이루어진다. 우리나라 교육과정은 시대의 변화와 사회적인 요구에 따라 꾸준히 개정하는 수시교육과정이다. 따라서 교육부에서 고시한 교육과정에 대한 기초적인 이해가 필요하다.

시 교육은 국어과교육과정에 기반하여 이루어진다. 최근 개정된 2015개정 국어과 교육과정의 성취기준은 듣기·말하기, 읽기, 쓰기, 문법, 문학의 5영역으로 나뉘어 제시된다. 문학교육의 내용은 문학 영역에서 다루며, 시 교육과 관련된 성취기준도 문학영역에 있다(시 교육 내용과 관련된 자세한 내용은 1부 2장 참조).

시 교육에서 가르칠 내용은 수업 목표의 확인 단계에 해당한다. 수업 목표는 해당 수업이 어떤 목표지점을 향해 달려가는지 알려주는 목표지점이다. 따라서 교사가 무엇을 의도하는지에 따라 다양한 목표지점이 발생할 수 있다. 교육과정의 성취기준을 성실히 수행하고자 하는 취지에서 학습 목표가 설정될 수도 있고, 학습자들의 상황을 개선하기 위한 목적으로 구안될 수도 있으며, 특별한 작품을 지도하기 위해 구성될 수도 있다. 특히 시 교육은 시 문학을 중심으로 운용되므로, 시 텍스트를 중심으로 하는 교수-학습도 중요한 축으로 인식해야 한다.

### 나. 학습자 확인하기

가르칠 내용이 정해지면, 학습자들에 대한 파악이 필요하다. 이를 학습자의 출발점 행동이라고 한다. 출발점 행동은 해당 수업 목표와 관련하여 학습자의 수준을 파악하고 흥미나 소질, 사전 경험을 비롯한 배경지식을 확인하는 것이다.

학습자의 출발점 행동은 교수-학습의 방향을 결정하는데 다양한 정보를 제공한다. 먼저 학습자의 출발점 행동에 따라 수업 모형을 선택할 수 있다. 수업 모형은 수업 설계 또는 수업 체제 설

계의 과정을 기술, 설명, 처방, 예언하기 위하여, 수업체제와 수업체제 설계과정을 축소, 추상, 단순화하여 제시한 것이다. 따라서 수업 모형은 학습이론, 교수이론 등 다양한 이론적 기반 위에서 설계된 것으로 수업의 원리를 제공해 준다. 초등 국어과에서는 직접 교수 모형, 문제해결학습 모형, 창의성 계발 학습 모형, 가치 탐구 학습 모형, 지식 탐구 모형, 반응 중심 학습 모형, 역할 수행 학습 모형, 전문가 협동 학습 모형, 토의·토론학습모형 등을 제시하고 있다. 시 교육에서는 가르칠 내용과 학습자의 출발점 행동에 따라 적절한 교수·학습 모형을 선택하여 구성한다.

학습자의 출발점 행동은 다양한 측면에서 검토될 수 있다. 학급에서 주로 활용되는 출발점 행동의 진단은 ① 활동 형태에 대한 선호도 ②본시 학습 내용에 대한 배경지식 ③ 본시 학습 내용에 대한 선호도 ④ 좋아하는 시 텍스트 선정 등으로 볼 수 있다. 먼저 선호하는 활동 형태는 전체 활동, 모둠 활동, 짝 활동, 개인 활동 중에서 어떤 것을 좋아하는지 묻는다. 학생들이 선호하는 활동을 중심으로 수업을 구성하되, 협동학습을 싫어하는 학생의 많을 경우는 싫어하는 요인을 파악하여 협동학습의 미덕을 느낄 수 있도록 유도해야 한다. 학생들이 선호하는 것으로 무조건 맞추기보다는 싫어하는 것을 새로운 방식으로 시도하여 문제점을 해결해 나가는 방식을 취해야 한다. 본시 학습 내용과 관련된 선행 지식을 파악하거나 관련 경험을 확인하는 것은 교육 내용이 무엇이냐에 따라 다양한 분야에서 시도될 수 있다.

### 다. 교수·학습 과정안 작성하기

교수·학습과정안은 수업의 설계를 돕는 유용한 도구이다. 학습은 즉흥적으로 일어나기도 하지만, 계획적인 의도를 통해 학생들의 바람직한 변화를 도모해야 한다.

교수·학습과정안과 유사하게 혼용되고 있는 용어로 '수업안', '학습 지도안', '교수 · 학습안 '등이 있다. 그러나 유사하지만 조금씩 차이가 있다. 수업안은 교사가 학생에게 가르칠 것을 계획한 것인데 교사의 입장이 강조된 용어이다. '학습 지도안'과 '학습 보도안' 도 학습자의 층위를 잘 반영하지 못하고 있다. 교수·학습 과정안은 최근에 교사와 학생 간의 상호작용을 과정적으로 기술하는 측면을 효과적으로 표현하고 있다.

교수·학습 과정안은 학생들이 그 학습 활동시간에 도달하여야 할 학습 목표를 가장 효과적으로 도달할 방안을 구상한 가상적 시나리오이며, 학습 목표 정복을 위한 고도의 전략이라고 할 수 있다. 교사는 교수·학습과정안을 활용하여 학습 목표를 정선하여 교수·학습 활동의 방향을 분명히 할 필요가 있다. 교수·학습과정안을 미리 작성하는 중요한 요인 중의 하나가 학생과 교사가 모두 단위 학습 시간에 학생들이 도달하여야 할 학습목표를 정선하여 목표 인식을 분명히 함으로써 교수·학습 활동의 방향을 확실하게 하는 데 있다.

교육현장에서 활용되는 교수·학습과정안은 교과서를 기반으로 구성되는 경우가 많다. 교수·학습과정안에는 크게 세안과 약안이 있다. 세안은 교과서 단원 전체를 기획하는 것이고, 약안은 한 차시의 수업을 위해 작성하는 것이다.

세안에는 다음과 같은 내용이 제시된다. 앞서 언급한 교육 내용과 학습자에 대한 고려뿐만 아니라 주로 활용할 교수-학습 모형이나 구체적인 방법도 제시된다. 세안은 주로 공개수업을 위해 작성되는 경우가 많으므로, 연구수업으로 동료 교사 혹은 예비교사들과 함께 나누고 싶은 차시를 선택하여 약안을 제시한다. 약안은 세안에서는 본시 학습지도 계획이라는 명칭으로 한 두 차시 분량으로 구성한다.

**<표 10-1> 교수 · 학습 과정안 세안의 주요 내용**

| | 내용 |
|---|---|
| **(1) 단원** | 국어 교과서 단원이나 생활경험에서 선정한 문제를 단원명으로 기록한다. |
| **(2) 단원의 개관** | ① 교재의 측면 : 단원의 본질 및 성격 규명, 학생의 발달이나 사회에 영향을 주는 가치를 발견하여 간명하게 기술한다.<br>② 학생의 측면 : 학생의 발달단계 특징, 과거의 경험과 생활과의 관계 학생의 개인차와 흥미, 욕구 등을 기술한다.<br>③ 교수-학습 방법의 측면 :학생의 흥미를 유발하고 그 지속을 보장하는 방법 구상, 구체적인 자료 수집과 적극적인 사고 활동을 조성하는 방법 구상, 개성을 충분히 살릴 수 있는 방법을 구상한다. |
| **(3) 단원의 목표** | 단원의 목표는 해당 단원뿐만 아니라 이전 이후의 단원과 연속적이며, 단계적으로 구성되었다. 따라서 단원목표를 살펴보고 학습자가 성취해야 할 목표를 지식면, 이해면. 기능면, 태도면을 구분하여 분석한다. 목표 진술 문장 내에 둘 이상의 행동 요소를 두지 않도록 유의한다. |
| **(4) 단원의 구성** | ① 단원의 구조 : 단원의 중심 가치와 기본 요소를 규명하고 생활경험과 통합하여 논리적인 계열에 따른 학습의 순서와 체계를 세운다.<br>② 단원의 관련 : 본 단원과 관련이 있는 계열 또는 범위를 밝힌다. |
| **(5) 차시별 학습 계획** | 단원발전의 전체 계획으로서 대단원을 적절한 시간으로 나눈 내용의 조직을 기술한다.<br>① 차시 : 대단원을 구성하고 있는 기본적인 요소를 그 성격이나 특성에 따라 양적으로 나누어 한 시간으로 묶어 학습의 순서를 정한다.<br>② 목표 : 학습 제재가 지닌 가치를 찾아서 구체적인 목표를 추출하여 기술한다.<br>③ 내용 : 당해 시간의 중심적인 학습제재이다.<br>④ 시간 : 나누어진 내용에 대하여 매 차시별로 소요시간을 예상하여 분단위로 기록한다.<br>⑤ 자료 : 학습장면에서 필요로 하는 자료, 기구를 기록한다. |
| **(6) 단원의 평가 계획** | 대단원을 학습하고 단원목표 도달도가 어느 정도인가를 평가하는데, 보통 총괄평가를 말한다. |

| (7) 본시 학습 의 실제 | ① 학습제재 : 단원 학습 계획의 본시에 해당하는 교수 내용을 진술한다.<br>② 본시학습 목표 : 행동의 최소 단위로 그 시간 내에 달성 가능한 목표로 진술한다.<br>③ 차시, 쪽수 : 차시는 본시/단원의 총 시수로 기술하고 쪽수는 교과서 또는 지도서의 쪽수를 기록한다.<br>④ 학생 수 : 학급의 학생 수를 기록한다.<br>⑤ 학습 단계 : 형식적 단계인 도입, 전개, 정리를 기록하기보다는 학습 모형의 단계를 기술한다.<br>⑥ 아동 학습 활동 : 본시에서 학생들의 학습해야 할 활동 내용을 자세히 기술한다.<br>⑦ 도움 교수 활동 : 본시 목표 달성을 위해 학생들의 학습 활동을 도와주고 이끌어 주는 활동을 기술한다.<br>⑧ 시간 : 단계별 활동을 분 단위로 기록한다.<br>⑨ 자료 및 유의점 : 자료는 본시에 투입되는 자료를 간단히 적고 본시 수업에서 유의해야 할 내용을 간단히 기록한다.<br>⑩ 차시예고 및 예습과제 본시 학습 말미에 차시예고 및 예습과제를 제시한다.<br>⑪ 본시 평가 계획 차시 예고 전에 본시 학습 목표 도달도를 측정하기 위한 형성평가 계획을 수립한다. 평가 문항을 개괄적으로 교수 · 학습 과정안 말미에 제시하기도 한다. |
|---|---|

본시 학습 지도 계획은 본시 학습 목표의 설정, 본시 학습 전개 계획, 그리고 본시 학습 평가 계획 순으로 작성한다. 본시 학습 목표는 단원의 목표를 달성하기 위한 구체적인 목표들이다. 이들은 학습 시간별로 다르게 설정되는데, 한 시간 수업에는 대략 2·3개 정도가 적절하다. 학습 목표가 너무 많으면 수업의 초점이 흐려질 가능성이 많을 뿐만 아니라, 어느 하나도 제대로 달성할 수 없는 경우가 생긴다. 본시 학습 목표는 명확하고 구체적으로 진술해야 한다. 이를 위해 흔히 행동적 용어로 진술한다.

본시 학습 전개 계획은 수업 시간에 교사와 학생이 학습 내용을 중심으로 상호 작용하는 과정을 계획하는 것이다. 이 부분이 교수·학습 과정안의 핵심이다. 수업 단계에 따라 어떤 학습 내용을 중심으로 교사와 학생이 어떠한 활동을 할 것인가를 명백하게 진술한다. 또한, 각 단계별 수업 활동에 필요한 학습 자료와 유의점 등이 무엇인가를 진술한다.

본시 학습 평가 계획은 학습 목표의 달성 여부와 그 정도를 파악하기 위한 것이다. 형성평가 성격을 띠는 것으로 교사가 제작한 평가 도구를 활용한다. 평가 계획을 정착 단계에 포함 시키거나 혹은 별도 항목으로 설정하기도 한다.

수업 안의 형식은 수업의 내용이나 활동에 따라 얼마든지 자유롭게 할 수 있다. 다만, 같은 공동체 내에서 같은 형식으로 더 쉽게 소통하기를 바라는 마음에서 통일 할 수도 있겠다. 더 나은 소통을 전제로 더 좋은 수업의 계획을 '표현'한다는 면에서 수업안을 작성한다면, 교육 내용의 특성과 교사와 학습자의 개성 및 특성이 드러나도록 자유롭고 열린 형식을 지향할 수 있다. 다음은 시 수업을 위한 교수·학습 과정안과 피드백 자료이다.

### <표 10-2> 시 수업 교수 · 학습과정안 예시

<table>
<tr><td>단원명</td><td colspan="3">1. 재미가 톡톡톡</td><td>차시</td><td>3/10</td><td>쪽수</td><td>36~39</td></tr>
<tr><td>성취<br>기준</td><td colspan="5">감각적 표현을 통해 더 실감 나게 생각과 느낌을 전달할 수 있음을 이해한다.</td><td>대상</td><td>3학년 1반</td></tr>
<tr><td>학습<br>목표</td><td colspan="5">시에 나타난 감각적 표현을 구별할 수 있다.</td><td>일시</td><td>2020. 12. 1(화)<br>( 3교시)</td></tr>
<tr><td rowspan="2">학습<br>중점</td><td>창의성</td><td>인성</td><td>융합(영역)</td><td>협력학습</td><td rowspan="2">학습<br>모형</td><td rowspan="2" colspan="2">가치탐구학습모형</td></tr>
<tr><td>유창성, 융통성</td><td>존중, 배려</td><td>문학+쓰기</td><td>모둠+개인</td></tr>
</table>

<table>
<tr><th rowspan="2">학습<br>단계</th><th rowspan="2">학습<br>요소</th><th colspan="2">특성</th><th rowspan="2">시<br>간</th><th rowspan="2">자료(㉶)<br>유의점(㊒)<br>평가(㉬)</th></tr>
<tr><th>교사</th><th>학생</th></tr>
<tr><td>도입</td><td>동기<br>유발<br>모둠</td><td>◦ 비 오는 소리를 표현하기<br>· 비 오는 소리를 듣고 모둠별로 소리를 말로 나타낸다.<br>· 비 오는 소리를 무엇이라고 표현했나요?<br>· 비 오는 소리를 감각적으로 표현하니 어떤가요?</td><td>– 비 오는 소리를 나타낼 적절한 말을 떠올려 발표한다.<br>– 하늘이 북 치는 소리라고 표현했습니다.<br>– 나무들이 샤워하는 소리라고 표현했습니다.<br>– 장면이 더 생생하게 생각납니다.</td><td>7′</td><td>㉶동영상(20초)<br>https://youtu.be/15dvaNeK-DXI<br><br>㊒PPT1<br>(학습문제)</td></tr>
<tr><td></td><td>학습<br>문제<br>확인<br>전체</td><td>◦ 학습문제 확인하기<br>· 학습할 문제를 안내한다.</td><td>– 학습할 내용을 확인한다.</td><td></td><td>㊒동기유발을 통하여 학습문제를 자연스럽게 찾도록 한다.</td></tr>
<tr><td></td><td></td><td colspan="2">시에 나타난 감각적 표현을 구별해봅시다.</td><td></td><td></td></tr>
<tr><td>전개</td><td>가치<br>확인<br>하기<br>전체<br>유창성</td><td>◦ 활동1-소나기 이해하기<br>· 교사가 시범 낭송을 한 후, 전체 학생이 낭송을 한다.<br>· 소나기가 오는 소리를 어떻게 표현했나요?<br>· 시에서 감각적 표현을 사용했을 때 얻을 수 있는 효과에는 무엇이 있나요?</td><td>– 교사의 지시에 따라 시를 낭송한다.<br>– 잘 익은 콩을 쏟는 소리라고 표현했습니다.<br>– 실리콘 소리라고 표현했습니다.<br>– 또로록이라고 표현했습니다.<br>– 시를 더 실감나게 읽을 수 있습니다.<br>– 제가 소나기를 보던 경험이 생각납니다.</td><td>7′</td><td>㉶PPT2<br>(시)<br><br>㊒감각적 표현을 구별할 수 있도록 지도한다.<br>㉬관찰평가</td></tr>
<tr><td></td><td>가치<br>평가<br>하기<br>전체</td><td>◦ 활동2-감각적 표현 생각하기<br>· '콩, 너는 죽었다'를 소리내어 읽어보기.<br>· 콩이 어떻게 굴러간다고 표현했나요?<br>· 소나기가 내릴 때 나는 소리와 콩이 떨어질 때 나는 소리를 비교해봅시다.<br>· 감각적 표현을 이용하면 어떤 점이 좋은가요?</td><td>– 교사의 지시에 따라 시를 낭송한다.<br>– 또르르또르르 굴러간다고 하였습니다.<br>– 또르륵 굴러간다는 점이 같습니다.<br>– 콩은 둥글어서 계속 굴러가는 것 같고, 소나기는 콩보다는 적게 굴러가는 것 같습니다.<br>– 시의 분위기와 장면을 더 잘 이해할 수 있습니다.</td><td>10′</td><td>㉶PPT3<br>(시)<br><br>㊒자연스러운 분위기 속에서 감각적 표현을 비교할 수 있도록 유도한다.</td></tr>
</table>

| 학습 단계 | 학습 요소 | 특성 | | 시간 | 자료(㉶) 유의점(㊠) 평가(㉻) |
|---|---|---|---|---|---|
| | | 교사 | 학생 | | |
| | 가치 일반화 하기<br>모둠<br>융통성<br><br>학습 문제 확인<br>전체 | ◦ 활동3-감각적 표현을 이용하여 시를 표현해보기<br>· 앞서 모둠별로 비 오는 소리를 생각했던 것을 참고하여, 비 내리는 모습을 표현해봅시다.<br>· 비에는 여러 가지 이름이 있습니다. 그 중 한 가지를 골라 감각적 표현을 이용하여 표현해봅시다.<br>· 소나기가 그치고 나면 어떻게 될지 자유롭게 생각하여 시를 고치고 낭송해봅시다. | – 하늘이 장구치듯 요란하게 내려요.<br>– 창밖으로 주룩주룩 비가 내려요.<br>– 땅 위로 툭툭 떨어져요.<br>– 가랑비는 하늘하늘하게 내려요.<br>– 여우비는 나뭇잎을 톡톡 건드리다가 숨어버려요.<br>– 무지개를 볼 수 있을 것 같습니다.<br>– 한층 푸르른 자연을 볼 수 있을 것 같습니다. | 13′ | ㊠학생들이 자유롭게 비 오는 소리에 대해 생각할 수 있도록 개방적이고 허용적인 분위기를 형성한다.<br>㉻수행평가<br><br>㉶PPT4<br>(사진 자료) |
| 정리 | 정리 및 확인<br>전체 | ◦ 정리 · 확인하기<br>· 시에 나타난 감각적 표현에는 어떤 것이 있었나요?<br>· 비 오는 소리를 다양한 감각적 표현으로 표현하니까 어땠나요?<br>· 시에 나타난 재미있고 실감 나는 표현의 느낌을 살려 읽어 봅시다. | – 소나기를 콩을 쏟고 있는 소리라고 표현했습니다.<br>– 소나기를 실로폰 소리라고 표현했습니다.<br>– 시가 더 생생하게 느껴졌습니다.<br>– 제 생각을 더 구체적이고 분명하게 나타낼 수 있었습니다.<br>– 감각적 표현에 유의하여 큰 소리로 시를 읽는다. | 3′ | |
| | 차시 예고 | ◦ 차시 예고하기<br>· 다음 시간에는 '공 튀는 소리'를 읽고 감각적 표현을 비교해보겠습니다. | – 다음 시간에 공부할 내용을 안내받는다. | 10‘ | ㉶PPT5<br>(학습정리 및 차시 예고) |

| 평가 계획 | 평가관점 | · 시에서 감각적 표현을 찾을 수 있고, 직접 감각적 표현을 만들 수 있는가? | | |
|---|---|---|---|---|
| | 평가방법 | 관찰평가, 수행평가 | 평가도구 | 활동지 |
| | 평가내용 | · 시에서 감각적 표현을 찾을 수 있는가?<br>· (융통성)감각적 표현을 이용하여 대상을 표현할 수 있는가?<br>· 감각적 표현을 알고 필요성을 인식할 수 있는가? | | |
| | 평가결과 환류계획 | · 비 오는 소리를 다양한 감각적 표현으로 잘 표현하는 학생은 날씨를 감각적 표현으로 나타내보도록 한다. (맑은 날, 바람 부는 날, 천둥번개 치는 날 등)<br>· 비 오는 소리를 다양한 감각적 표현으로 표현하는데 어려움을 겪는 학생은 예시 자료를 참고하여 나타내보도록 한다. | | |

## 2. 시 수업의 실행 및 평가

교수·학습 과정안이 준비되고, 교수-학습자료 등을 구비하여 실제 수업을 실행한다. 수업을 실행할 때에는 '교수'와 '학습'을 적절히 조화시켜야 한다. 학생들의 깨달음이 없는 가르침은 무의미하다.

실제 수업 전에 가상적으로 수업을 실연해 볼 수도 있다. 가장 쉽게 적용할 수 있는 방법이 마이크로 티칭(microteaching)이다. 마이크로 티칭은 마이크로 레슨(micro lesson)이라고도 하는데, 4~20분정도의 짧은 시간 동안 축소된 상황에서 실시하는 수업을 말한다. 여기서 축소된 상황이란 교수시간, 교수방법, 학습자수, 교실 크기 등을 실제 수업보다 적은 규모로 축소한다는 의미이다. 마이크로 티칭은 축소된 수업을 녹음이나 녹화하여 수업을 분석하는 과정을 통해 수업에 대한 전문가적 시각과 비평적 사고능력을 향상시키고, 부족한 점을 수정 · 보완하는 방법이다. 주로 수업의 기술을 습득하거나 개선하려는 방법으로 활용된다. 마이크로 티칭의 장점과 단점을 제시하면 다음과 같다.

<표 10-3> 마이크로 티칭의 장점과 단점

| 장점 | 단점 |
|---|---|
| (1) 교사교육의 질적 향상을 유도함<br>(2) 교수방법의 다양성과 중요성을 인식하게 함<br>(3) 모의수업 녹화파일은 교수방법개선을 위한 교육적 처방, 보충교육 자료, 교사교육을 위한 교수·학습 자료로 활용 가능함<br>(4) 우호적인 환경에서 특정 주제나 새로운 기법, 방략, 절차를 연습하거나 짧은 시간동안 수업 에 대한 새로운 접근방법의 시도가 가능함<br>(5) 위험부담을 줄이고, 가치 있는 경험이 가능함<br>(6) 수업에서 발생하는 정보의 홍수를 예방하고 교수자가 원하는 집중적 기술을 습득하기 용이함.<br>(7) 녹화된 수업장면을 통해 자신의 성취에 대한 즉각적 피드백이 가능함<br>(8) 수업상의 복잡한 상호작용을 관련 하위 요소로 세분화 가능함 | (1) 마이크로티칭에 포함되는 기술이수업에 전이되기까지 어려움이 있음<br>(2) 마이크로티칭 프로그램 조직 시 학습자의 수, 유형, 수업시간, 피드백의 성질 등과 같은 문제점이 생길 수 있음<br>(3) 마이크로티칭에 대규모 학생이 참여할 경우 학생간의 개인차를 설명하는데 어려움이 발 생할 수 있음<br>(4) 마이크로티칭의 평가로 교사의 교수능력을 평가하는 것이 쉽지 않음<br>(5) 무분별한 녹화와 피드백이 낭비일 때가 있으며, 수업기술 연습 시 피드백의 다양성에 대 한 효과를 감소시킬 수 있음<br>(6) 마이크로티칭은 행동주의를 기반으로 하는 실험연구로 그에 따른 제한점이 수반되며, 실험 처치 기간이 비교적 짧음 |

마이크로 티칭의 장단점을 인식하고 활용하면, 실제 수업 전에 다양한 변인을 확인하고 조정할 수 있으며, 교사의 수업 수행 능력을 성찰할 수 있다. 마이크로 티칭은 수업을 계획하고 모의수업을 실시한 후 피드백 평가를 받고 다시 재수업을 실시하는 절차로 진행된다.

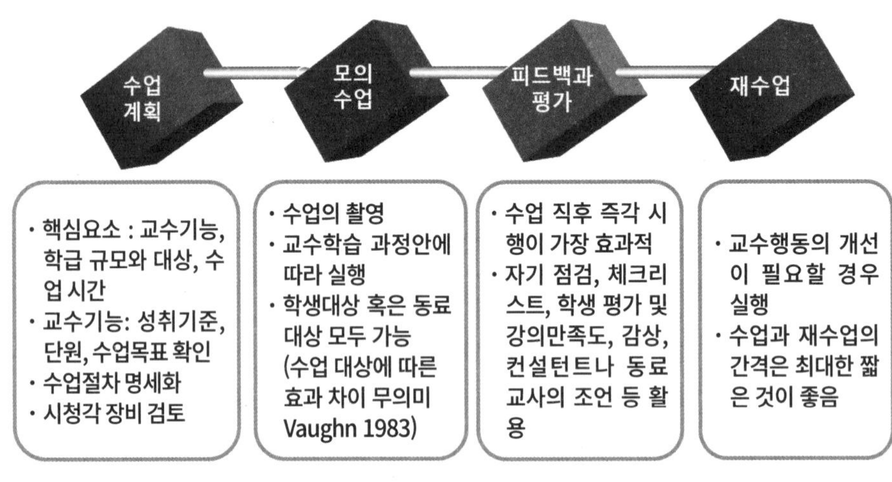


[그림 10-1] 마이크로티칭의 과정

마이크로티칭의 피드백은 수업 직후에 즉각적으로 이루어지는 것이 가장 효과적이다. 피드백 평가를 위해서 수업 분석을 위한 체크리스트를 활용하기도 한다. 일반적인 수업에서 활용되는 체크리스를 참고로 제시한다.

<표 10-4> 수업 분석을 위한 자기체크리스

| 구분 | | 진단내용 | 자기 평가 |
|---|---|---|---|
| 수업준비 | 1 | 학생에 대한 사랑과 교육에 대한 열정을 갖고 있는가? | |
| | 2 | 수업준비는 충분히 하는가? | |
| | 3 | 학습내용은 학생의 수준에 적절하고 도전할 과제인가? | |
| | 4 | 학습목표와 주제, 내용에 적합한 학습전략을 세우는가? | |
| | 5 | 적절한 수업단계의 시간 배분 등 수업진행의 밑그림을 그리는가? | |
| | 6 | 수업내용과 관련한 동기유발을 할 자료 또는 전략을 준비하는가? | |

| 구분 | 번호 | 항목 | |
|---|---|---|---|
| 수업진행 | 1 | 수업을 시작할 때 본시에 공부할 개요를 알려주는가? | |
| | 2 | 전시학습의 내용을 상기하는가? | |
| | 3 | 학습목표를 고려하여 동기를 유발하는가? | |
| | 4 | 학습목표를 정확히 제시하는가? | |
| | 5 | 학생의 반응에 적절하게 대응하는가? | |
| | 6 | 학습내용을 평가방법 및 기준과 연계하여 제시하는가? | |
| | 7 | 학습내용과 관련한 질의와 응답의 기회를 갖는가? | |
| 수업방법 | 1 | 효과적인 다양한 수업방법을 적용하는가? | |
| | 2 | 정보매체 자료와 유인물 등 다양한 자료를 활용하는가? | |
| | 3 | 교사 주도적 수업과 학생 주도적 수업이 적절하게 이루어지는가? | |
| | 4 | 수업내용을 학생의 수준에 맞게 제공하는가? | |
| | 5 | 수업내용에 알맞은 학습활동 유형을 제공하는가? | |
| | 6 | 보상과 강화를 적절하게 이루어지는가? | |
| | 7 | 개방적 발문과 폐쇄적 발문을 적절하게 사용하는가? | |
| 수업평가 | 1 | 수업 전에 평가 활동을 미리 준비하는가? | |
| | 2 | 수업의 내용에 대한 평가방법과 기준을 제시하는가? | |
| | 3 | 학습목표와 관련된 성취 정도를 평가하는가? | |
| | 4 | 평가 결과에 대한 피드백을 제공하는가? | |
| 언어 | 1 | 음성의 크기, 높낮이, 강약의 변화는 적절한가? | |
| | 2 | 말의 빠르기가 적절하고 정확하게 전달되는가? | |
| | 3 | 개방적 발문과 폐쇄적 발문을 적절하게 사용하는가? | |
| | 4 | 거슬리는 습관성 말투를 사용하지 않고, 올바른 교수언어를 사용하는가? | |
| | 5 | 학생의 이해와 성장을 돕고, 칭찬과 격려하는 긍정적 언어를 사용하는가? | |
| 태도 | 1 | 단정한 복장을 갖추고 있는가? | |
| | 2 | 몸동작 등 자세가 자연스럽고 적절한가? | |
| | 3 | 교실 앞에서의 위치 변화와 학생 사이의 순회는 적절한가? | |
| | 4 | 표정이 온화하고 밝으며 친화적인가? | |
| | 5 | 학생과 고르게 시선을 교감하면서 수업을 진행하는가? | |

| 관계 | 1 | 학생의 이름을 불러주는가? | |
|---|---|---|---|
| | 2 | 학생을 긍정적 시각으로 바라보는가? | |
| | 3 | 학생의 의견을 수용하고 존중하는가? | |
| | 4 | 학생과의 상호작용이 활발하게 이루어지고 있는가? | |

촬영한 수업을 보고 이루어지는 수업비평이나 토론은 수업자의 수업기술개발은 물론 함께 논의하는 사람들의 수업에 대한 안목을 높여준다. 따라서 건설적인 차원에서 수업을 분석하고 서로 도움이 될 수 있는 평가회가 되도록 해야 한다. 아래 표는 마이크로 티칭 피드백의 예시이다.

**<표 10-5> 마이크로 티칭의 피드백 예시**

| 총평 | 전체적으로 차분하게 수업을 잘 진행해 주었습니다. 학습 내용을 안내할 때 학생들이 무엇을 해야 하는지 확실히 인식할 수 있도록 구체적으로 안내한 점이 좋았습니다. 특히 '풀이래요'를 학습할 때, 시의 내용을 생각하면서 장면을 떠올리게 할 때, 반응 제시가 익숙하지 않은 학생들에게 선생님이 예시를 들어주는 부분이 좋았습니다. 교사의 경험을 자연스럽게 말해주면서 반응을 끌어내어 스캐폴딩을 잘 해 주었습니다. 2학년에게 적합한 제재를 잘 선택하여 보여주었습니다. |
|---|---|
| **내용** | **보완사항** |
| **학생 발문에 대한 반응** | 학생들의 반응을 연결하여 학습 내용을 확장할 수 있도록 안내할 수 있도록 시도해보는 것도 좋겠음. |
| **시 제재를 제시할 때** | '풀이래요'나 '허수아비' 시를 보여줄 때 그림이나 영상을 보여주는 것도 생생한 느낌을 유도하는 데 도움이 될 것임. 물론 영상이나 그림과 유사한 장면을 따라서 말하거나 행동할까 봐 염려할 수도 있지만, 그림이나 영상에서 제시되지 않은 것도 떠올려 보자고 안내하여 다양한 반응을 끌어낼 수도 있음. 역할극으로 꾸미는 활동으로 이동하기 위해서는 사진이나 영상이 더욱 도움이 되었을 것으로 생각됨. |
| **시의 주제에 대한 언급** | '풀이래요'와 '허수아비' 모두 함께 있고 싶은 마음을 드러내고 있으므로, 발표자가 언급한 것처럼 '따뜻한 마음'을 느낄 수 있는 것 같음. 시의 주제에 대한 언급이 조금 더 구체적으로 이루어지고, 왜 그렇게 느꼈는지를 시 텍스트를 통해서 이야기 나누도록 하는 시간을 간단하게라도 갖는 것이 좋겠음. |

수업의 마무리는 교사의 자기성찰로 정리된다. 수업을 기획하고 실연하고 평가회를 한 후 새롭게 알게 된 내용과 수정보완할 내용 등을 자유롭게 정리한다.

마이크로티칭 수업 성찰 일지

국어교육과 백○○

과목: 국어

학년 및 단원: 3학년 / 1. 재미가 톡톡톡 [3/10]

성취기준: [4국05-01]시각이나 청각 등 감각적 표현에 주목하여 작품을 감상한다.

학습 목표: 시에 나타난 감각적 표현을 찾을 수 있다.

특징: 가치탐구학습 모형을 적용하여 학생들이 감각적 표현을 찾고 이를 활용하여 글을 쓸 수 있는 활동을 구성하였다.

자기 점검

평소 말의 빠르기가 빠른 편이라 이 점을 유의하여 수업을 진행하였다. 또한 실제로 공간에 학생들이 있다고 생각하고 넓은 시야를 가지고 움직이려 하였고, 학생과 질의응답 및 순회지도 시간을 적절히 배치하여 수업이 원활하게 진행될 수 있도록 구성하였다. 특히 순회 지도의 경우 학생이 스스로 학습할 수 있도록 유도하는 질문을 준비하였고, 사전에 작성한 약안에 기초하여 체계적으로 수업을 진행하기 위해 노력하였다.

피드백을 통한 발전

분명한 말투와 적절한 비언어적 표현, 말의 빠르기가 좋았다는 평을 받았다. 또한 모둠별 피드백 과정이 학습자를 존중하고 이해를 돕는 바람직한 교사의 모습이었다는 칭찬을 들어 그간 고민했던 요소에 대해 칭찬을 받아 기뻤고, 자신감이 생겼다. 다만 3학년을 대상으로 하는 수업이었는데 다소 어려운 어휘를 이용하였다는 지적이 있었다. 학생의 연령대를 고려하여 발문을 준비하는 것이 필요하겠다.

활동의 경우 학생들에게 감각적 표현이 잘 드러난 시를 읽어보게 하고, 시에서 감각적 표현을 찾고, 직접 감각적 표현을 활용하여 시를 작성해보는 활동으로 구성하였다. 이때 '콩, 너는 죽었다'라는 시가 있는데, 이 시를 활용하여 몸을 움직이는 활동을 준비했다면 더 좋았겠다는 피드백을 받았다. 실제로 학생들이 40분 동안 글을 읽고 쓰는 활동만 한다면 집중력이 낮아지고 흥미가 떨어질 것 같다. 특히 저학년의 경우 동적인 활동을 이용할 시 훨씬 즐겁게 학습할 수 있을 것 같다. 활동을 구성할 때 학생의 입장을 고려하여 다양한 활동을 구성해야겠다.

학생들에게 '비 오는 소리'와 '콩이 떨어지는 소리' 등 다양한 시청각 자료를 준비했다는 점에서 학생이 학습 목표를 달성하는 것을 적절하게 도왔다는 평을 받았다. 또한 감각적 표현을 이용하여 시를 쓰는 활동까지 위계적으로 진행되었고, 예시 자료도 상상력과 창의력을 자극할만한 좋은 자료였다는 피드백을 받았다. 이때 시를 쓰는 활동의 경우 3학년에게 다소 난이도 높은 활동인 것 같다는 조언을 받았는데, 예시 자료를 활용하여 작성하는 활동이기 때문에 3학년도 큰 무리 없이 진행할 수 있을 것 같다. 다만 시 쓰는 활동에 익숙하지 않을 수 있기에 시간 배분을 좀 더 고려하여 진행한다면 더 좋았을 것 같다.

여러 가지 피드백을 통해 나의 교사로서의 자질과 수업 구성 능력에 대해 다시 돌아볼 수 있었다. 또한, 학생을 부르는 호칭이나 수업의 난이도 등 다양한 방면으로 생각해 보고 의견을 나누어 볼 수 있어 좋았다. 이러한 경험이 소중한 밑거름이 되어, 진심으로 학생을 위하는 교사가 될 수 있기를 희망한다.

## 확장 및 응용

1. 시 수업을 설계하고 교수 · 학습과정안을 작성해 보자.

2. 설계한 교수·학습과정안에 따라 마이크로티칭을 하거나 실제 학생들에게 수업을 실행 보고, 쟁점을 찾아 토론해 보자.

3. 시 교수·학습과정안을 기획하고 실연하는 데 가장 중요한 난제는 무엇인지 탐색하고, 해결 방안을 제안해 보자.

# 참고문헌

## <단행본>

구인환 외(1998),『문학교수-학습방법론』, 삼지원

구인환 외(2001),『문학교육론』, 삼지원.

권혁웅(2010),『시론』, 문학동네.

김숙자(2011),『현대아동시창작교육』, 박문사.

김정용(2011),『독일 아동 · 청소년 문학과 문학교육』, 지식을만드는지식.

김준오(2002),『시론』, 삼지원.

김창원(2011),『문학교육론-제도화와 탈제도화』, 한국문화사.

박목월(2009),『동시의 세계』, 서정시학.

박민수(1993),『아동문학의 시학』, 양서원.

박인기 외(1999),『국어과 수행평가』, 삼지원.

박인기 외(2005),『문학을 통한 교육』, 삼지원.

박화목(1982),『신아동문학론』, 보이스사.

서울대국어교육연구소(1999),『국어교육학 사전』, 대교출판.

신헌재 외(2004),『학습자중심의 문학교육방법연구』, 박이정.

신헌재 외(2009),『아동문학의 이해』, 박이정.

신헌재 외(2009),『아동문학의 이해』, 박이정.

신헌재 외(2015),『초등문학교육론』, 박이정.

신헌재 외(2015),『초등문학교육론』, 박이정.

신헌재 · 진선희(2006),『학습자중심시교육론』, 박이정.

우한용 외(1997),『문학교육과정론』, 삼지원.

우한용 외(2010),『언어 · 문학영재교육의 가능성 탐구』, 한우리.

원종찬(2010),『한국아동문학의 쟁점』, 창비.

유성호(2006),『현대시교육론』, 역락.

유종호(1989),『문학이란 무엇인가』, 민음사.

유종호(2009),『시와 말과 사회사』, 서정시학.

이재철(1989),『세계아동문학사전』, 계몽사.

이재철(1978), 『한국현대아동문학사』, 일지사.
이향근(2015), 『시교육과 감성의 힘』, 청동거울.
진선희(1999), 아동의 주체적 반응 활동을 조장하는 시 감상 지도법, 『읽기수업방법』, 박이정.
진선희(2000), 시 감상활동으로서 창작의 의의 및 그 지도 방안 탐색, 『문학수업방법』, 박이정.
진선희(2006), 『학습자중심시교육론』, 박이정.
진선희(2006), 『문학체험연구』, 박이정.
허승희 외(1999), 『아동의 상상력 발달』, 학지사.

Ellen Winner, 이모영 · 이재준 역, (2004), 『예술심리학』, 학지사.
Fink,Bruce, 맹정현 역(2002), 『라캉과 정신의학』, 민음사.
Lund,Nick, 이재호 · 김소영 옮김(2007), 『언어와 사고』, 학지사.
Nodleman,P., 김서정 옮김(2001), 『어린이문학의 즐거움1』, 시공사.
Owens, Robert E(2005), 이승복 · 이희란 역, 『언어발달』, 시그마프레스.
Ricœur, P. Tomsom, J. ed., 윤철호 옮김(2003), 『해석학과 인문사회과학』, 서광사.
Rosenbaltt, L. M., 김혜리 · 엄해영 역(2008), 『독자, 텍스트, 시』, 한국문화사.
Stockwell, P., 이정화 외 공역 (2009). 『인지시학개론』, 한국문화사.
Vygotsky, L. 팽영일 옮김(1999), 『아동의 상상력과 창조』, 창지사.
Wolfgang Iser, 이유선 역(1993), 『독서 행위』, 신원.
Aalin(2007), *Propos sur L'education; Pedagogie Enfantine*, puf edition, Quadrige Greands text.
Anderson Philip M., Rubano Gregory(1991), *Enhancing Aesthetic Reading and Response*, NCTE.
Applebee A.N(1992), *The Background for Reform, Literature Instruction; A Focus on Student Response*, NCTE.
Barone D.(1990), *The Written Response of Young Children: Beyond comprehension to story understanding*, The New Advocate, 3, 49-56.

Beach R. & Hynds S.(1990), *Research on Response to Literature*, Transaction with Literature: A Fifty-year Perspective, NCTE.

Beach. Richard(1993), *A Teacher's Introduction to Reader-Response Theorie*s, NCTE.

Bee,H.(2000), *The Developing Child*(9th edn),NewYork : Longman.

Brandt, Deborah(1990), *Literacy as Involvement: The Acts of Writers, Readers, and Texts,* Carbondale: Southern Illinois UP.

CharLotte S. Huck, Susan Helper, Janet Hickman, Barbara Z. Keifer(2001), *Children's Literature in the Elementary School*(7th), McGraw-Hill.

Dias X. Patrick(1996), *Reading and Responding to Poetry*, Heinemann.

Dr. Seuss(1958), *Yertle the Turtle and Other Stories*, Random House.

Farrell Edmund J., Squire James R. ed(1990), T*ransactions with Literature: A Fifty-Year Perspective,* NCTE.

Fludernik, M., & Alber, J. (2014), *Mediacy and Narrative Mediation. In: Hühn, Peter et al. edits, the living handbook of narratology*, Hamburg University Press.

Flynn, R. (2009), *The Fear of Poetry*, Cambridge Companion to Children's Literature, Eds. M. O. Grendy, & Andre Immel, Cambridge University Press.

Grenby, M. O. (2009), *The Origins of Children's Literature. Cambridge Companion to Children's Literature*, Eds. M. O. Grendy, & Andre Immel. Cambridge University Press.

Hancock Marjorie R.(2000), *A Celebration of Literature and Response- Children, Books, and Teachers in K-8 Classrooms*, Merrill Prentice Hall.

Hepler S.(1982), *Patterns of Response to Literature: A one-year study of a fifth and sixth grade classroom*, The Ohio State University.

Holland, Kathleen E, Rachal A. Hungerford, and Shirley B. Ernst, eds(1993). *Journeying: Children Responding to Literature*, Heinemann.

Judith Wolinsky Steinbergh(1994), *Reading and Writing Poetry : A guide for teachers*, Scholastic Professional Books.

Langer J. A.(1992), *Rethinking Literature Instruction, Literature Instruction; A Focus on*

*Student Response,* NCTE.

Lovejoy,A.(1948), *Essay in the History of Ideas, Jo*hns Hopkins University Press.

Mary Alice McCullough(2002), *Influences on How Readers Respond: An Analysis of Nationality, Gender, Text, Teacher, and Mode of Response In Four Secondary School Literature Classrooms in the Netherlands and the United States*, Ed. d, The State University of New Jersey.

Muth K. Denise(1989), *Children's Comprehension of Text*, IRA.

Nelm Ben F.(1988), *Literature in the classroom*, NCTE.

Probst Robert E.(1988), *The Literature Program Response and Analysis: Literature in Junior and Senior High School*, Bonyton Publishers.

Probst Robert E.(1992), *Five kinds of Literary Knowing, Literature Instruction; A Focus on Student Response*, NCTE.

Purves A. and R. Beach(1972), *Literature and the Reader: Reseach in Response to Literature, Reading Interests, and the Teaching of Literature*, Urbana, Ⅲ: NCTE.

Purves Alan C., Theresa Rogers, Anna O. Soter(1994), *How Porcupines Make Love III: Readers, Texts, Cultures in the Response-Based Literature Classroom* (2nd Edition), Allyn & Bacon

Purves(1992), *Testing Literature, Literature Instruction; A Focus on Student Response*, NCTE.

Raphael Taffy E.,Kathryn H Au(1998), *Literature-based Instruction: Reshaping the Curriculum*, Christopher-Gordon Publish Inc.

Richard Beach(1993), *A Teacher's Introduction to Reader-Response Theory*, NCTE.

Ronald Carter & Michael N. Long(1991), *The Literature Curriculum, Teaching Literature*, New york: Longman.

Rosenbaltt, L. M.(1938, 1995), *Literature as Exploration(5th Edition), Ne*w York: The Modern Language Association.

Rosenbaltt, L. M.(1978, 1994), *The Reader The Text The Poem: The Transactional Theory of The Literary Work,* Southern Illinois University Press.

Rosenbaltt, L. M(1998), *The Literary Transaction : Evocation and Response, Journeying: Children Responding to Literature*, Heinemann.

Squire J. R.(1964), *The Responses of Adolescents While Reading Four Short Stories*, Champaign, IL:NCTE.

<논문>


경규진(1993), 반응 중심 문학교육의 방법 연구, 박사학위논문, 서울대학교.

권오삼(2005), 재미있는 말놀이 동시로 낱말도 익히고 상상력도 키우고, 『열린어린이』, 2005년 6월호.

김권호(2009), '일반시인'동시집 어떻게 볼 것인가, 『창비어린이』 통권29호, 창비.

김규선 · 진선희(2004), 활동 중심 문학 교수-학습의 문제점과 그 극복방안, 『한국초등국어교육』제26집, 한국초등국어교육학회.

김창원 외(2004), 문학 영역 및 과목의 교육과정 개선 방안 연구, 연구보고서, 한국교원대부설교과교육공동연구소 2003-030-A00009.

김창원 외(2015), 2015 개정 교과 교육과정 시안 개발 연구 Ⅱ-국어과 교육과정, 연구보고 CRC 2015-25-3, 한국교육과정평가원.

박영기(2009), 일제강점기 동시 및 동요 장르명의 통시적 고찰, 『아동청소년문학연구』, 4호, 103~138.

방승범(2019), 이미지 변형을 활용한 시 창작 교수 설계 모형 개발, 서울교육대학교 석사학위논문.

신헌재 · 이향근(2012), 초등 학습자의 시적 화자 이해 양상과 교육적 접근 방향, 『한국초등교육』 23권(1호), 서울교육대학교 초등교육연구원, 95~115.

원종찬(2011), 일제 강점기의 동요 동시론, 『한국아동문학연구』, 20호, 69~100.

이향근(2011), 윤복진 동요시에 나타난 전래 동요적 전통계승 양상, 『한국아동문학연구』 20호, 157~186.

이향근(2012a), 언어유희 동시 교육의 개선 방향 탐색, 『청람어문교육』 45호, 청람어문교육학회, 381~407.

이향근(2012b), 프랑스 初等學校의 文學敎育 내용과 실행 특성 -파리 지역 학교를 중심으로-, 어문교육연구 40(4), 『한국어문교육연구회, 477~505.

이향근(2012c), 시적 감성의 교육내용 설계 연구, 한국교원대학교 박사학위논문.

이향근(2013), 영미 동시 텍스트의 최근 경향과 시각화 양상 연구, 『동화와 번역』 25호, 건국대학교 동화와번역 연구소, 245~273.

이향근(2017), 프랑스 동시엿보기 ①④, 『동시마중』, 5·6월호~1·2월호.

이향근(2018a), 인지시학적 관점에서 바라본 동시 문학의 텍스트성, 『학습자중심교과교육연구』 제18권 제20호, 학습자중심교과교육학회, 1-18,

이향근(2018b), 교과서 동시 텍스트의 수록 쟁점과 전망, 『아동청소년문학연구』 22호, 한국아동청소년문학교육학회, 351~380.

이향근 · 엄해영(2015), 황동규작시법을 적용한 시 창작 교육 방법 시론, 『한국초등육』 26권(3호), 서울교육대학교 초등교육연구원, 183-195.

정원석(1992), 童心과 리듬의 祝祭-염근수 풍물집이 묻는 동요의 근본문제, 『아동문학평론』 17(2), 아동문학평론사. 99~109.

주경희(2007), 언어 유희적 기능의 개념 정립의 필요성, 『텍스트언어학』 23집, 한국텍스트언어학회, 129~153.

주형미 외 (2013). 연구핵심역량(성취기준) 중심의 교과서 모형 개발. 한국교육과정평가원.

진선희(2004a), 시 텍스트에 대한 초등학생들의 반응 양상 연구, 『문학교육학』 14호, 한국문학교육학회. 395~440.

진선희(2004b), 초등학교 시 교재 선정 기준 탐색, 『청람어문교육』 제28집, 청람어문교육학회.

진선희(2005), 학습독자 반응 연구의 문학교육적 함의 및 연구 방향, 『문학교육학』 제16호, 한국문학교육학회, 290-328.

진선희(2006) 학습 독자의 시적 체험 특성에 따른 시 읽기 교육 내용 설계 연구, 한국교원대학교 박사학위논문.

진선희(2008), 문학 소통 '맥락'의 교육적 탐색」, 『문학교육학』 제26호, 한국문학교육학회, 219~253.

진선희(2011), 1970년대 이후 동시의 생태학적 상상력, 『한국아동문학연구』 제21호, 한국아동문학학회, 65-109.

진선희(2013), 『어린이』지 수록 동시 연구(1)-장르 용어 및 작가와 독자를 중심으로, 『국어국문학』 제165호, 국어국문학회, 282~318.

진선희(2015), 아동문학과 인성교육의 방향, 『청람어문교육연구』 제55집, 89~117.

진선희(2018), 평생학습 시대의 초등 문학능력과 평가의 기능, 『문학교육학』 제58호, 한국문학교육학회,

Cox & Many(1992a), Reader stance towards a literary work: Applying the transacrional theory to children's responses, Reading Psychology, 13, pp.37-72.

Diane Jackson Schnoor(2004), "sing it, um say it, um Read it again!" Poetry and Preschool children's Meaning-Making Responses, Ph. d. University of Virginia.

Egawa K.(1990), Harnessing the power of language: First graders' literature engagement with Owl Moon, *Language Arts*, 67, pp.582-588.

Enciso(1998). Good/Bad Girls Read Together : Pre-adolescent Girl's Co-authorship of Femine Subject Positions During a Shared Reading Event, English Education,; Feb.1998; 30; *Academic Research Library*. pp.44-62.

Fauconnier, G. (1999). Methods and generalizations. In T. Janssen, & G. Redek er(eds.). *Cognitive Linguistics : Foundations, Scope, and Methodology*. 95-127. Berlin·New York : Mount on De Gruyter.

Gill, S. R. (2007). The forgotten genre of children's poetry. The reading teacher, 60(7), pp.622-625.

Hickman J.(1980), Children's response to literature: What happens in the classroom. *Language Arts*, 57, pp.524-527.

Karen Ferris Morgan(2002), A study of The Response of forth Grade, Public School students to The same Story Read Independently, Read Aloud, and Told Orally As a Shared Storytelling Experience, Phd, The Texas Woman's University.

Langer, J. A.(1990), The Process of understanding: Reading for literary and informative purposes, *Research in the Teaching of English*, 24, pp.114-120.

Many J. E.(1991), The Effects of stance and age level on Children's literary responses, Journal of Reading Behavior, 23, pp.61-85.

Mary DeMaris(2000), Elementary Teacher's Resources for Learning About, Reasons for Reading, and Responses to children's Literature, Phd, The University of Minnesota.

Style, Morag(2009),"'From the Garden to the Street' : The History of Poetry for Children", Maybin, Janet& Watson, Nicola(eds), *Children's Literature: Approaches and Territories*, pp.202~217.

## <잡지 및 자료>


2011 국어과 교육과정 개발 연구진(2011), 2011 국어과 교육과정 개정을 위한 교육과정 개발 방향 공청회 자료집, 교육인적자원부.

교육부, 미래엔(주), 2015 개정 초등 국어과 교과서 1~6학년용.

교육과학기술부 고시 제 2011-361호 [별책 5], 『국어과 교육과정』, 교육과학기술부.

교육부 고시 제2015-74호 [별책 5], 『국어과 교육과정』, 교육부.

구옥순(2010), 『오른손과 왼손』, 문학과 문화.

권오삼(1998), 『물도 꿈을 꾼다』, 지식산업사.

권오삼(2001), 『도토리나무가 부르는 슬픈 노래』, 창작과 비평사.

권태응 외(1999), 겨레아동문학연구회편, 『귀뚜라미와 나와』, 보리.

권태응(1995), 『감자꽃』, 창작과 비평사.

김개미(2018), 『레고 나라의 여왕』, 창비.

김금래(2016), 『꽃피는 보푸라기』, 한겨레아이들.

김동국(1997), 『대동여지도』, 아동문예.

김소운(1992), 『조선구전민요집』, 민속원.

김소월 외(1999), 겨레아동문학연구회편, 『엄마야누나야』, 보리.

김용택(1998), 『콩, 너는 죽었다』, 실천문학사.

김용택(2008a), 『중학년 책가방 동시』, 파랑새.

김용택(2008b), 『고학년 책가방 동시』, 파랑새.

김용택(2008c), 『너 내가 그럴 줄 알았어』, 실천문학사.

김종상(2008), 『숲에 가면』, 섬아이.

김준오(2002), 『시론』, 삼지원.

남호섭(2007), 『놀아요 선생님』, 창비.

문삼석(2002), 『우산 속』, 아동문예.

손동연(2004), 『참 좋은 짝』, 푸른책들.

신새별(2005), 『별꽃 찾기』, 아동문예.

어효선(1975), 『한국 전래 동요를 찾아서』, 교학사.

월간 어린이와 문학(2012), 어린이와 문학, 2010년 1월호.
월간 어린이와 문학(2012), 어린이와 문학, 2012년 5월호.
윤동재(2002), 『재운이』, 창비.
윤동주(2004), 『윤동주전집』, 문학과지성사.
이상교(2006), 『먼지야 자니?』, 산하.
이종택(1991), 『누가 그랬을까』, 창비.
이화주(2005), 『손바닥 편지』, 아동문예사.
임길택(1995), 『할아버지 요강』, 보리.
임길택(2002), 『산골아이』, 보리.
최계락(1998), 『꽃씨』, 문학수첩.
최승호(2005), 『말놀이 동시집』, 비룡소.
편해문(2002), 『옛아이들의 노래와 놀이 읽기』, 박이정.
한국문학평론가협회(2006), 『문학비평용어사전』, 국학자료원.
한국아동문학학회 편(2008), 『고학년 동요 동시집』, 상서각.
한용희(1988), 『한국동요음악사』, 세광음악출판사.
홍양자(2000), 『전래 동요를 찾아서』, 우리교육.
Hoarcourt와 Macmillan McGrow-Hill 출판사의 Language Arts 교과서 1~5th grade.
프랑스 교육부: www.education.gouv.fr(최종 접속: 2021.1)
프랑스 교육부 교육 전문 정보기관 Edusol: www.edusol.education.fr(최종 접속: 2021.1)
프랑스 교육부의 교육과정과 교과서 및 교수학습 안내 CNDP: www.cndp.fr(최종 접속: 2021.1)
미국 Common core Curriculum 안내: http://www.corestandards.org/(최종 접속: 2021.1)

## <본문에 수록된 시 출처>

김개미, 「병원에서」, 『레고 나라의 여왕』, 창비, 2018.
김금래, 「꽃피는 보푸라기」, 『꽃피는 보푸라기: 김금래 동시집』, 한겨레출판, 2016.
김용택, 「비오는 날」, 『콩, 너는 죽었다』, 문학동네, 2018.
김유진, 「콩한쪽」, 『뽀뽀의 힘』, 창비, 2014.
김희석, 「물오리떼」, 『귀뚜라미와 나와』, 보리, 1999.
남진원, 「물 빗자루」, 『산골에서 보내 온 동시』, 좋은 꿈, 2015.
남호섭, 「자전거 찾기」, 『놀아요 선생님』, 창비, 2007.
문삼석, 「그냥」, 『우산 속』, 아동문예사, 1993.
문삼석, 「소나기」, 『2학년을 위한 동시』, 지경사, 1999.
문삼석, 「우산 속」, 『우산 속』, 아동문예사, 1993.
박덕희, 「분수」, 『호랑이는 풀을 안 좋아해』, 브로콜리숲, 2020.
박두순, 「웅덩이」, 『망설이는 빗방울』, 21문학과문화, 2001.
박목월, 「아기의 대답」, 『저학년을 위한 교과서 동시』, 계림북스, 2012.
손동연, 「소와 염소」, 『참 좋은 짝』, 푸른책들, 2004.
어효선, 「이제는 그까짓 것」, 『파란마음 하얀마음』, 도서출판 새남, 1992.
윤석중, 「눈 받아 먹기」, 『윤석중 동시선집』, 지식을만드는지식, 2015.
윤석중, 「이슬」, 『윤석중 동시선집』, 지식을만드는지식, 2015.
이문구, 「산 너머 저쪽」, 『가득가득 한가득-이문구 전집23』, 랜덤하우스코리아, 2006.
이안, 「가는 새 오는 새」, 『고양이의 탄생』, 문학동네, 2012.
이종택, 「새 고무신」, 『이종택 동시선집』, 지식을만드는지식, 2015.
임길택, 「나비 날개」, 『산골아이-보리 어린이 13』, 보리, 2002.
정완영, 「정완영 동시선집」, 『봄 오는 소리』, 지식을만드는지식, 2015.
최승호, 「나」, 『최승호 방시혁의 말놀이 동요집』, 비룡소, 2011.
최승호, 「토끼」, 『최승호 시인의 말놀이 동시집1-모음편』, 비룡소, 2020.